缘分
让我们
慢慢靠近

中国华侨出版社

图书在版编目（CIP）数据

缘分让我们慢慢靠近/暖思著.—北京：中国华侨出版社，2015.3（2021.4重印）
ISBN 978-7-5113-5313-9

Ⅰ.①缘… Ⅱ.①暖… Ⅲ.①长篇小说—中国—当代 Ⅳ.①I247.5

中国版本图书馆 CIP 数据核字（2015）第 054397 号

缘分让我们慢慢靠近

著　　者 /	暖　思
出 版 人 /	方　鸣
策　　划 /	周耿茜
责任编辑 /	荼　蘼
责任校对 /	孙　丽
经　　销 /	新华书店
开　　本 /	710 毫米×1000 毫米　1/16　印张 /16　字数 /219 千字
印　　刷 /	三河市嵩川印刷有限公司
版　　次 /	2015 年 5 月第 1 版　2021 年 4 月第 2 次印刷
书　　号 /	ISBN 978-7-5113-5313-9
定　　价 /	45.00 元

中国华侨出版社　北京市朝阳区静安里 26 号通成达大厦 3 层　邮编：100028
法律顾问：陈鹰律师事务所
编辑部：(010) 64443056　64443979
发行部：(010) 64443051　传真：(010) 64439708
网　　址：www.oveaschin.com
E-mail：oveaschin@sina.com

目 录 CONTENTS

001　楔子　梦在远方，你在心上

006　第一章　念你如初

054　第二章　璀璨烟火

107　第三章　安暖陪伴

155　第四章　回首瞬间

211　第五章　向阳微笑

231　番外一　年少悲歌

239　番外二　时光的歌

244　番外三　悲情少女

楔子
梦在远方，你在心上

没有人会知道，秦臻想念的只是那一句："小臻，好久不见！"可就是这么简单的一句话，她仿佛穿越了几个世纪，经历了几世轮回，也无法等到，那来自天际的声音和她永远无法再触摸的他的脸庞。在很长的一段时间里，秦臻总会想起关于阿陌的种种，真的好多好多。那相思蚀骨，也让她明白了，有一种思念就像毒药，能够沁入心肺，带给人的是深深的致命伤。

窗外飙摩托车的声音那么刺耳，却让秦臻觉得有种恍如隔世的错觉，那时的林子陌总会用摩托车载着她去水村的果园里摘杨梅，摩托车上的阿陌就像偶像剧里的酷帅小霸王，秦臻觉得不好意思抓阿陌的衣衫，而他却一把拉过秦臻的手搂在他腰上。

那时的林子陌总会戏谑地说："小臻，你要抓紧了，不然摔到地上就变丑八怪了！"

她大声地朝他喊："你说什么，我听不到？"他又大声地回喊："我说，某人摔倒了，就是丑八怪！"他们的相处总是那样自然，仿佛生下来就是那样的。

那是杨梅成熟的季节，大颗大颗的杨梅，红得发紫，熟得发黑。

不禁让人想起宋代诗人平可正的诗来："五月杨梅已满林，初凝一颗值千金。味胜河溯葡萄重，色比泸南荔枝深。"看着想着就足以让人垂涎三尺了。秦臻看着满园的杨梅，总会不由自主地牵起阿陌的手飞快地跑向有杨梅的地方，那时的秦臻就像山林里的小鸟，那么地自由而又愉快。

她总会对他说："阿陌，快点、快点，我要吃那颗最红的杨梅。"

"我又没和你抢，要吃你就吃呗！"

"可是，阿陌，树太高了，我够不到。"

"哈哈，你这个小矮个，我就不给你摘。"秦臻有点生气了，准备大展拳脚，了解她的林子陌早就跑开了，她不服气地追，追不上就朝他大喊："阿陌，你这个坏蛋，以后我再也不要给你吃我妈妈做的红烧肉了。"

"别啊，别啊，我给你摘还不行吗？"

"这还差不多。"于是，林子陌只好乖乖地去摘杨梅，却自己把那颗最红的给吃了，气得秦臻又追着他打，满园里，都是他们的欢笑声。

时间，真的过了那么久吗？久得让她心生错觉，就如同那一句触及不到的地老天荒和那一句来不及说的我爱你，那般远得遥不可及。

又是那个季节，雨淅淅沥沥地不休不止，弄堂里传来旧唱片咿咿呀呀的声音"原来姹紫嫣红开遍，似这般都付与断井颓垣。良辰美景奈何天，赏心乐事谁家院！恁般景致，我老爷和奶奶再不提起。"

她又去了南山，那座墓碑上的黑白照片被雨水冲刷得更加醒目，那是一张微笑着的、张扬、年轻的脸，那一双温暖如春风和煦的眼睛好像还可以触摸到温度似的。

雨水淋湿了她的发，她的白裙子，她带着伞并未撑开，她穿着系带凉鞋的脚趾不小心被路上的碎片划出一个伤口，细细的血流成一小股和着雨水一起往外流，她却不觉得疼，或许，是心里的疼痛掩盖了这些。

她颤巍巍地摸着那张照片，回忆却如海啸般席卷而来……

她叫秦臻，是个患有自闭症的孩子，喜欢画画。她有一个小名，叫小池，是苏淼淼取的，苏淼淼就是她的妈妈。小池，小池，淼淼说，小池是一幅最美的画，她是那般形容她的名字的。她便睁着好奇的眼睛望着她。

她说："泉眼无声惜细流，树阴照水爱晴柔。小荷才露尖尖角，早有蜻蜓立上头。"小池，是不是很美？

她的嘴角扯出一个很大的微笑，淼淼便开心地抱起她，欢快地旋转。她说，小池，妈妈就知道你能明白我的意思，秦臻继而喊出了妈妈两个字，淼淼的泪水便大颗大颗地落了下来。

那一年，她7岁，读一年级。

班里转来了一个漂亮男孩子，比她还生得唇红齿白。那是她家隔壁新搬来的邻居，同时搬来的，还有一架崭新的新钢琴，那是镇子里的孩子都没有见到过的东西，他们会用好奇的眼睛看着那架钢琴，就像是看见了一个不知名而又不危险的怪物一般。班主任是大城市里来的一个年轻支教老师，她用标准的普通话对全班同学说："小朋友们，这位是我们班转来的新同学，叫林子陌，来，大家拍起小手，欢迎一下我们的新同学。"

于是，全班的小朋友们都用热烈的掌声欢迎了这个新同学，班主任望了望大家，又说："秦臻小朋友，你愿意让林子陌同学成为你的新同桌吗？"秦臻看着那个漂亮的小男孩重重地点了点头，小男孩背着一个黑猫警长图案的书包坐到了她的旁边。下课的时候，王小虎跑来对林子陌说："你跟她做同桌，多无趣的，她这里有问题，她不会说话的。"说毕，王小虎还比了比头，秦臻突然很生气，一拳过去就把王小虎那颗要掉的门牙打飞了，还说了一句，"你脑子才有问题。"

王小虎一边捂着流血的嘴巴一边睁着惊恐的眼睛看着秦臻说了一句，

"原来，你会说话呀！"秦臻读一年级已经有三个月了，这三个月来她没有和班里的任何同学说过话，她总是拿着一盒水彩笔在一个小本子上画呀画的。其实她已经会说话了，但是她就是不愿意和大家说话。

林子陌看着她桌子上画的画对她说了一句，"呀，你画的小河好漂亮。"秦臻突然变得很开心，望着漂亮的小男孩回了一句，"你长得真漂亮。"

"漂亮不是说女孩子的吗？我妈妈从来不会说我漂亮的。"小男孩的睫毛很长，眼角有一颗泪痣，说起话来，那浓密的睫毛就像是蝴蝶的翅膀一般，扑闪扑闪的，秦臻很想伸出手去摸一摸。

"你知道画里的小河在哪里吗？"小男孩摇摇头，"放学我带你去看小河好不好，还有小水鸭呢，可漂亮了！"

"嗯，那我们放学一起去吧！"

两个孩子背着书包走到了青木河边，青木河的水可清了，果真，有许多小水鸭在上面游来游去的。男孩子把手伸进书包里捣鼓了半天，拿出了一把口琴吹了起来，秦臻望着小男孩，一下子变得很崇拜。

"你吹的是什么呀，我从来没有听见过，这般好听，比人家唱出来的还要好听呢！"

"真的吗？那以后，我都给你吹，但是你不许告诉我妈妈，我妈妈不给我吹这个。"小男孩有些祈求地说。

"好呀，可是你妈妈为什么不给你吹呀，你吹的可好听啦，你妈妈说不定会喜欢呢！"

"她只许我弹钢琴。"小男孩有些委屈地说道。

"钢琴是什么呀，长得好看吗？"她有些好奇地问。

"就是能弹出好听旋律的乐器。"

"那你会弹给我听吗？"

"好呀!"

那是多久的事情了,原是那般美好的,如今忆起,心却疼得难以复加。

第一章
念你如初

1

7年是怎样长的一个时间呀,他的容颜依旧在她心底清晰。可她知道,是他路过了她的全世界,年少的时候,她想长大后变得倾国倾城,可她,没有倾了国、倾了城,却倾了她自己。

"清明时节雨纷纷,路上行人欲断魂。"南山墓园里,可以见到许多逝者的家属陆陆续续的来扫墓。在一座墓碑前,一位清瘦的女子正在点燃一幅绣品,她眉眼低垂,表情显得极为凝重,风吹起她三千发丝,更为她增添了一份凄楚之色。此时的她是悲伤的,她望着墓碑上那一张黑白分明的照片,哽咽地说:"阿陌哥哥,我迟到了多年的绣画,你可喜欢?"

这一年,她24岁,已嫁作他人为妻。站在她身旁卓尔不凡、气质优雅,手里捧着一束鲜花的男子正是她的新婚丈夫。他在一旁静静地看着她把那一幅绣了许久的绣品烧成一片灰烬却并不多言,待她完成一切动作之后,他把手里捧着的那束鲜花献到墓碑前,并朝着墓碑上的少年行了一个礼,转过身对着女子说:"小池,我们该走了。"

女子朝他示意地点了点头,男子便牵起女子的手下山,路并不好走,有许多碎石,男子却耐心地牵着她,小心翼翼地,没有一刻放开过她的手。四月的山花开得烂漫而璀璨,而他们的心情却是沉重的,这明媚的春光与他们的心情显得那么格格不入。

他俩刚走下山,记者就把他们围得水泄不通。秦臻向来低调,不知道是谁爆料了她的行踪,竟让这些记者不惜千山万水的从北京跟踪到了川水。记者犀利而又刻薄的话语是她未曾料想过的,她一时无从回答。

"秦小姐,听说墓园里有你的初恋情人,7年前,你的仇家将其误杀致死,请问传闻是否属实?"

"秦小姐,三个月前你刚和许氏新贵季副总订婚,却又在一个月前突然闪婚嫁给林风总裁林子远先生为妻,请问你们三人以前是否就是旧识?"

"秦小姐,你的成名之作《我心阙阙》画作上的小女孩和小男孩是否就是你和你的初恋情人?"

"秦小姐……?"

一连串的问题轰炸让秦臻一下子变得身体不适,心脏窒息,呼吸困难,脸色苍白。男子握着她逐渐冰凉的手,察觉到她的异样,他看着记者厉声呵斥道:"我太太身体不舒服,你们再不让开,我不介意以人身故意伤害罪向法庭起诉。"

狗仔队之所以叫作狗仔队,就是哪里有什么香饽饽,他们就往哪里嗅。即便他们还想挖出些什么独家新闻,但碍于林子远的势力,只好识相地让开一条道路来。他们还是有几分忌惮,把他惹怒了,可没有什么好下场,估计就连记者那碗不好混的饭也会保不住。

坐上车,他细心地为她系上安全带,递过来一瓶矿泉水,便发动了引擎，把记者队甩得远远的。秦臻咕噜咕噜地喝了几大口，长长地呼了一口气，果真是渴了许久了。

"好点没?"男子温柔地问，她乖巧地点点头。

车子里播放的是王菲的《但愿人长久》，很久的歌了，缥缈而慵懒的声音传来，让她的心情平静了下来。明月几时有/把酒问青天/不知天上宫阙/今夕是何年/我欲乘风归去/唯恐琼楼玉宇/高处不胜寒/起舞弄清影/何似在人间/转寒朱阁/低绮户/照无眠/不应有恨/何事长向别时圆/人有悲欢离合/月有阴晴圆缺/此事古难全/但愿人长久/千里共婵娟。

但愿人长久，千里共婵娟。那是她心里最美的愿望啊，只是天下从来就没有如愿的事情。这次来川水除了来扫墓，也是来还愿的，这座叫南山的墓园，埋葬了她一生中最亲的两个人，生平只见过一面的父亲秦天和青梅竹马的邻家哥哥林子陌。她与邻家哥哥有一个约定，待他考上清华，她就给他绣一幅最美的画，可是她没有等到他考上清华，他也没有等她。

回忆里的画面依旧清晰，那一年，小男孩对小女孩说，我也要去北京。小女孩转过身去，用灵动的大眼睛望着身后小男孩说，"可是，阿陌哥哥，你不会画画呀！"小男孩咧开嘴笑着说，"我数学好，我可以考清华呀！"小女孩想了又想，对小男孩说，"那好呀，等你考上清华，我就给你绣一幅。"

他没考上清华，也没有等到她，而她还是绣了一幅她心中最美的画，她把她的那幅油画成名作《我心阙阙》绣成了一幅绣品烧给了墓园里的少年。即便如今的她已为人妻，而少年的容颜依旧停留在 17 岁那一年。

时光啊，你到底带走了谁？她在心底感叹。

"阿远，我想回家住。"男子看着她微笑地说："都依你。"她轻轻闭上眼睛，便睡了过去，或许是真的累了，醒来的时候已到家门口，男子搂着她的腰，她看着这座老房子有些犹豫，但还是走了进去。

房子一直付钱让隔壁邻居的一位阿姨帮忙照看，无非就是定期打扫一下卫生，帮忙浇浇花草之类的简单活。屋子里的东西都还是7年前的模样，显得有些陈旧，但都很干净。恍惚中，似乎看到了年少与母亲在一起的场景。那时候，母亲在厨房里忙进忙出的就是为了给她和雪落儿熬一碗香甜的莲子羹，那些莲子采的都是荷花塘里结的第一塘莲子，清香而爽口。

2

以前她总是在想，幸福是什么模样？也许，幸福就只是一顿简单而丰盛的晚餐而已，可就是这么简单的一个道理，她却用了那么多年才明白过来。

时光早把一切变了模样，物是人非，一种心酸涌上心头，红了双眼，湿了眼眶。"阿远，如果她们都在，那该多好？"她一下子扑进他的怀里，把头埋在他的胸膛处，仿佛这样，才会感觉到一点温暖的存在，仿佛只有他才能给她一点点依靠。他被她突如其来的动作吓了一跳，但还是紧紧地抱着她，揉了揉她柔顺的发，低语了一句傻瓜，她便在他怀里哭了起来，像个孩子一样。

"好了，不哭了，多大的人了，还哭鼻子，明天还要回北京呢！"他温柔地对怀里的她说。

"多住几天，不好吗？"她红着眼睛委屈的望着他，他轻轻吻了一下她的额头，宠溺地说："你知道，公司才上手，还有许多事情需要处理。下次来，我们再多住几天。"她乖巧的点了点头。月光把院子照得格外明亮，也落在相拥的两人身上，那一刻，她忽而觉得，有一种尘埃落定的感觉。她的心，流离失所了那么多年，终于找到了归属。

一个月前，是她的婚礼。她与他几经波折，终于走到了一起，她知道，那是多么的不容易，所以她义无反顾地倍加珍惜。她不是脑子发热才闪婚嫁给林子远的，她和季流川之间不过是一场交易而已，而这场交易却承载几十年来的恩怨情仇与腥风血雨，在她嫁给林子远成为他的新娘那一瞬间，终于烟消云散。

那些记者的提问即便她什么都没有说，但他们口中的传闻却并非传闻，而是事实。只是那些事实，太过沉重，她一背负，就是那么多年。所以，她累了，她选择放下。

秦家和季家，终于不再相欠什么了。

刚回到北京，从她的工作室走出来，季流川就找了过来。他一脸的憔悴之色，青色的胡茬在下巴上那么明显，尽管如此，依旧掩饰不了他的精致魅惑，他还是那般的美，美到就连女子看见了都要自行惭愧。他用略带沙哑的嗓音说："秦小臻，你确定林子远那家伙能够给你幸福？"

"幸不幸福，我说了算，我们之间，已经结束了，我希望你不要再来打扰我的生活。"秦臻淡淡地说，心里却闪过一丝苦涩，已经结束了，何苦再纠缠不休。

"你还在恨我，是吗？"季流川的语气里透着几许沧桑。

"以前恨过，那是以前的事了，我还有事，先走了。还有，你要是真觉得愧疚，那我对你只有一个愿望，希望你能离雪落儿远点，我不希望她成为第二个小晴。"丢下这句话，拦了一辆出租车，头也不回，转身离开，留下季流川一个人在原地，路人对这个略显沧桑而又面容美得异常不可思议的人纷纷注目。

小晴，就是个傻瓜，那个因为爱把自己燃尽的傻瓜，可是，她们再也不能是朋友了。其实，在她心里，她是她永远的朋友。那个留着短发，像橱窗里的洋娃娃一般精致美丽的公主，那个笑得有些傻气心底无比善良的小晴，再也不会回来了，再也不会了，这是多么残忍的一件事。

还没有到家，电话就响了起来，"臻臻姐，你在哪里？"电话那头的声音显得有些急促。

"马上就到家了，你怎么想起打电话过来啦。"

"臻臻姐，快，救救我，我被粉丝追着跑，我……我……快不行了。"

"你在哪里？我马上就来。"

"你家附近的那个公园，喷水池旁。"

"司机，去栖水公园。"

司机掉过头，秦臻细心地看着窗外，寻着雪落儿的身影，果真，那姑娘正被歌迷追得紧，高跟鞋直接拎在手里，白色的不规则长裙被风轻轻荡起。秦臻赶快打开车门，让雪落儿进来，雪落儿开心地把手伸出窗外，向那些歌迷挥了挥手，比了一个飞吻的动作，引得歌迷一片狂叫。

"臻臻姐，差点就被他们困住了，还好，你救了我。"雪落儿因为奔跑，脸色绯红，看上去如盛开的蔷薇一般娇艳欲滴，正是如花儿一般绽放的年纪。

"你不好好待在公司里，怎么跑到大街上来，你不怕被狗仔队跟踪，又闹出什么花边新闻的。我们的玉女歌手，怎么还是这般淘气，你的歌迷们知道吗？"说毕，捏了捏雪落儿的那娇艳欲滴的脸。

"臻臻姐。"雪落儿竟向秦臻撒起娇来。

"是不是又偷偷跑去见他了？"不用想，大晚上冒着这么大的险，能让雪落儿这般心心念念的除了季流川还有谁。

"臻臻姐，真是什么都瞒不过你的眼睛。"雪落儿安静地说道。

到了家里，灯亮着，秦臻疑惑，是母亲来了吗？没有想到她和雪落儿一进门竟看到了一幅令人吃惊的场景，他的新婚丈夫林子远竟然围着围裙，正端着热腾腾的饭菜往饭桌上摆，看到秦臻笑着说道："回来了，还准备打电话给你呢!"

"好香啊!臻臻姐,谁在做饭啊?我都闻到香味了。"雪落儿在门口换鞋子,嘴里忍不住称赞着。

"你有口福了,赶上你阿远哥哥下厨。"秦臻笑着回答。

"雪落儿来啦,快,吃饭了。"林子远解下围裙,把最后一道汤摆上桌子。

"堂堂林风总裁竟然亲自下厨,臻臻姐,如果把这个新闻爆料出去,你说我会不会大赚一笔。"雪落儿调皮地说着,跑到桌子前偷吃了一块香酥炸鸡块,又赞叹道:"阿远哥哥,肯德基的厨师都没有你手艺好,臻臻姐,你也来尝一块嘛,可香啦!"

"小鬼头,竟然拿你姐夫开玩笑,是不是又闯什么祸了?大晚上的,不好好待在公司里,也不怕你经纪人找。"林子远一眼就看穿了这丫头。

"你说乔乔呀,他早就累得睡倒了,他肯定以为我还在录音室里录歌呢!"这是雪落儿第二次来秦臻的新家,却比在自己家还要轻松。

"听说要发第三张专辑了,叫什么来着……等哥哥想想。"林子远故作一头雾水的样子。

"雪落凡尘。"雪落儿嘟着嘴说道。

"是谁策划的,这名字真好听?"秦臻好奇地问道。

"是夏秋姐姐,夏正帆也说好。"提起家里,雪落儿显得有些不高兴。

"都5年了,还是不肯叫他一声爸爸。"秦臻叹道。

"臻臻姐,我才不原谅他和那个女人。"雪落儿又嘟起了她的小嘴。

"别那个女人,那个女人的,好歹也是你的妈妈。"秦臻劝道。

"她要是我妈妈,怎么能狠心把刚出生的我丢在下雪天里,丢在北城。在她心里,夏明宇才是她的孩子,我就是一个阻碍她荣华富贵的祸害,真不明白,夏正帆怎么会留这样一个女人在他身边,也不怕做噩梦。"雪落儿漫不经心地说着,把秦臻和林子远说得一愣一愣地,这孩子,原来成天看着她开开心心的,淘气来淘气去的,没想到心里装了这么多东西。

"天底下会有哪个母亲不爱自己的孩子,如娇阿姨肯定是有她的苦衷,好歹也是你的妈妈。"如娇便是雪落儿的亲生母亲,年轻的时候,是国际知名影视明星,是夏正帆在外面养的情人,夏秋的母亲去世后,便被夏正帆扶为正妻。

"在我心底只有淼淼妈妈。"雪落儿抗议地说道。

"好了,你们两姐妹要讨论,等把饭吃完了在讨论好不?汤都快凉啦。"林子远在一旁忍不住抱怨道,他辛辛苦苦做了一下午的饭。

"吃饭,吃饭,呵呵!"雪落儿在那里吃得狼吞虎咽的。

"我说,你这是被饿了好几天吗?你吃慢些,没人和你抢,唉!"秦臻又忍不住感叹了。

"臻臻姐,你不知道,我每天吃的都是被严格规定好的,只能吃那么一点点,每次都快把我饿死啦,说什么歌手要保持好身材,我都这么瘦了,他们还要唠叨我。"雪落儿终于可以诉苦衷了。

"好啦,以后谁不让你吃饭,姐夫替你揍他去。"林子远笑着说。

"我说,阿远,别老是说些有的没的。"

"我冤枉,好不好?"

三人在饭桌前,吃得那般开心,真正的如一家人一般轻松自由,秦臻想,也许,这便是幸福,幸好,她没有迟到。

"臻臻姐,我要回去了,不然乔乔醒来,看我不在,肯定得出事的。"雪落儿说道。

"这么晚了,我们送你回去吧!"秦臻看了夜色说道。

"那好吧!"

3

他给的温暖把她紧紧包围,年少那些她以为永远也无法释怀的事情,在生活的琐碎里渐渐释怀,她终于学会了原谅。若时光就这么静静地下去,她想这是多么美好的事情,成为林太太或许便是她最大的福气。

把雪落儿送回公司,两人在车上交谈着。林子远看了看美丽的妻子说道:"小池,辛苦你了。"

"怎么会?现在的我,有你,很满足。"两人相视一笑,眼里是无尽的爱意。

"还记得我们第一次见面吗?"林子远说道。

"嗯。怎么会忘呢?"

"那时的你,一脸泪水的紧紧揪着我的衣角,我看着你忧伤的面容,就在心里暗自发誓说,眼前这个面容忧伤的女孩,我一定要让她开心起来。"

秦臻又想起了那一幕。那一天,是大学新生会,她看到了在台上发言的他,便不顾一切地追了出去。她看着他的脸,不停地流泪,委屈地看着他说:"阿陌哥哥,你回来了,我是小池呀!我是你的小池呀!"那时的她,并不知道,眼前的他便是她口中心心念念的邻家哥哥林子陌的同父异母的弟弟林子远(苏皓霖),所以,他和他才会那般的相像。

"第一次见到你的时候,我就对自己说,不管你是不是阿陌哥哥,我都不要再失去你,失去眼前这个离我如此之近的人。因为,我相信自己的感觉,从第一次见你,我就相信。"说着说着,语气里竟有些伤感。

"傻瓜,不说了,相信我,我们会幸福的。"林子远握紧她的手心,坚定地说道。

"你的书写的怎么样了？"林子远问道。

"就差书名了。"秦臻回答。

"是不是得让我给你想一个？"林子远笑道。

"说，你是不是悄悄偷看了？你这个混蛋。"秦臻抱怨道。

"什么……混蛋？秦小池，有你这么骂自己的丈夫的吗？那你不就是混蛋的妻子，便是混蛋妻子了。"林子远偷笑着说道。

"好啦，如果你能想出一个好的书名，我就原谅你啦！怎么样？"秦臻撒娇地说道。林子远想了想说："《我把流年写与谁听》怎么样？"

"我把流年写与谁听？嗯……对，要的就是这个感觉，阿远，我怎么没看出你这么有才？"秦臻忍不住夸赞。

"唉……这年头，连画家都快变作家了，我是不是也该改行了。"林子远叹道。

"你要改行了，我们不是得露宿街头，不对，是饿死在街头？"

"好啦，作为一个男人，如果连自己的妻子都养不活，那我还算是一个男人吗？"林子远无比霸气地说着。

"你……也是男人，呵呵！"秦臻笑道。

"敢笑我不是男人，要不要晚上来检验一下？"林子远一脸邪气地说道，秦臻听了，脸一下子红了起来，小声咕哝了一句，"流氓。"

"敢说我是流氓，你是不是真想我耍一下流氓，秦小池？老虎不发威，拿我当小猫是吧？"

"额……我认输，认输，好不？"秦臻娇嗔地说道，那面容比玫瑰花还想令人一亲芳泽。林子远停好车，俯下身，为她解开安全带，他的气息落在她的耳旁，痒痒的，令她一阵脸红心跳，林子远闻到她身上传来的淡淡的沐浴乳香味，便忍不住轻轻吻住她柔软的嘴唇，秦臻被这突如其来的动作吓到了，睁大了双眼，无辜地看着他。

"乖，闭上眼睛啦！"林子远宠溺地说道，秦臻只觉得心都快要被暖化了，又害羞到不行。明明都是已经结婚的人了，就像是才热恋一般，不知道是不是这家伙太魅惑人心了，总是让她时刻处于内心如小鹿乱撞的状态，扑通、扑通，心脏跳个不停的。

两人回到家，洗漱过后，一起窝在沙发里看电视。秦臻走进厨房，去冰箱里拿出了一些水果，洗净后削皮切成小块，又找了一个干净瓷碟装好端到客厅里，看着正在看球赛的林子远说："阿远，吃水果。"

"是芒果，你怎么知道我喜欢呀？"林子远有些不可置信，记忆中，他好像从来没有告诉过她，他喜欢吃芒果。

"作为你林子远的妻子，连丈夫喜欢吃什么都不知道，那我还能算合格吗？"说着，用牙签叉了一小块喂到他嘴边，"啊。"林子远有些意外她的亲昵，还是咬住了她喂至嘴边的芒果，咀嚼开来，芒果香甜清爽的味道在口腔里散开，一种幸福感从心底油然升起。一向有些严肃不太浪漫的他，竟然又张开口，对着小妻子，"啊。"

秦臻看着他的模样，有些好笑的开玩笑道："你叫我一声，我就给你吃一块。"

"老婆？"

秦臻摇摇头。

"媳妇？"

秦臻摇摇头。

"秦小池？"

秦臻摇摇头。

"都不是呀？那是……叫什么好呢？等我想想，小爱人。"林子远故作思考状。

"这个我喜欢，奖赏给你的。"给他又喂了一口芒果，把碟子放在面前的桌子上，拿过一个抱枕抱在怀里，靠在他肩膀上，说："还没有问你呢？公司最近怎么样了？"

"一切早已上手了，要知道图书公司也是不容易的。"林子远诉苦道。

"得了，全北京还有谁的图书公司，像你的林风集团一样规模庞大，财源滚滚的。"

"小妖精，说得好像不是你的一样？"林子远揉了揉她的头发，复又说道："哎哟，你该洗头发了。"

"不要。"说毕，还故意蹭了蹭他。

"什么？不要？可由不得你，小脏猫。"

"都说了的，不要。"语气里有些委屈的味道。

"都多大的人了，还卖萌，我可不吃你这招。"

说完，一向雷厉风行，爱干净的林总裁竟然拉着小妻子去浴室为她洗头发去了。某人想偷懒的想法也实现不了了。

细心地为她用干毛巾擦拭着头发，看着她一言不语地望着他，那眼睛水蒙蒙的，好像蒙了一层雾气，心立马变得很软很软，像跌进棉花里，"傻瓜，怎么傻兮兮地看着我？"

"阿远，如果有一天，你离开我了，我一个人，该怎么办？"眼泪控制不住地掉了下来，看得他一阵心疼，把她紧紧抱在怀里，宠溺地说了一句，"傻瓜，别乱想了，好好的，我能去哪里呀？"

"感觉有些不真实，像在做梦一般。"哽咽地说着。

"傻瓜，答应我，以后都不许再掉眼泪了？"

"那我想哭了怎么办？"

"那只能在我怀里哭。"

"你这个霸王，小气鬼。"

"就霸王，小气了，我还是流氓呢！哈哈。"轻轻吻去她的泪水，心疼地,宠溺地,关掉床头的灯,抱着她,入眠。怀里抱着的这个人,是他林子远想要疼爱一辈子、宠爱一辈子的,就算失去生命也在所不惜。他的心是满足的,因为,多么幸运他们没有错过彼此,终是,同床共枕,举案齐眉,人生何求?年少的那些伤,早就淡去,心里一个声音说:"哥哥,你的小池,我也很爱她。就算为你,我也会把她照顾好,守护好,免她惊,免她吓,免她惶恐一世流离。"

那一晚,睡得格外舒心安稳。

醒来,她已不再身边,听到厨房有响声,不用想也知道,是她在做早餐!偷偷一看,她还在穿着昨晚的猫咪图案睡衣,挽着袖子,系着围裙,头发用一根皮筋拢在身后,有几缕顽皮地落在耳侧,正在无比认真地煎着蛋,不知道她向谁学的那煎蛋的技术连他也比不上。那模样和她一向的钟灵毓秀显得格格不入,可是看到她那么认真的模样,忍不住从身后悄悄搂住她的腰,她好像被吓了一跳,撒娇地说道:"快去洗脸啦,吃早餐啦!"

"就抱一下下。"他在她耳边轻轻地说。清晨的第一束阳光从落地窗照进来,阳台上种的那一盆栀子花开得正好,养得小猫咪醒来到他们脚边蹭来蹭去的,估计它也饿了,喵喵地喊了几声,很委屈似的,把秦臻和林子远逗得一阵欢笑,"你再不去洗脸,就和喵喵一样脏兮兮的了,快点放开啦,人家的煎蛋等一下糊了。"

"遵命。"于是,某人很乖地洗漱去了。

秦臻把煎好的蛋放在餐桌上,又拿过玻璃杯盛好新榨的橙汁,还有吐司面包、火腿等她精心准备的食物,又放下围裙,给小猫喂了一些猫粮。洗洗手,坐在餐桌旁静静地等着他,看到他神清气爽地走了进来,温柔地说:"喝牛奶,还是橙汁?"

"橙汁好了。"

两人默默地吃着早餐,这个周末的早晨,是如此的温馨。

"今天，有什么打算吗？"林子远问道。

"你忘了，下午是雪落儿的新歌发布会？"

"看来，我们是不能缺席了？"

"呵呵，去给我挑衣服去，我来洗碗。"

"你确定，真不用我洗碗？"

"你把衣服给我挑出来就是了。"

某人很听话地去挑衣服，打开衣柜，一下子傻眼了，那么多衣服，好像每一件都很漂亮，穿什么好呢？这可让他犯愁了，不由得喊了一句，"秦小池，你衣服怎么那么多，人家服装店的都没你的多。"

"林子远，是你买的，好不好？"

那边有些委屈地回了一句。真的是他给她买的吗？怎么记不得了，看看，好像真是的，除了几件是她买的，记忆中，她不怎么爱买衣服的。倒是他，看到漂亮的衣服，就忍不住给她买回来了。

4

也是过了这么多年后才知道，只有心里没了心结才会活得潇洒一点，她只是希望妹妹可以更加幸福。

左看右看的，林子远还是觉得那件淡绿色荷叶袖长裙好，看着符合她的气质。于是，开心地喊道："小池，我给你挑好了，就淡绿色长裙那件，我给你放在床上了？"

"知道啦，马上就来。"那边欢快地回答。

秦臻看了看他给她挑的衣服，果真眼光不错。镜子里的自己，在淡绿色的长裙衬托下越发显得肤色白皙，加上气色红润，整个人显得仙气十足，温婉秀气，就是感觉少了什么，于是皱着眉头问道："阿远，你看看，我怎么感觉哪里少了什么似的?"

"你等着,我来看看?你先转几圈看看?"秦臻在他面前转起了好几个圈,又皱着眉问:"看出了什么了吗?"

"我知道了,是首饰,你等着?"说毕,打开抽屉,看了看,选出来一条奶白色珍珠项链,这条项链是他知道她答应嫁给他的时候,趁着买求婚戒指的时候,觉着漂亮便也买了下来,还有一对同款的小小珍珠耳坠,她好像还没有戴过。笑着对她说:"你过来,我给你戴上?"

秦臻便乖巧地坐到他旁边,他很耐心地为她把这套珍珠首饰戴好,于是对着镜子,又转了几圈,他在一旁得意地说:"怎么样,林太太?林先生的眼光还不赖吧?"珍珠淡淡而略微璀璨的光泽和她的气质相得益彰,整个人看上去是那么优雅而又带着一点江南的婉约和少女情怀,于是开心地搂着他的脖子,"我们该出发啦?"

"林先生这么辛苦地为林太太服务,林太太是不是该有所表示?"林子远略带戏谑地说道。秦臻只好在他脸上重重地亲了一口,娇嗔地说:"走啦!"

北京交通拥挤是出了名的,到达现场,许多嘉宾来得也差不多了。没想到许歌和夏秋也来了,看到秦臻和林子远,许歌还是热情地走向前来,"看来,你们俩这新婚生活过得不错嘛,小学妹越发光彩照人了。"

秦臻落落大方地说道:"学长你也不错嘛!"只见夏秋一身黑色小礼服裙,风情万种地向他们走来,挽起许歌的手微笑着说:"下个月,我们要结婚了,你们一定要来哦!"

"许学长,终于还是抱得美人归了!"林子远笑道,又对秦臻说,"小池,看来,我们得准备红包了。"

"小子不得了,我们学校的才女都被你收服了,想当年,多少人追她,她都无动于衷,我怎么也觉得,你不就是长得比我好看了那么一点点嘛!

唉！"许歌开玩笑道。这时，只听见主持人说："各位来宾，以及雪粉们，大家下午好，欢迎你们的到来。今天，我们歌坛玉女雪落儿的第三张专辑经过为期一年的筹备，终于和大家见面了，下面就让我们的玉女歌手雪落儿给大家演绎这首'雪落凡尘'专辑的主打歌曲'雪之见'。"

雪落儿身穿白色抹胸连衣裙，头发上戴了新鲜花朵做成的花圈，脚踩水晶高跟鞋走上台，雪粉们一见她就举起自制小牌子欢迎，上面写着我爱你，加油之类的鼓励词。她向大家挥了挥手，便拿起话筒，对大家说："谢谢大家的到来，今天我的新歌发布会能够如期举行，与大家的支持密不可分。现在，我就把这首'雪之见'送给大家，希望你们喜欢。"

大约是在冬季我遇见你

我还没有好好告别

就要说离别

那年冬天下起了雪

你的泪水就像是水晶

亲爱的

雪花儿飘呀飘

冷风儿吹呀吹

我不想和你说再见

你是否听得见

雪花儿替我说的我爱你

亲爱的

雪花儿飘呀飘

冷风吹呀吹

我不想和你说再见

你是否听得见

雪花儿替我说的我爱你

空灵而唯美的声音传来，仿佛置身于一个唯美的雪景里，在寻着恋人的身影，不舍得的离别，让泪水忍不住滴落，离别时又是那般伤感。舞台上的雪落儿，是一个真正的歌手，唯有在歌声里，她的生命才是炽热的，她才会发光、发亮。

几年前那个青涩而又稚气的小女孩，如今已蜕变得更加完美，雄厚的实力已证明了她的歌声魅力更胜于她的美貌。她的歌声，是有生命力、穿透力和感染力的，大家也渐渐忘了她的那些绯闻，更加欣赏她的努力。

一首歌唱完，她微笑着向大家行了一个礼，越来越有明星范了，秦臻不禁欣赏起这个妹妹来了，为她由衷的开心，她是看着她一步一步成长起来的。台下响起雷鸣般的掌声，记者紧紧把雪落儿包围，在那里和她互动着。

秦臻微笑着看着林子远说道："雪落儿越来越棒了！"林子远赞叹道："她可是雪落儿，我们大家的雪落儿。"

"秦臻，我得谢谢你，谢谢你给我带来了这么好的一个妹妹。"夏秋衷心的谢道，复又说道："但是，我还欠你一句对不起，那时，我不懂事，那般为难你过。"

"都是过去的事了，再说，真没关系，我能理解你。"秦臻也微笑着看着她，终于，等到了这冰释前嫌的一刻。

发布会结束，雪落儿走了过来，一下子紧紧把秦臻抱住，"臻臻姐，谢谢你。"

"谢我？"秦臻显得有些困惑。

"谢谢你在我每一个重要的时刻，都出席了，我很开心。"雪落儿欢快地说。

"什么时候这么矫情了？对你夏秋姐姐也这样吗？"秦臻笑道。

"在家可很少看到她这一面呢！"夏秋笑道。

"姐姐，我有吗？"向夏秋撒起娇来。

"等下个周末是不是得约个时间聚一聚，庆祝一下我们雪落儿的新歌成功发布？"许公子提建议道，一脸真诚地看着大家。

"我也正有此意，雪落儿你看怎么样？"林子远征询意见。

"看在我两个姐姐的面上，我只好勉强抽出时间啦，呵呵！"雪落儿笑道。

"哟哟，说的好像不是你的事情一样，小鬼头。"林子远挽着秦臻的手，风趣地说道。

"姐夫，不带你这么说我的。"雪落儿撒娇道。

大家正处于欢笑之时，秦臻的手机铃声便响了起来，一看显示屏，是母亲打来的。

"妈，你找我呀！"

"臻臻，我看到电视现场直播了，雪落儿可出息了。"苏淼淼在电话一头难掩她的激动之色，作为一个母亲，即便只是养母，她也是自豪的，充满骄傲的。

"是呀，妈妈，她就在我身边呢！你要和她说几句吗？"

"这样方便吗？会不会影响到她的工作？"

"现在不忙了，你等着，妈妈。"说着，把电话递给雪落儿，雪落儿有点疑惑道："我的？"

"是妈妈的电话。"秦臻笑笑。

"妈妈，我可想你了，你身体还好吗？"难掩心中的思念之情，若不是淼淼妈妈义无反顾地支持自己，哪有今天她如此出色的成就，对于这点，她是不会忘记的。在她心里的妈妈，是臻臻姐的妈妈，是领养她的淼淼妈妈而不是那个高贵妩媚的如娇，这一点任谁也无法改变她的立场，即便她现在是赫赫有名的星娱董事长夏正帆的正室又如何？

"妈妈看到电视直播了，我的小女儿做得很出色，妈妈为你骄傲。"电话那边，苏淼淼心酸地落下了两行清泪。

"妈妈，你是不是哭了，你别哭啊，等我有时间了，就去看你，在我心底，你永远是我的妈妈，这一点是改变不了的。"感觉到电话那头的伤感，她似乎也跟着有些伤感。

"嗯，我的乖女儿，等你回来，妈妈给你煮好吃的莲子羹。"苏淼淼回忆起雪落儿小时候最爱喝她煮的莲子羹，心里一阵幸福。

"好的，妈妈，到时候，我要吃好多碗。"

"妈妈，奶奶身体还好吗？"牵挂起那个笑容慈祥的奶奶来。

"都好，都好，妈妈挂电话了，你们忙。"

"好的，妈妈。"不舍地挂掉电话，心里又一阵小小的失落，把电话递给秦臻，秦臻笑道："怎么愁眉不展的，妈妈和你说了什么？"

"妈妈说，等我回去给我煮莲子羹喝，呵呵！"想到莲子羹的美味，一切烦恼似乎都烟消云散了。

"妈妈可是越来越偏心了，都没说要煮给我喝，电话一打来，就雪落儿长，雪落儿短的，我都怀疑我是不是她的亲生女儿了，唉！"秦臻一脸的哀怨状，惹得雪落儿小声地咕哝道："臻臻姐，连我的醋都吃，不想理你了。"

"多大的人了，还这么孩子气，姐姐和你开玩笑呢！"

"谁让你非得说人家的。"

"好了，姐姐那天和你谈的还记得吗？"秦臻认真地看着雪落儿，雪落儿立马做投降状的说："臻臻姐，我知道你接下来要说什么，人家不要听。"雪落儿似乎也变得有些敏感和抵触。

"姐姐知道你很爱淼淼妈妈，淼淼妈妈也很爱你，可是，毕竟你如娇妈妈是你的亲生母亲，母女之间哪有一辈子的仇，是不？"

"好啦，我知道了，臻臻姐，阿远姐夫，快把臻臻姐带走，我耳朵快满了。"雪落儿真是怕了她的臻臻姐了，只好把她的阿远姐夫当救兵了。

"说你小鬼头，还不承认，非得到遇上麻烦才肯叫我一声姐夫。"林子远笑道。

"以后，我都叫你姐夫好不好，姐夫！"雪落儿叫嚣道。

往事一幕幕回现，是怎么开始的？

5

飞机飞往云端最高处的时候，她看着窗外，以为那是离天堂最近的地方，她仿佛又见了他如昔的笑颜，伸出手，触摸到的却只是一片虚无。

这是苏州飞往北京的一趟航班，就连奶奶都来送行了，其实奶奶并不是奶奶而是外婆，自从一年前老人家见了这个十多年来都没见到过的外孙女后就坚持让她改口喊奶奶，俗话说，伸手不打笑脸人，秦臻只好随老人家的意愿了。

老人家紧紧抱着孙女不肯放手，还是一旁的儿子说再不放手飞机就要误点了，老人家才依依不舍地松开了手，就连一旁的苏温琅和苏温珂看了都怀疑是不是奶奶心里只有表姐了，不过同样的他们也舍不得这位表姐。苏温琅、苏温珂是龙凤胎，性格却一点也不像，哥哥聪明却很爱玩，妹妹有些黏人却很上进，今年都在吴中区一所私家中学念高一。

自从一年前，姑姑带着表姐和小表妹住进了家里，奶奶的心情越来越好，身体也越来越好了，奶奶叫徐英是吴中区锦绣集团的董事长，锦绣旗下兼具纺织与刺绣产业，在江浙一带都赫赫有名。不过小表妹不是姑姑亲生的，据说是表姐捡来的妹妹，如花似玉的。小的时候，姑姑便是家里的禁忌，不能提的，姑姑叫苏淼淼，当年因为不满奶奶的指腹为婚私自出走，一走就是那么多年，把奶奶气得不轻，好在兜兜转转终是回到家了。

苏温琅以为妹妹苏温珂就是最漂亮的人啦，没想到这位表姐就像是个仙女似的，长发飘飘，唇红齿白，清眸流转，顾盼生辉，全身上下无不透露着姑姑的影子，却比姑姑多了一份清丽。今年她以苏州市第一名的成绩考进了中央美术学院油画专业，为苏家挣了不少脸面，奶奶好像很久很久没有这么高兴过了。一下子大摆宴席，请了好多亲朋好友前来祝贺，苏家很久都没有办过喜事了。

奶奶年轻的时候水墨丹青画得可是一绝的，直夸表姐有她当年的风范，表姐画的是油画不是中国画，只不过不好驳了老人家的脸面，今天全家人都来给表姐送行了。

"表姐，到了北京要给我打电话哦。"苏温珂紧紧握着表姐那双白嫩的手。

"表姐，有了男朋友，要第一个发照片给我看哦，弟弟我帮你看看帅不帅？"苏温琅在那里一脸坏笑的，准没有什么好心思。

"你这孩子，脑子里整天装些什么啊，竟说些有的没的。"老人家教训道。苏温琅没有停住的意思，"奶奶，表姐若不是读书都可以嫁人啦，你有表姐大的时候不是都有姑姑了吗？"

"小兔崽子，怎么和奶奶说话的。"一旁的苏金城出言呵斥道。

"奶奶，你看爸爸他？"苏温琅又向老人家撒起娇来，老人家不理会孙子的话，只是看看秦臻说："好了，让你表姐去吧！"

"再见了，奶奶！"秦臻也很舍不得，和大家告别了，忍住心里的酸涩与不舍，独自登机。

再见了，亲爱的家人。

自从一年前和母亲、妹妹搬到苏州，这里便是她们的第二个家，也是今后永远的家，第一次进家的时候就像是林黛玉进贾府似的，小心翼翼地，生怕说错了一句话，没想到老人家只是看着威严些，却是平易近人很亲切，还有她的表弟表妹，那么可爱友善。

苏家与秦家一样都有祠堂，只不过苏家的祠堂比起秦家可是规模宏大，香火不断的，她和母亲搬来的第二天，老人家就带着一家子人去上了香火，母亲也有种落叶归根的意味。母亲祖父的祖父是清朝光绪时期江南这一带的富商，开了一家绣房，叫锦绣山庄，锦绣的历史可谓源远流长，发展到今天，已是规模巨大的产业，遍及江浙、上海一带，在北京同样有分公司。

秦臻与母亲住的地方，可谓是小桥流水、古色古香的园林建筑，是在清朝保留下来的房子上结合现代的建筑翻新过的，既保留了古代的特色又兼具现代的功能，没想到母亲的本家有这么大的背景，只是以前，母亲从未提过。

飞机快要降落的那一刻，秦臻心里荡起阵阵涟漪，久久不能平息，继而，又是深深的感伤。

"我到北京了，你看见了吗？你听到了吗？我，做到了！"心里的一个声音在诉说着，"等着我，我会去看你的，我会的。"脑海里是一个少年温暖的脸庞，他微笑着看着她，渐渐地，渐渐地远去。

"阿陌哥哥。"她伸手触摸，却只是一片虚无。原来，只是幻觉。

"飞机马上着陆，请各位旅客注意安全。"空乘员好听的声音响起，打断了秦臻的沉思。锦绣在北京也有分公司，一直是舅妈在打理，远远地一个中年妇女在等候着她，她知道那是舅妈，她着藕色长裙，头发盘起，比视频里见到的还要年轻几分，她就是温琅与温珂的母亲，而旁边那位穿着西服，笑容得体的年轻男子应该就是她的助理。

"舅妈。"秦臻微笑着喊道。

"可等到了，快让舅妈看看，多标致的人儿啊，小李你说是不？"旁边的男子听了她的话也称赞起来，"叶总，表小姐和你的气质如出一辙呢！"

"你这孩子，就是嘴甜。臻儿，这位是我的助理，你可以叫他李哥。"

"李哥好。"秦臻很有礼貌地向他打了招呼。

"表小姐人美声音也好听，呵呵，呵呵！"

千穿万穿，马屁不穿，小李把叶筠逗笑了。谁让她是他上司呢，再说，眼前这姑娘真比公司里的那些美女同事还要美上几分，她拿着一个行李箱，穿着修身牛仔裤和针织上衣，系着一条真丝围巾，上面绣着只只彩蝶，栩栩如生，好像要飞了起来一般，更衬得她明眸皓齿，肤色白皙。

"奶奶身体还好吧？"叶筠问道。

"奶奶精神着呢！"

"你比温珂大不了几岁，见到你这个侄女，就像见到女儿一样，有什么事尽管和舅妈说，别在学校里受了委屈。"叶筠嘱咐道。

"温珂进步了，期末考进了年级前十。她让我带话给您，说要您好好照顾身体，她很想您。"

"我又何尝不是，臻儿，这江山易打，却难守，多少人眼红着我们苏家产业，你们要好好学习，将来才能为苏家尽一份力。"

"舅妈，我会的。过几年，等温琅大些，你也可以省心些了。"

"你就别提我那儿子了，从小就知道玩，整天不知道厮混些什么。能像你一样懂事，我就谢谢祖宗啦！"

秦臻随叶筠到了她的住处，一套精致的小洋房，可见，苏家富裕的程度。

"入学手续呢，我让人给你办好了，你若不习惯住学校呢，还是到我这里住，钥匙我让花花给你一把，什么时候想回来，都可以，冰箱里有吃的，想吃什么让花花给你做，那孩子厨艺好着呢！"

花花是这栋房子的小保姆，人憨厚老实，又勤快，深得舅妈信任。

"舅妈知道你这孩子从小简朴，但这条裙子是舅妈特地为你挑选的，怎么说，你也要收下。"叶筠微笑着精心为侄女准备的见面礼，这个侄女她一见就喜欢得很。

"舅妈，这太贵重了。"秦臻平时不喜欢穿名牌但也识得那条裙子的牌子，简单优雅，有些人，努力一辈子也未必能穿上一条。

"都是一家人，别说什么客气话，快，试给舅妈看看。"

镜子里的她，看上去不再像平时的休闲，而是精致优雅，得体的剪裁，上好的材质，更衬得身姿优雅，气质出众。

"你这孩子，穿什么都好看，舅妈还有事就去公司了，有什么事你给我打电话，说给花花让她转达也行。"

"嗯，舅妈你去忙。"

第二天，舅妈让一个女助理带她去买生活用品，床单被套的还是去锦绣旗下选了一套最新款的。

车子开了许久，终于抵达中央美术学院，她坚持要一个人去报到，舅妈的助理拗不过她只好回去了。

因为是大中午，门口接待的人只有几个，她一手拉着行李箱，一手挡着阳光，就进了校园，没想到，校园里是异常的热闹。

天空是醉人的蓝，北京很少有这么好的天气，许歌在拍摄照片的时候，一个身影入了他的视线，相机拿开，一看，仙女，那女生着一身白裙，裙摆上绘着朵朵淡黄雏菊。她每走一步，那裙摆就被风荡一下，那雏菊好像是真的一般，让他不由自主心跳加速，围在颈上的丝质围巾和着风与那及腰的乌黑长发纠缠，如莲花一般脱俗的人。大概是阅美无数的富家公子从没有见过哪个女生能把白色穿得那么好看，好像是古墓里的小龙女重现人间似的，却又比小龙女多了一丝温暖。

6

她以为她早已可以把他好好放在心里，放在她的青春年少里，可是，当回忆汹涌而至的时候，她才知道，他是刻在她心里的一抹刺青，永远清晰。

秦臻并不知道自己在微风中秀发飞扬的模样有多迷人，她只是觉得烦躁，应该把头发束起来的，可是出门太忙，忘记戴发带了。以前她总会忘记束头发，阿陌看她那个模样，总会找出一根漂亮的发带为她束发，她觉得阿陌就像个魔法师。阿陌的手指抚过她的发丝，她总会觉得脸颊发烫，思及此，忽而生出一丝悲伤来。

但看到这座美丽的校园，她仿佛觉得又离梦想更近一步了，似乎，悲伤也变少了，于是，她朝着天空大喊："秦臻，加油！"她满足的舒了一口气，并未发现后面打量她的校友们。

要知道美院校草许歌可是许氏集团的唯一继承人，典型的高富帅，学校里的学生公寓楼是他家捐赠的。

"许公子，嘿嘿！"旁边的同学晃了一下许歌的眼。

"额……怎么了？"许歌的眼睛就没从秦臻的身上移开过。

"相机拿反了，是不是看上人家了？话说，是哪个系的新生啊，长得好清纯，像个仙女一样。"

"你以为我知道呀，你小子别成天只会乱说。"说完，给了人家几个爆栗。

"那你也不能打我呀，很痛耶！"某同学只好抱怨。

"相机拿好。"许歌把相机丢给旁边的同学，就朝着秦臻的方向走去。

秦臻正准备找个人问一下学生公寓怎么走，一个身影就走到了她面前，他气宇轩昂、风度翩翩、穿着不凡。那人朝她开口,"同学,你是新生吗？"

秦臻看着面前这个风度翩翩的大男生，突然变得戏谑了起来,"你怎么就知道我是新生呢？万一，我不是呢！"说毕，露出一个灿烂的微笑，许公子被这笑容迷住了，一下子忘了要怎么说，秦臻以为吓到人家了，于是赶紧说:"呀,我是和你开玩笑呢,呵呵！"

"呵呵！"美人面前，许公子智商突然急剧下降，也跟着傻笑，那笑容在秦臻眼里，只觉得很可爱。

"可以帮我一个忙吗？"秦臻问。

"学妹尽管说。"许公子站在秦臻面前,比他足足高了一个头呢！

"我不知道学生公寓怎么走了。"说完，有些不好意思。

"我带你去！"许歌心里一下乐开了花，悄悄向地面比了一个胜利的手势。

"我姓许，单名一个歌字，歌声的歌，学妹你呢？"他睁着好看的眼睛看着秦臻，显得很亲切。

"我叫秦臻，秦时明月的秦，百福并臻的臻，我可以叫你学长吗？"

"可以，可以，呵呵，以后需要帮忙就打我电话，你手机借用一下。"秦臻从包里拿出她的手机，递给他，他在她的手机上按下一串数字,"这是我的号码，你确认一下。"于是，秦臻拨了出去，许公子兜里的手机铃声响了起来。

"那我走啦，再见哦！"他笑得很灿烂，在秦臻心里留下了极好的印象。

"学长，谢谢你！"秦臻也笑着说。

"不用谢！"

秦臻的心里是一种久违的亲切，这座校园不仅美丽，连学校里的人都是这么善意，顿时，一种温暖的感觉直上心头。

秦臻住的是四人间公寓，她选了一个靠窗的位置，从阳台看下去，可以看到校园的景致。

"请问，有人在吗？"

秦臻听到一个女生在询问，打开门，一个长得圆圆的，很可爱的女生笑着看着她，她主动地说："你也住这间吗？我也是哦，我叫李至，你可以叫我小至，呵呵！"

"我叫秦臻，很高兴认识你。"秦臻礼貌地回答了那个很可爱的女生，接着另外两个室友也来了。大家很愉快地打了招呼，住了下来。

当秦臻坐在了油画专业（1）班教室里时，只听到同学们在热衷于一个话题。

"听说新生代表发言的是一位男生呢！"

"以往不都是女生吗？"

"不知道，只是听说帅到没法形容，有同学说见到过他的真容。"

"真有这么帅吗？哎呀，怎么办才好？美男的魅力可是无法抵挡啊！"

"哎，不说啦，记得去会堂的时候去早一点。"

"好呀，那你别忘记喊我。"

"知道啦，知道啦。"

几个同学在那里窃窃私语，让秦臻一阵莫名其妙，想想，再帅的人还有比曾经川水中学的三大美少年帅吗？也许有，不过目前为止，还真的没有见到过。

代表新生发言的是一位来自花溪的高考状元，他身材修长，气质优雅，卓尔不凡，令台下的女同学脸红心跳，一股躁动。

教导主任在过道旁很耐心地维持着纪律，却被同学们纷纷投以很鄙夷的眼光，气得他拿着扩音喇叭很辛苦地喊着："请同学们保持安静，保持安静。"观众席上的新生们有些在讨论，有些在窃窃私语着，取笑他的那一小撇胡子，那是卓别林翻版吗？

秦臻和室友小至因为找不到小礼堂，所以来迟了。台上的新生代表正在做结尾，"我很荣幸能担任09级新生代表发言，在此，我希望我们能为美院再创辉煌，谢谢大家！"发言完毕，他朝着观众席深深地鞠了一躬，那姿势实在优美，让人看了只觉得如沐春风。

秦臻也跟着同学们一起胡乱的鼓掌，可当台上的男子抬起头来，转身退场的时候，秦臻却看清了他的样貌，心里不可置信却又疼得难以复加，嘴里喃喃地说着，"阿陌哥哥。"

"阿臻，你在喊谁呢？大家都走了？"小至奇怪地看着秦臻。

"小至，刚才发言的是谁？"秦臻着急地问道。

"你傻了，新生代表呀！长得真是一个赞耶！"

"小至，你先走着。"丢下小至，穿越层层汹涌的人潮，直朝着那一个身影追去。几次不小心被人绊了狠狠摔在地上，却忍着疼痛，朝那个男生追去，终于赶上他，紧紧抓住他的衣角像抓住生命中什么重要的东西一般。男子感觉被什么一拉，转身回头，便看到一位女子深情地望着他，她用好听的声音喊了一句，"阿陌哥哥，"便泪如雨下，那是思念了两年而又隐忍的泪水。苏皓霖从来没有见过哪个女生在他面前这般流泪过，被吓得一时间竟忘了推开她的手。

秦臻就那样看着他的脸，不停地流泪，男子也望着她，那双琥珀色的眸子里还是那般地温柔。

"阿陌哥哥，你回来了，我是小池呀！我是你的小池呀！"她的语气是那般委屈，男子小心翼翼地推开她的手，笑着说道："同学，你是不是认错人了？"

秦臻不可思议地说道："阿陌哥哥，你怎么了，我是小池呀，你不认识我了。"那眼睛还是那般深情地望着他,如小鹿一般无辜,含着泪水。

"同学,你真认错人啦,我叫苏皓霖,皓月当空的皓,久旱逢甘霖的霖。"男子温柔地解释道。

"皓霖。"女子仿佛清醒一般呢喃了一句,而后又放开他的衣角说道:"对不起,对不起,我认错人了。"

男子温柔地笑笑,转身离去,她望着他远去的背影心里道:"他不是阿陌哥哥,他没有那颗泪痣,没有。逝去的人怎么可能又活过来,又不是电视剧,不是。可是,为什么,为什么,那明明就是阿陌哥哥的脸,这个世界上怎么会有如此相像的人?为什么?"

"阿臻,你怎么在这里?我找你半天了。"小至的声音在耳旁响起,秦臻抬起头泪眼婆娑地望着她,"没……没什么……"

"你怎么哭了?"小至着急地说道。

"我哭了吗?"秦臻可怜兮兮地问道。

"阿臻,你别吓我,你该不会是傻了吧?"小至用手晃了晃她的眼。

"我们回去吧?"

"好,回去啦!"

回到学生公寓,躺在床上,却翻来覆去怎么也睡不着。

至今,也忘不了,在阿陌哥哥的葬礼上,沈阿姨那如刀一般剜人心扉的言语和那把她打出血的一巴掌。她用视死如归而又无比怨毒的眼神看着她说:"你这个祸害,为什么,死的不是你?"

你这个祸害,为什么,死的不是你?这句话如同一个诅咒如影随形,纠缠着她,让她在梦中惊醒。

那个死去的少年,叫林子陌,是她小时候的邻家哥哥,青梅竹马的守护者,那一场生死交锋搏斗的瞬间,他替她挨了一枪,子弹直穿心脏,当场死亡。那一幕,是她心里最深的痛。若不是两年前,她追查父亲意外猝死的真相，是不是一切便可以回到原点？

7

她终于知道，有些事情就算是她只字不提，也不代表她就真的忘记了。那场叫作父亲的风，在她生命里其实是永不消逝的。

两年前……

那一天的雨是记忆中最大的，好像怎么下也不会停止的模样，那时候的秦臻还是川水一中的一名学生。母亲打电话来的时候，她还撑着一把红色的雨伞，和普通的学生一样，穿梭在偌大的校园里。

"小臻，你爸爸他……你爸爸他……他……"电话那头是母亲焦急的声音，一种不好的预感涌上心头，"妈妈，你别急，爸爸他怎么了，你好好说？"

"宝贝，你要冷静，你爸爸他死了。"电话那头是母亲的哭声，每一声都紧紧撕扯的她的心，难以呼吸。

"妈妈，我不相信，爸爸在监狱里不是好好的吗？不是说表现好的话还会给减刑的？怎么会这样？怎么会？"

脑海里还是与父亲最后一次见面的模样，那是她第一次见到父亲的模样，没有想到也是今生最后一次相见，从此，便是生死两隔。他穿着囚服，可无法掩盖他异常英俊的模样，脸色因长年见不到阳光而异常的白，嘴唇也是干裂得有些脱皮，唯有那双眼睛是那么的明亮，那么的清澈，如同一汪静静的潭水，那一刻她忽然明白母亲为什么要在这个名不见经传的小镇，为他画地为牢死守那么多年，那一双眸子，任谁看了都愿意深陷其中，不能自拔。他微笑着扯开嘴角对她打招呼，"宝贝，你和你妈妈一样漂亮？"

十多年来对于父亲的种种幻想、种种思念，在眼前这一刻逐渐清晰，他微笑着从监牢里伸出手来对她说，宝贝，你和你妈妈一样漂亮？他的眸子里含着热泪，透着明亮的光，那一刻，秦臻发誓，她再也没有见过比父亲还要温柔而又英俊的男人，尽管他已至中年。

"爸爸。"那是在梦中喊了无数回的声音，终于喊出了口，"我很想你！"泪水，大颗大颗地滚落，再也忍不住，父女俩隔着铁栏杆，紧握着双手，泣不成声。"爸爸对不起你，对不起你！"他的声音是深深的痛惜，而秦臻却说不出话来，只是不停地摇着头，倔强地望着他，泪水却怎么也止不住，"妈妈她很爱你！"

"对不起，对不起！"他蹲下去，抱着头，更是哭得歇斯底里，那声音里好像隐藏着多少年的思念与伤痛，好像又透着多少无可奈何与身不由己。

"妈妈让我带给你一句话，她说她此生无悔！"秦臻看着父亲，他忽而站起身来挤出一个微笑，"等再过几年，我们一家人就好好在一起。"

"等再过几年，我们一家人就好好在一起。"父亲的话仿佛还在耳边回响，那么好听而又清晰，那声音里充满着对生活的热爱和对一家人团聚的期盼。他仿佛在微笑着看着她，逐渐远去。她再也撑不住，重重地跌落在雨水与淤泥里，直到眼前一个身影替她挡着雨，温柔而宠溺地对他说："不哭了，我们回家。"

原来，她的阿陌哥哥，一直跟在她的身后。

父亲的葬礼上，秦臻的眼睛已经肿得像个核桃那般大，来了许多人，秦臻已经无暇顾及，她的心如同被灌满了铅，沉重得难以呼吸。遗像上的男子，笑得那么灿烂，他甚至还没有和她吃过一顿饭，逛过一次街，去过一次游乐园，他还没有给她过过一次生日，参加过一次毕业典礼……他离开得那么仓促，那些看似最简单而又平常的事，是她从来没有拥有过的幸福。

他在她的成长里缺席了那么多年，然后，又如同一场风一吹而过，这场风叫作父亲，她存在这个世界上，却在她生活之外，而又消失在她的生命里，如同一颗流星，美得让人舍不得移开眼目，却又抓不住。流星终究要陨落，而我是你的骨血，要带着你的延续继续前行。

"小臻，我给你爸爸换衣服的时候，发现了几封书信，放在房间的柜台上，你拿去吧？"苏淼淼憔悴地说，昔日红润的脸几近苍白，无一点血色。

"妈妈，你去休息一下吧？"秦臻紧紧握住苏淼淼的手，她却摇摇头，手里牵着雪落儿，雪落儿的眼睛同样哭得很肿。

"臻臻姐，我会陪着妈妈的，你别担心了，你忙你的，肯定还有许多事情需要你。"才念初一的雪落儿显得很懂事，很细心。

"小臻，我们过去那边吧？"林子陌在她耳边轻轻地说，紧紧握着她的手心不放开，作为秦家的长女，虽然才16岁，可她表现得如同一个大人一般，处处为母亲分忧，在许多事情上已经有了自己的主见。

"阿陌哥哥，你说妈妈她为什么要把那些书信留给我，她不是应该亲自看才对吗？"秦臻显得很疑惑。

"或许，秦姨是怕触物伤怀，秦叔叔他才……"林子陌在一旁说道。

"嗯，是我忽略了这点了。"

没想到颜可与她爸爸也来了，颜时业一进来就跪在秦天的遗像前，在外人看来，不过是最基本的死者为尊而已，而他却跪了很久。

颜时业看着照片上那个年轻的男子，心里百感交集，又心生悔恨，多么年轻而又无辜的一条命，没有想到季大牛还是忍不住出手了，心里有一个声音在说："他早该倒台了，可是就连我们也拿不出他犯罪的证据，你，蒙冤了，我知道，你走的不明不白的，就连临死前也不知道是你的兄弟给你摆了一道，把你送上黄泉的。如果有机会，我会帮你报仇的，你，好好走吧！"

他又磕了几个头，走到苏淼淼面前说了一句，嫂子，节哀！苏淼淼的泪又忍不住落了下来，颜时业带着颜可准备要走，秦臻追了过去，"颜叔叔，我有话要和你说。"

他看着秦臻，一脸凝重之色，复又点了点头，又看了身边的颜可一眼，示意她等着，颜可会意地说了一句，"爸爸，你去吧！"

到了门外没有人的地方，秦臻忍不住先开口了，"颜叔叔，你是不是知道什么，我知道你肯定知道什么，你告诉我好不好，我不相信爸爸就这样不明不白地死了，我不相信……"秦臻的情绪变得激动了起来，颜时业看着这个眼睛通红的女孩，安慰了起来，"孩子，我第一眼见到你时，就知道你是个聪明的人，可是叔叔有一句话还是要和你说，这人呀，太过聪明就不好了，留着生命好好过完一生才是，你妈妈她也不容易。"

"颜叔叔，我明白你的意思，这是一件危险的事情，甚至，会有生命危险，可是，我不能不明不白的就这样相信爸爸离开了，我这辈子都不会安心的。"

"不是我不帮你，有些事情你们还小不懂其中险恶，叔叔是不愿看你牵扯进去。"颜时业又摇摇头，长长地叹了一口气。

"叔叔，还是谢谢你！"秦臻由衷的感谢了他，看着颜可和他越走越远的背影，秦臻觉得心里那一丝燃起的希望又熄灭了下去。

回到房间，看到柜台上的那些书信，其中一封看起来年代已经很久远了，秦臻奇怪为何这些信封上全部一片空白，没有任何邮寄地址，忍不住好奇打开念了几行，心头却一震，赶紧把门窗关好，又拿起信继续看了起来，越往下看眼泪越怎么止也止不住，还好，母亲没有看到，这些全是父亲对母亲的思念，还有一些被岁月尘封的往事，那封年代最久远的写着：

森森，我走进这个只有四角空间的监狱已经一年了，宝宝快有一岁了吧，不知道她是否会喊妈妈了？一年前，你哭着对我说你不相信我会做出这样的事情，也只有你才懂得我，可是我，欠着季大哥一份恩情，我发过誓，这份恩情我一定会还，即使牺牲我的生命也在所不惜，何况只是坐上20年的牢。等我把我的恩情还完了，我们一家人就可以团聚了。

接着往下看了几封，都是父亲对母亲的思念，但那些信件里全部提及了一个人物，就是季大哥。秦臻心里满是疑惑，季大哥是谁，她和父亲到底是什么关系？父亲欠了他什么恩情，到底发生了什么？这些问题在她脑海里纠缠不止，她一定要去把这些疑点理清楚。

父亲的事情终于忙完了，秦臻又回到了学校，母亲似乎忘了关于书信的事，秦臻也闭口不提。已是深秋，她穿起了厚厚的毛衣，一个人坐在校园的长椅上，看着片片凋落的梧桐，心里溢满了悲伤，就在她沉浸在忧伤的氛围里时，一个讽刺的声音打断了她的遐想，"哟，这不是走私犯的女儿吗？怎么了，不就是死了爹吗？怎么搞得像是死了全家似的，满身晦气，呵呵！"

8

她从来没有想过，那个如果可以，她再也不想见到的人又出现在她的世界里，那个叫季流川的人是她心底最孤独的破碎。只是，有生之年，狭路相逢，终不能幸免。

秦臻一看，是简衫宁，她和几个同学站在她面前，满口恶语，秦臻不愿与这种人计较，保持沉默，可哪知她那张臭嘴怎么也止不住，"哟，还装清高，一身穷酸气，看着都碍眼，我们走？"简衫宁正准备要走，秦臻忍不住说了一句，"我秦臻从来不和狗计较。"

"你说什么，你再说一遍？"简衫宁气得浑身颤抖的样子，从来就没有人敢这么和她说话。

"我秦臻从来不和狗计较。"话毕，就在简衫宁还没有反应过来的时候，秦臻一巴掌就狠狠甩在她脸上，那一巴掌，用尽了她所有力气，硬是把简衫宁那张嚣张的脸给打肿了，那是她第一次打女生，因为有人对父亲出言不逊，她不允许父亲已经离开了，还有人拿他说事，她不允许，简衫宁想还手，却被一只手抓住了，抬头一看，是季流川。

"还不滚？"季流川狠狠地说。

"我们走……"简衫宁捂着那张脸很识相地走开了，心里却有一个声音在说："季流川，你会后悔的。"

"你没事吧？"季流川温柔地问，他的那张脸美得让人恍惚，像是从画里走出来的人一样。

"我能有什么事？"秦臻的语气很冰冷，季流川的心紧紧揪了起来，他被她的态度伤到了，但他很想揉揉她乌黑的头发，刚要走近她，秦臻却往后退了好几步，就好像避开什么怪物一样，这态度更是惹怒了他，他一把把她拉到面前，不顾她的反抗吻了下去，秦臻睁大了眼睛不敢置信，他吻得那么用情，她承认他那张脸是女生们所迷恋的，可是，那是她的初吻啊，他怎么可以那样对她，心突然疼了起来，泪止不住流了下来。

外人看起来，他们就如同恋人一般，可是只有他们两人清楚并不是那样的关系，不远处，一个少年看着他们在接吻，拳头一握就狠狠砸在树上，满手鲜血。简衫宁一笑，讽刺地对那人说："呵呵，她喜欢的不是你吧？不然，他们怎么会吻得那么忘情，就像一对幸福的恋人？"

"你给我滚！"林子陌狠狠地说，而后，转身离开，头也不回。

"林子陌，你给我看清楚了，我简衫宁才是爱你的，那贱人有什么好的，你要么么护着她？"看着他远走的身影，蹲下身去，泪流满面。"为什么？为什么？我这么爱你，你连看我一眼都不愿吗？林子陌，你这个傻瓜。"

季流川被冰冷的液体惊醒了，才清醒过来自己在做什么，立即放开怀里的人儿，却发现她的脸色苍白到极致，"对不起，我……"一巴掌甩在他脸上，一点也不留情，"你给我走！"

"我就那么让你讨厌吗？你知道的，我是喜欢你的。"季流川的语气显得有些哀伤，看着秦臻的眼睛忽而溢满了泪水，那表情只要是女生都会动容，都会狠不下心，可是，她不是其她女生，她是秦臻。

她不喜欢他，是事实。

秋天，原就是个伤感的季节吧，梧桐落了，满地的伤。

季流川堵住她的时候，她被吓了一跳。她没有想到，他又出现在她的生活里，这个她死都想要远离的人，他依旧是那般美得令她都快无地自容，可是她知道他若是毒药，就是那种能迅速窜人心肺的鹤顶红。她不知道，他哪里来的自信，永远笑得那么纯洁无辜，百无一害的样子，这张脸不知道迷惑了多少纯情少女。他一脸邪气地说："秦秦，别来无恙。"

这个世界上只有一个人会这样喊她，他那么一喊，她忽而觉得全身冰冷，冷得可怕，她内心已经紧张得哆嗦，却还是故作镇静地说："你想怎么样？"

他好像被刺激到一般，眼里划过一丝哀伤，却笑着说道："秦秦，你还是这般怕我？"

秦臻只觉得那笑容与他的那张脸一点也不相符，诡异到极点，对于他从来不按理出牌，她永远琢磨不透他到底会做出些什么事。

"你到底想怎么样，他都已经死了，你还不满意吗？"秦臻的心忽而疼得厉害，他已经死了，她的天使，只是一直以来从来没有这样说出口过，没想到，要说出这个事实，心却不比被刀剜着疼少。

"你最恨的那个人也死了,不是吗?呵呵,谁知道林子陌那小子居然死得那么无辜,呵呵!你说他会不会冤魂不散,秦秦,你不喜欢我了吗?"

"够了,季流川,别说了。"如果世界上能够找出一样比刀子、毒药还可怕的,那就是季流川说的话,再说,季大牛的死是他咎由自取,他父亲的死他不也参与了一份吗?那个生前叱咤川水的风云人物要是知道是他亲生儿子送了他最后一程的,他才会冤魂不散,不是吗?秦臻忽而觉得一切都是那般的讽刺。终于觉得她何必怕他怕了那么多年,他能拿她怎么样,这一点的自信,只一个她从来没有爱过他就够了。

"流川哥哥,我只想过平静的生活。"温柔地朝他说道,收起满身防卫的刺,这并不是对付他的手段,她真的只想过平静的生活,她也会累的。

听到她那般喊他,仿佛又回到了年少时,她被人欺负,他替她出头的时光,如今想来,也是那般美好过。他已经被她骗过一次,他再也不会相信她,他朝向她,一步一步紧逼,在她耳边轻轻开口,"别忘了你欠我的约定就行。"

秦臻的心一下子如跌冰窖,约定,呵呵,那不过是交易,不是吗?只是他怎么知道她的学校,还找到了她,光想想就觉得可怕。她秦臻怕过什么,于是鼓足勇气地说道:"我会遵守就是。"

"那就好,秦秦,别想着摆脱我。"说毕,拍了拍手,转身离开,学校里的女生们哪见过这般邪魅帅气的人,忍不住对他纷纷暗送秋波,他居然朝她们比了一个飞吻的动作,如此高调,秦臻忽而觉得,这个同样是认识了那么多年的人,她似乎从来没有了解过。

她知道她的生活,是平静不了了,所有的所有,都让她别无选择。只能向前,不是吗?

她忽而很颓败的在心里说道:"阿陌哥哥,这便是小池的新生活,很精彩,是不是?"心里闪过一丝苦笑,从前的那个小霸王去哪里了,她似乎有些力不从心了,可是,她不可以就此认输,不是吗?

她还有许多事情要做,所以,她必须变得强大起来,才可以去面对那变幻莫测的未来,不是吗?

摸了摸胸口上的长命锁,仿佛找到一丝勇气一般,这把长命锁,是雪落儿送的。那是她因为受不了阿陌哥哥的死讯晕倒之后醒来,雪落儿在床侧从脖子上取下那一把锁给她戴上,并紧紧地握着她的手说:"臻臻姐,你别难过了,我把我的幸运锁送给你,从此,它会替我守护你。当时,我就是握着它才有勇气从大山上逃了出来的。我把它视作勇气之锁,能够给人带来幸运的吉祥物,我……我也舍不得阿陌哥哥的。"

于是两个女孩紧紧抱在一起,哭得撕心裂肺。

那令人肝肠寸断的一幕,尽管过了那么多年,依然清晰,依然会令她红了双眼。

一个人裹着薄薄的风衣,走出了学生公寓,夕阳给校园镀上了一层朦胧的金色。晚风阵阵扑来,打了一个大大的喷嚏,第一次这样漫无目的的一圈又一圈地走着。

秦臻不知道自己怎么了,也许,她真的需要静一静,把那些繁复的心绪一点一点厘清。他不是她的阿陌哥哥,他不是她的阿陌哥哥,心里一个声音反复地重复着,她告诉自己不要再那么失去理智的不能控制自己的情绪。

走着走着竟走到了球场旁,里面传来几个男生打闹的声音,想绕道而走,避开那些不认识的人,却被一个身影吸引了视线,心里又是深深的一颤,是他?

脚下似被灌了铅一般,竟迈不动步伐,隔着网格的铁丝网,怔怔得望着他,嘴里不由自主地轻喊出声,"阿陌哥哥。"

正在和新同学打篮球的苏皓霖显得很认真,同学却忽然停止运球,大家被他一愣,纷纷停止手里的动作,他看着球场外的方向忽而说道:"你们看,仙女。她竟然在看我们,不行了,我的心跳得好快。"

苏皓霖望过去,心里一颤,是她?一种莫名的欣喜涌上心头,只见她穿着一件薄薄的风衣,白皙的小腿露出一截,那身形更显得瘦弱,她好像是在看他,又不像是在看他。

9

多年后,想起他陪我静静走过的路,才明白,这便是相遇。也许,在冥冥之中,一切早已注定。

秦臻回过神来,才发现,他们都在看着她,忽而意识到自己的失态,脸颊微微泛红,嘴里抿起一丝淡淡的微笑,转身离开,却并未发现后面有一个追随着自己步伐的人,直到感觉有人拍了自己的肩膀一下,惊慌地回过头,他微笑地看着她说:"嗨,同学,我们又见面了。"说完,不好意思地挠了挠头,秦臻被他的动作逗笑了,银铃般地笑出了声,又轻轻地捂住嘴,那双灵动地眸子忽而如夜空中最亮的那颗星一般闪烁,苏皓霖却看呆了,一下子竟说不出话来。

"嗨,好巧呀!"她轻柔而甜美的声音如一颗小石子投进平静的湖泊,荡起层层涟漪,第一次,苏皓霖的心再也不能平静了。

"我们以前,是不是见过?"男子开口问道,秦臻又看着他的脸久久地沉默,眼里又浮起了泪光。他又说道:"如果,我猜得没错,你把我当成你的一位朋友了?"

"朋友?"秦臻轻轻地念了出来,想了一下又对他说道,"嗯,你长得很像他,你们几乎一模一样。"

"和我一样的人,这倒是更加引起了我的好奇,如果不介意,能和我谈谈他吗?"

"对不起,我……"我不能说,因为阿陌哥哥已经不在了。后面的话,却怎么也说不出口。

"没关系,是我唐突了。"

"是我欠你一句对不起才对,那天,我失态了,实在抱歉。"秦臻很真诚地说,想到自己竟然去抓着一个男生的衣角紧紧不放,完全没有了一个女孩子该有的矜持,便更加不好意思了起来。

"嗯,没什么的,我是漫画专业的,你学什么的,还有,不介意告诉我你的名字吧?"

"我叫秦臻,秦时明月的秦,百福并臻的臻,你也可以叫我小池,池水的池。"秦臻微笑着回答。

"秦小池,如此诗情画意,和你的气质如出一辙。"苏皓霖忍不住称赞。

夕阳渐渐隐没在天际,从网格铁丝望去,那一瞬间,竟美得令人为之震撼。两人不约而同地喊出口,"好美。"随之,相视一笑,那一瞬间,秦臻真的以为,他的阿陌哥哥真的回来了。然而,两人站在一起,确实是那般赏心悦目。

不可否认,北京的秋天是美的。校园里,枫叶落了一地,踩在厚厚的枫叶上,还可以听到枫叶沙沙作响的声音,不知道为何,秦臻很迷恋这种感觉,仿佛又回到了中学时代那些纯真而又美好的时光。

大概每个人的心底都有一些恋旧情结,她也不例外。

她一直想忘掉过去,忘掉那些令人无法安睡的事,可是,过去就是过去,你可以不去理会,但你是忘不掉的。遇见一个人,像在心里开了一朵无声的花,那样悄无声息地走进了她的心里,在那个阳光温暖的午后,那个叫苏皓霖的男子。

苏皓霖，念着心会忽然发烫的名字。心底有一个声音在说："怎么办才好？我好像喜欢上他了，那个和你如此相像的人儿。你会祝福我吗？阿陌哥哥，你说，我该怎么办才好？"

学校附近有一家蛋糕店，叫樱桃红，生意可红火了，听说老板是学校里的学生，但很少露面，不得不承认，秦臻很难抵挡得住他家的美味诱惑，最喜欢在周末休息的时候，趁着午后阳光温暖的时刻，去点一份糕点慢慢品尝，再加上一杯卡布奇诺便是最好的午后时光。

偶尔也要对自己好一点，她并不知道，她低头品尝糕点那舒心而又快乐的表情被不远处的另一个尽收眼底，他拿着一个速写本，把她画了下来，那是最美的瞬间。

直到感觉门口有不少女生在窃窃私语，而又一片激动的时刻，她才忍不住朝四周望了望，没想到又遇到他了，他坐在离她不远处的餐桌上，气质优雅地喝着一杯咖啡，看到她看着他，便露出温暖的笑以作示意。门外的女生们估计是看到心目中的偶像露出微笑，便是一片尖叫，只听见几句尖叫并带着兴奋的话语。

"他真的就是追风的兔子，那个天才漫画家。"

"真的比许歌学长还要帅，他应该才是校草才对啦！"

"我一定要到他的签名。"

"怎么办？他好像要走了。"

秦臻皱了皱眉，她正准备再吃一口糕点的时候，他竟朝她的方向走来，对她说了一句，"快走。"他趁她还没有反应过来时，便牵起了她的手，他身上好像有一股魔力一般，她竟跟随了他的步伐。跟着他快速绕过后门，出了蛋糕店，他看了那些女生们一眼，便拉着她跑了起来，没想到，那些女生们看到他们竟真的追了过来，那阵势和追星不相上下。

秦臻只好任由他拉着跑，两人跑至一栋教学楼后面，避开了她们，大口大口地喘着气。

"她们为什么要追你？累死我啦！"秦臻扑闪着那双灵动地眼睛望着他，脸颊因刚才的奔跑而微微泛红。他今天穿着一件深蓝色的长风衣，暗色调的着装更衬得他的俊美非凡，她忽而有点理解那些女生为什么要追他了，那张脸比时装周上的男模特还要令人着迷。

"其实，我也不知道她们为什么要追我，但是我知道如果不跑快点，肯定出不了蛋糕店了，我可不愿意她们拿着手机乱拍，我可不是什么歌星明星的。就是抱歉，拉着你跑，估计给你带来麻烦了！"

"呵呵，没关系啦，我可是在麻烦堆里长大的，对了，刚刚我在听她们说追风的兔子，难道，你们之间有什么关系吗？"秦臻想到这一点，心里也开始不平静了，她收集了那么多年，竟然找不到一点关于他的资料，就连真实姓名也没有。

她在想那位叫追风的兔子的天才漫画家会是什么样，是一位老头子，还是一位中年男子，抑或是一个孩童，可她并不知道，她心心念念追寻了那么多年的神秘人物就站在她的眼前。他不是老头子，不是中年男子，更不是小孩童，而是一位风华正茂、气质优雅、卓尔不凡的男子，有着一张令女生看了过目不忘的完美容颜的人物。

"难道你也对追风的兔子感兴趣？"

"我可是他的粉丝，他是我心里的偶像呢！虽然我不知道他的真实姓名是什么？长什么样？但我从小学开始就喜欢他啦，你可不许笑话我，秘密哦！"一谈起追风的兔子，秦臻的心情就变得开心而轻松，不管是多么难熬的时刻，只要翻开那本《等风来》的漫画册，静下心来看上几页，一切悲伤和烦恼仿佛就烟消云散，她又充满了力量。那可是她多年的心事与秘密，就连他的阿陌哥哥也不曾知晓过的秘密，属于她一个人的，完完全全的秘密。

如今，和他说起竟是这般自然而然，不禁被心里的感觉吓了一跳。

"嗯，我会替你保守你的秘密。"

"你也喜欢那家蛋糕店？"

"嗯，偶尔会去？哎，真不好，我的东西忘记在那里了。"苏皓霖想起刚才忙着避开那些人，竟然把他的速写本忘记在那张他坐过的桌子上了。

刚进蛋糕店的许歌，就看到店员拿着一个速写本对他说："老板，好像是你们学校的人落下的，画的真好看。"

"哦……是吗？给我看看。"于是，拿起店员递过来的速写本，翻来一看，果真画得好，那些线条看起来干净利落，取景的视角细腻而独特，可以看出应该是有着多年的绘画功底。翻到最后一页，竟看到一位人物画，怎么看怎么眼熟，是在哪里见过？许歌正寻思着就看到一男一女走进了店里，仔细一看，对了，就是她。

"许……许学长？"秦臻向他打招呼，显得有些紧张。

"是你的速写本？"许歌问道。

"嗯，不是，我朋友的。"秦臻露出一个大大的微笑。

"这位是？"许歌指了指苏皓霖，看了他一眼，终于，出现一个比他好看的家伙了，怎么心里就是感觉有些不爽呢！

"我叫苏皓霖。"苏皓霖淡淡地说。

"小子，下次别忘东西了。"说毕，把速写本丢给苏皓霖，意味深长地看了秦臻一眼，又看了看他，还好，秦臻没有看到速写本上的她的画像。

苏皓霖忽而有些感谢眼前这个看起来有些桀骜的学长。

10

那便是开始吧，别样意义的开始，在多年以后，才懂得。

美院2009级新生最受欢迎的风云人物，除了苏皓霖，便是夏秋，传闻她美艳无双，擅长小提琴，大家想不通她怎么不去读音乐学院跑来美院了。

传闻并不是空穴来风，在迎新晚会上她可谓是"一拉成名"，而且真的是美艳无双，那个身段就只能用妖娆形容，那天，她一个人站在舞台上，聚光灯全部笼罩在她的身上，她穿着一件红色小礼服，更衬得肌肤赛雪，富有弹性的长卷发拢在一侧，向台下的观众行了一个礼，试了一下音，经典名曲《梁祝》便倾泻而出，一下子让大家安静下来，沉浸在化蝶的凄美故事中，满是震撼，台上的夏秋无疑就像个真正的的艺术家，让人不得不欣赏。最后一个尾音拉完，只见她走到台前提起裙摆，行了一个九十度标准鞠躬礼。

接着灯光一亮，主持人走到舞台上对大家说："夏秋同学的表演可谓是赏心悦目，是一场真正的视听盛宴，夏秋同学在中学时代时曾多次获得国家级小提琴比赛一等奖，让我们再次把掌声送给她。"接着便是雷鸣般的掌声，夏秋可谓一下子就成了众多男生心目中的女神，几日后，直接晋升美院校花榜首，形成一股"夏秋热"，一段夏秋之风瞬时席卷校园各个角落，有许多同学为了一睹夏秋真实芳容，把她上课的教室围得水泄不通，最后不得已只好把学校保安请来了，才开了一条人路。

秦臻的室友话题除了夏秋还是夏秋。

"你们听说了吗？爆炸性新闻，夏秋原来是星娱传媒董事的千金，早在两年前，夏家就和许家联姻，夏秋可是许公子内定的未婚妻呢！"

"什么？我的许公子，我还说等我修炼成精就去和许公子告白呢！心碎啦，心碎啦！"小至哭丧着脸抱怨，穆泠更是接了那么一句"等你修炼成精，许公子早被那夏妖妖吃得不剩骨头了，你还是节哀顺变为好，那夏妖妖一看就不是好惹的主，星娱的千金啊！现在当红的歌手米雪就是星娱的艺人，多少艺人想进星娱都只能想想而已。唉……"

"你这个死穆泠，我都失恋了，你还打击我，阿臻，你看她？"

"好啦，我们小至是最可爱的人，以后肯定能找到如意郎君，不难过啦，呵呵！"秦臻只好安慰小至，小至长得圆圆胖胖的，很可爱，一向以吃为荣，穆泠热衷于八卦，在她身上，秦臻看到了昔日好友颜可的影子。

还有另外一位室友总是看不见身影，她叫张烟，整天往图书馆里跑。她的至理名言就是"泡男人不如泡图书馆"，第一次自我介绍她以她的无厘头直接雷倒秦臻她们三个，当时，她是这么说的，"我叫张烟，可不是历史上汉惠帝的那个外甥女处女皇后张嫣，而是炊烟的烟，我的人生格言就是泡男人不如泡图书馆，小女子崇尚单身主义，你们可能经常会见不到我的身影，莫怪，莫怪，呵呵，呵呵！"她一口气说完，小至摸摸头喏喏地问了一句，"汉惠帝是谁呀？"

"怎么学历史的，吕雉的儿子。"穆泠回答了小至那气死人不偿命的白痴问题。

"你不知道张嫣就算了，自古以来皇帝三宫六院的，哪个记得他有多少大小老婆的，数都数不清，那些女的一个人吐一口唾沫，估计皇帝也要被淹死的，可是我们中国的皇帝你不应该不知道嘛！"

"人家历史不好怎么着了，我又不是司马迁，还要写个'史家之绝唱，无韵之离骚的《史记》。"小至不满穆泠的打击只好把司马迁也搬出来了。

"哟，还知道司马迁是写史的，不错，不错。"穆泠一脸坏笑的，秦臻接着说了下去，"张嫣据说是汉惠帝刘盈舅舅的女儿，是吕后为了巩固势力塞给儿子的，就一封建悲剧。"

"这古代也够乱伦的，这舅舅竟然被迫娶侄女的，也够郁闷的，还是现在好，呵呵！"小至感叹道。

"现代也不见得有多好，还不是林子大了，什么鸟都乱飞。"说毕，又看看秦臻像发现什么新大陆似的激动地说:"小至,你觉不觉得我们秦臻同学才是真正的美人,那夏妖妖见了恐怕也只有自惭形秽的份儿,你看看,这明眸皓齿的,活生生的一绝代佳人。"

"秦同学你小时候吃什么的,怎么皮肤那么好?"

秦臻只觉得头上一群乌鸦飞过,穆泠直接把夏秋封为夏妖妖不说,把吕后说成老妖婆不说,现在居然打趣起她来了,连小至也跟着掺和起来,秦臻无奈了,只好说:"你们少拿我开玩笑啦,还有事,我先出去啦!"说毕,便拿起包走出学生公寓,剩下两人只好叹了一句,美人,果然谦虚!

不用说也知道她要去哪里,画室,自从开始了大学生活,秦臻很刻苦,很认真,光有天赋是远远不够的,还需要加倍的努力,这一点她一直谨记在心里。电话响了起来,是母亲打来的,"小臻,还适应北京吗?"

"妈妈,我很好啦,只是天气有些干,况且,有舅妈在,你就不用担心我啦。"秦臻耐心地与母亲通话。

"一个人在外,难免会受到委屈,妈妈希望你有什么都和我们说,我们是一家人。"苏淼淼在电话那头依依不舍。

"好啦,妈妈,我得挂电话了。"

欢快的语气,却在挂了电话那一瞬,心里涌起许多酸酸的泡泡。妈妈,林子远他来了,这样的话却怎么也说不出口。秦臻看到前面有两个人好像是在争吵的模样,男生回过头来,竟然是许歌,他竟跑到秦臻前面,还未等她反应,紧紧拉着她的手对那个女生说:"我喜欢的人就是她,现在,你相信了吧?夏大小姐,你可不可以不再缠着我了?"

"许歌,你混蛋。"女生美艳的脸庞因生气而变得通红一片,身材却火辣无比,任女生看了也会自惭形秽,许歌口中的夏小姐,应该就是传闻中的夏秋,果真,美艳无双。

"我是混蛋,那你还站在这里干什么?你走啊?"许歌一点也不怜香惜玉，面对如此佳人，一点也不留情面。

"爸爸不过是让我告诉你，让你周末陪我回家一起吃顿饭，爸爸说他好久没有见到你了，想见见你，我不缠着你就是了，可是她，真是你喜欢的人吗？"夏秋有些委屈地说着，却又用怨恨的眼神看着秦臻，秦臻真想说，我不是你的情敌，我是无辜的。可是许歌紧紧拉着她的手不放，解释又有什么用，只好抗争想让他放开她的手，可是许歌仍旧没有放手的意思。

"我走了。"夏秋说完，转身就走，秦臻看着她10公分尖细的鞋跟，真担心她会不会摔倒了，不过事实证明她的担心是多余的，夏大小姐走的那叫一个稳，"学长，你捏疼我了！"许歌听到秦臻的话，才把她的手放了，又抱歉地说："对不起，拿你当挡箭牌了，她很难搞的。"

"我看得出，你很在乎她的对不对？你怎么可以对人家女生那么凶，感觉很……"秦臻有些不敢说下去的样子。

"感觉很可怕是吧？"许歌把秦臻没有说出口的话说了出来，秦臻摇摇头又重重地点点头，后又觉得不该这样，又说了一句，"学长，我……我……不是那个意思，你别误会，呵呵，呵呵！"秦臻的紧张把许歌逗笑了，许歌发现眼前这个只见过两次面的女生突然让她感了兴趣，于是玩味地说："秦姑娘，要不要考虑一下加入我们摄影社？"秦姑娘，摄影社？他这是要干吗？怎么又扯到社团去了，这许公子也是风里来风里去的。

"你知道的，我是学油画的，对那个不懂的。"秦臻不好意思地笑笑，一脸无辜地看着许大公子，哪知他居然又自恋地说："秦姑娘，你这么看着我，会让我以为你看上我了，你该不会真的看上我了吧？"秦臻从来没有被这么说过，白皙的脸颊一下子就浮上了两朵红云，那羞怯的模样更是让许公子看了怦然心动，许歌在心里说，该不会是我喜欢上她了吧？不然，他的心怎么跳得那么快，两人之间的气氛一下子变得暧昧了起来。

"我是想说,你能不能帮我一个忙,我们不久后有一个摄影展,我想请你当我的模特,你考虑一下怎么样?"许歌收起他的玩世不恭,很认真地请求。

"模特啊,你怎么不找刚才走掉的那个美女?"秦臻奇怪了,夏秋那么美,干吗不去找她,况且,他们看起来应该是很熟的样子。

"额……就这么说定啦,我先走了,拜拜!"许歌分明就是不给她拒绝的机会嘛,秦臻无奈地望望天,这是怎么了,怎么莫名其妙的,原本是要去画室的,怎么被人家莫名其妙的拉去当挡箭牌,被仇视就算了,还要拉她当模特,那不是要给她树敌吗?那夏大小姐知道了,不是会把她掐死吗?一个一个都不是好惹的主。

画室成了秦臻最喜欢待的地方,她只想平静地度过四年的大学生活,然后,找一份自己喜欢的工作好好生活。还有一件让她最头疼的事,雪落儿的身世,要怎么找才可以找到雪落儿的亲生父母。可是又一个意外的消息从家里传来,雪落儿要来北京发展,原来,星娱传媒公司举行的一个选秀节目到了各地去挖掘新人,目标是 16 岁到 18 岁之间的少女,雪落儿胆子大,试唱的时候落落大方地拿起话筒翻唱了一首徐若瑄的《美人鱼》,那空灵而又略带唯美的声线一下子征服了评委的心。雪落儿从苏州赛区脱颖而出,要到北京进行封闭式的训练。

第二章
璀璨烟火

1

多年后想起那一幕，还是会忍不住想笑，大概是因为青春，才会那般计较。

如果说北京的秋天有一种别样的韵味，那么冬天呢？书里描写了多少关于北国的盛景，第一次真正感受的时候，却是别样的心情。

这是冬天的第一场雪，下得很大，整个校园呈现出一幅雪中美景。她有些畏寒，裹着厚厚的棉大衣，在班级里，甚至是诺大学里，她一直把自己当作一个隐形人，低调到不能再低调。

可不久前，一组摄影展的照片在校园展出，大家纷纷被画面上的女子惊呆了。每张都美得难以复加，其中最为唯美的一张，是枫叶飘落的瞬间，一位女子站在枫叶下，伸出白皙的手，用掌心接住那飘零的落叶，嫣然一笑。

不用说，照片上的人就是秦臻，或忧伤，或甜美，把她抓拍的淋漓尽致。除了许公子以外哪里还有第二个人敢这样没有经过别人同意，就擅自偷拍的。

教学楼前，便是那样一幅情景。

"学长，上次的事情你还没有给我一个解释呢？"秦臻皱皱那好看的眉眼。

"什么事情啊，我怎么记不得了？最近老是睡不好，怕是要去看看医生了。学妹你也是哟，记得早睡早起，身体好好。唉，这天冷得直让人哆嗦啊，呼呼。"许公子一边说着，一边还呼呼手、跺跺脚的，秦臻只觉得头上一群乌鸦飞过，"学长你？"

"我？"说着指指他自己，又看着秦臻说，"是不是终于发现学长我比苏皓霖那小子帅？你就不要一天地偷偷跟在人家身后了，不如投入哥哥我的怀抱，保你衣食无忧。"说着，还眨了眨他的那双桃花眼，一脸期待地看着她。

"好，我不希望再有第二次这样的事情，你懂的。"秦臻拉拉戴在头上的帽檐，严肃而认真地看着他，那眼睛闪着水光，让人看了只觉得一片心软。

许大公子说得一点也不错，她总是悄悄地跟在苏皓霖的身后，只为了偷偷看他一眼，那张令她忧伤而又思念的脸。

夏秋找到她的时候，她一点也没有感觉到畏惧，夏秋一身名牌，明艳不可方物，她用很好听的北京话说："离许歌远一些，他不是你可以仰望的人，听说，你不是很喜欢苏皓霖吗？怎么，勾搭一个不够还想勾搭第二个？许歌是我的未婚夫。"

秦臻并没有被她高傲而侮辱性的话语激怒，而是平静地看着她笑着说："你成天在那里担心这个，担心那个的，难道你对自己一点自信也没有吗？与其这样与别人针锋相对的，怎么不好好想想自己和他出了什么问题，原因在哪？这样，不是显得更有意义吗？"

夏秋被说的有些一愣一愣的，但还是忍受不了别人挑战她的骄傲，星娱传媒千金的骄傲，于是酸溜溜地说："江南来的，就是一股子狐媚气，不和你计较。"说完，又拿起她的那款限量包包，踩着她那双可以把人踩残废的尖细高跟鞋扬长而去，留下秦臻一片无语，不和她计较？到底是谁和谁在计较。

她入学的时候，舅妈给她办的手续，家庭住址都写的苏州的地址，川水已成为了她的一个秘密。苏州两年的生活，让一身婉约玲珑的她更多了一份别致的柔美。

夏秋说得一点也没错，她总是悄悄地跟在他的身后，就为看他一眼，那张令她忧伤而思念的与阿陌哥哥如出一辙的脸。哪怕只是一眼，她也相信她的阿陌哥哥是还存在着，存在于这个世界的某个角落。与最初的相见不一样，那个看似气质优雅、卓尔不凡的苏皓霖，骨子里是淡漠的，看似对每个人都在温暖地笑，却是疏离的，在他身上，总会流露出一种冰冷的气息。

记得在餐厅里，她就目睹了那一幕，一个可爱的粉嘟嘟的女生捧着一个看起来是那么可口的蛋糕，鼓足勇气走到他的面前，"皓霖，皓霖同学，我喜欢你很久了。"女生期待地看着正在用餐的他以及他的朋友们，他淡淡地看了那个女生一眼，仿佛被表白的不是他一般，又继续慢条斯理地优雅地吃着他的菜。没有得到回应的女生看着熙熙攘攘围观的人群显得有些尴尬，但想了想还是期待地说："皓霖同学，请你接受我的心意。"旁边围观的人群便对她指指点点，难听的，讽刺的声音此起彼伏。

"你看她多俗，还拿一个蛋糕。"

"也不看看自己长得什么样，像一个肉团子一样，还想和苏少表白。"

苏少是她们给他冠上的名号。

"真是自不量力。"

"我们女生的脸都被她丢尽了。"

"你看她穿得又土又难看，我们还是离她远一点。"

在场那么多人，竟然没有一个替她说话的，秦臻旁边的小至忍不住了，愤怒地说："阿臻，你看他们几个大男人竟然这么无视一个女孩子，人家喜欢他怎么了，长得不好看就不能喜欢他苏大帅哥了吗？他凭什么？我看不下去了，阿臻。"看着小至忍不住就要冲出去的模样，秦臻赶忙紧紧地拉住她说道："你先别急，先看看他们什么反应，他们不可能这么无动于衷。"

只见苏皓霖的一个朋友站了起来，看看那个女生，礼貌地问了一句，"我说这位同学，你叫什么名字？"女生以为他是善意的，便露出一个很灿烂的笑容回答，"我叫小芳。"谁知他却180度大转弯地说："我说小芳同学，长得丑不是你的错，但跑出来吓人就是你的不对了，是不？还有你手里这东西？"说着，一把抢过小芳的蛋糕，用左手拎起，用玩味的眼神看着，并嘲笑地说："这种东西也敢拿出来送人，也不怕把人毒死。还有，皓的名字也是你叫的吗？"话毕，把拎在手里的蛋糕狠狠摔在地上，还嚣张地说："你不用谢我，我替你处理掉了。"在场的人都被他突如其来的动作吓得惊呼，而可怜的小芳，从最初的期待，微笑变为最终的失望与难过。她的眼睛已充满了泪水，好像一碰就要掉下来一样，她蹲下身去，用手拾起那个她用心制作的蛋糕，那是她的用心与真诚，他们怎么可以那么对她，但还是弱弱地对那个同学说："对不起。"

大家都被小芳地话吓到了，大家以为她会生气，会愤怒，会谩骂，唯独没有想到她会是隐忍着不让眼泪落下，还抱歉地对那个人说对不起。眼前这一幕让秦臻想起多年前，她还在念中学，一个很可爱的女生捧着一个亲手制作的蛋糕，对俊美邪气的季流川说道："流川学长，我喜欢你很久了，这是我亲手为你制作的蛋糕，请你接受我的心意。"而季流川却淡淡地笑笑，继而又厌恶地用手把蛋糕推倒在地，对着那女生说："喜欢我，你也配，也不看看自己什么样？"说着扬长而去，留下在原地惊慌失措的女生。就在秦臻回过神来，只见苏皓霖用纸巾优雅地擦了擦嘴，对那男生说道："陈毅，算了，我们走。"

就在他们起身要走的时候，小至挣开秦臻的手，跑过去一把拉住那个叫陈毅的男生，由于小至的愤怒，用力过猛，只听嘶地一声，那个叫陈毅的男生的袖子被小至撕掉一块，所有的喧哗在这一刻似乎都静止了，只剩下大家似被定格了的目瞪口呆的表情。

小至拿着手心里扯下来的那一块布料似乎也不敢相信那是她自己从他身上扯下来的，忘了最初的目的是要狠狠教训他一顿，慌张地说道："我……我……不是故意的。"于是小心翼翼地把手心里的布料递给他，畏惧地说道："你……你的袖子。"全场一片哄笑生，甚至有同学笑到捂住了肚子，眼泪横飞的，只见陈毅的脸一下子变成了猪肝色，对着小至便骂道："你这个生猛女，男人婆。"小至被他的语言激怒了，本来有些愧疚的她一下子也不甘示弱地骂了起来，"你这个没品男，小气鬼，无耻。"两人对骂着不知怎的便动起手来，原本是小芳同学向苏皓霖表白失败的局面，一下子就变成小至和陈毅荒唐的闹剧。

秦臻费了九牛二虎的力才把小至拉住，那边苏皓霖也是费了好大的力气才把陈毅拉住，终于把他俩给隔开了，小至还气呼呼地说："阿臻，要不是你来拉我，我非得把他打成肉酱，把他的脸撕破，看他还怎么骂人的。"

"算了，和那种人生气，气坏了自己多不划算，你看他的脸估计几天之内是见不了人的。"陈毅的脸被小至抓破了，正在那里龇牙咧嘴地要把小至生吞活剥一般。

安抚了小至，秦臻走到苏皓霖面前，淡淡地开口，"苏同学，你不打算给我们一个合理的解释。"在场的同学似乎才想起他才是闹剧事件的主角兼罪魁祸首。他用那双让人沉溺其中的眸子对上秦臻有些不耐烦的脸，淡淡地开口，"那你说，小池同学，我该怎么解释。"

2

每次，那个人一出现，她就不知名地害怕。因为她知道，他是毒药。

"我……"他一定是故意的，秦臻在心里已经把他骂了一百遍，才反应过来，对呀？他要解释什么，第一，他是在好好吃饭，面对小芳同学深情款款地表白，他好像自始至终都没有回应过一句。第二，对小芳无礼的不是他而是他旁边的陈毅同学。第三，首先闹剧的导火线好像是陈毅那被小至扯坏了的袖子。第四……可是，还不是因为他，谁让他没事非得长了一张那么纯美而无比俊美的脸。额……好像长得好看也不是他的错。

"那也是你的不对，喜欢一个人难道有错吗？凭什么你们要对小芳那么无礼。如果，保持沉默便是你的态度，那么算我秦臻看错了你，小至，我们走……"

拉起小至，头也不回地逃离现场。

留下在原地一脸愕然的苏皓霖，故作淡定从容的模样，心里却怎么也不是滋味，有些酸酸的、涩涩的，像打翻了柠檬汽水一般。如果，保持沉默便是你的态度，那么算我秦臻看错了你……她离开了许久，她的话语却还在他的耳边回响，她有些坚定而又微微皱起眉的表情仿佛还在眼前一般。难道，他在她的心里留下了一个好的印象吗？

秦臻和小至出了餐厅，绷紧的神经放松了下来。想了想对小至说：

"下次，再和他们发生争执时，不要再大打出手了，我们可爱的小至要是被打伤了可怎么好？怎么说，也是我们女孩子吃亏。"

"阿臻，我是被他们气坏啦！"说着，给秦臻来了一个大大的熊抱，秦臻也安慰地抱了抱小至。

"我们去'樱桃红'怎么样？"秦臻提议。

"你是说，我们现在去吃蛋糕？"小至的眼里充满了期待的光芒。秦臻笑笑，继而说道："听说他家新推出了一款冬季主打系列蛋糕。"

"我怎么不知道？"

"你没有看宣传单吗？"

"肯定是发传单的人长着势利眼，都要挑着帅哥美女的，阿臻你这么好看，我要是发宣传单的看到你也会追上去，硬塞给你一张的。"小至又在滔滔不绝地发表着她的"独家碎碎念"，把秦臻惹得一阵欢笑。

两人欢笑中，天空忽然飘起了小雪，秦臻低呼，"下雪了，怎么一点预兆也没有。"

"北京就这样，我从小就习惯了，见怪不怪啦。"小至是本地人，从小就很适应北京的天气。秦臻伸出手掌心，接住轻轻而落的雪花，掌心一握，晶状体的小冰球便化为水状，传来一片冰冷的凉意，秦臻却觉得是那般好玩，一下子孩子的心性又展露开来。就在她还在接着雪花儿的时候，小至拉了拉秦臻的胳膊，兴奋的惊呼，"阿臻你看？"

秦臻顺着小至说的方向一看，刚才还在雀跃欢呼的心情一下子转瞬而逝，表情如这寒冬冰雪一般严肃，他看着迎面走过来的人，一下子竟说不出话来。

"阿臻，我们学校什么时候多了这么一个绝世美男？比苏少还要美上几分，该不是从画里跑出来的妖孽吧？阿臻，你怎么不说话呀？"

来人不是许公子，也不是被同学们冠上苏少名号的苏皓霖，他是季流川。银装素裹的校园里,他撑着一把蓝色的雨伞,一身白衣似乎要和天地融为一体,唯有那精致魅惑人心的容颜让人觉着他的真实存在。他微笑着,如童话世界里的王子一般,走至她们面前。就连小至也忘记了开口,如崇拜神祇一般地看着眼前这个她口中的美男子。他望着秦臻那不可置信的表情开口,"嗨,小臻,我们又见面了?"

秦臻不语,小至又拉了拉她的胳膊,疑惑地问,"阿臻,你认识他?"没等秦臻开口,季流川又用那迷死人不偿命的笑容对小至说:"嗨,你是小臻的同学吧?"

小至不敢相信眼前的大帅哥居然会和她说话,于是小鸡啄米般的一个劲地点头。季流川又对她说:"我有几句话要对小臻说,你……?"

小至不傻,明白那是要她避开的意思,于是心情无比美丽地说道:"哦,你们谈,你们谈,我先回去了。"说毕,一个转身,就跑得远远的,也不怕地滑。

秦臻望了望小至走远的身影又看着季流川说:"我和你,有什么好谈的?我们之间,还不够明白吗?"那声音如这寒冬一般冰冷。

"这么不欢迎我?"说着,看到一头雪花的秦臻,把伞撑到她头上,为她挡去飘飘洒洒的雪。秦臻却像避开什么怪物一般地后退了好几步,险些滑倒在地,却又站稳,眉头皱在一起,有些生气而又倔强地看着季流川。季流川扑哧一笑,从容地说:"还是这般的倔强!"

秦臻不知道他又要出什么招数,不知道他又要玩什么游戏,他似乎显得很真诚,又似乎是故意的。于是,她镇静地说道:"季流川,你到底想怎么样?"这是她第一次这样连名带姓地喊他,想要撇开他的心思是那般地明显。

"和你打个招呼而已。"他笑着说,那双眸子是那般地流光溢彩,如桃花盛开一般,是那么轻柔而又美好。她看着看着,心竟揪着揪着,不知所名地疼了起来。

"如果，你是要来报复我的，那么尽管使出你的招数，我不怕你。"她骄傲地说道，若她是个胆小懦弱的人，她就不会在几年前，找出了季大牛的罪状，让叱咤川水的房产大亨倒台。她觉得，他就是找她报仇的，她不信他会放过一个害死他父亲的人，尽管他父亲是罪有应得，毕竟还是他的父亲，不是吗？

"我先走了。"淡淡地丢下一句话，转身离开，复又回头朝着秦臻说："秦小臻，随你怎么想。"

秦臻紧握的手心松开了，看着他离去的方向，恍然大悟，男生公寓？他不是应该走大门？难道，他转学过来了？不顾落在身上的雪花追着他去，可是人家走得太快，看着他走进男生公寓的大门，心里一阵悔恨，男女有别，女生是不能随意出入就如同男生也不能随意出入她们女生公寓一般。她看着季流川进了大门，又回头微笑看着她，隔着铁围栏，他雀跃地说："秦小臻，我在建筑设计 A3 班，再见！"

秦臻只能目瞪口呆地看着他优雅地走上楼，气得说不出话来。再见！心里一个声音在说："我们最好，不要再见了，不好吗？"

为什么？她想要过平静的生活就这么难吗？为什么，他又要一而再，再而三地出现在她的生活里？

原和小至说着要去樱桃红买蛋糕的，却被季流川的到来打乱了，想吃蛋糕的心情一下子没了，回到女生公寓，只见其他三个室友都在，难得有这么人齐的一刻。尽管天气很冷，还是到洗漱台开了水龙头捧了一把凉水，就往脸上扑，她需要的是冷静，心里有一股无名的火，想到季流川的笑就浑身不舒服。抬头看了看镜子里的自己，头发微湿，满脸的水珠，一脸不高兴的样子，心里在想，这也太明显了，于是朝着镜子扯开嘴角，努力挤出一个微笑，满意地伸手去拿毛巾。小至跑到她身后，笑嘻嘻地说：

"阿臻，大帅哥是谁呀，长得比校花还好看？"

校花？夏秋？季流川？这个一男一女的，有可比性吗？不过事实上季流川就是长着一张比女人还美的脸却又满身男子气概。擦了擦脸上的水珠，秦臻也笑嘻嘻地对小至说："你真觉得他很帅？"

小至无比郑重地点了点头又说了一句，"他比 F4 的花泽类还要帅？"

"你说流星花园里的那个花泽类？"秦臻又问。

小至点了点头，问道："阿臻，你不觉得吗？米雪的绯闻男友都没有他帅呢！真的！"竟然又扯到了当红歌星米雪的绯闻男友，周昱轩。秦臻也奇怪，似乎美院的女生对那些大牌男明星没有多大的兴趣，对类似周昱轩这种模样清新秀气，又多金的某某集团公子哥特别来电，就连许公子、苏皓霖也成了众多女生心目中的偶像，并且还成立了粉丝团，一点也不亚于追星的阵势，有时候她都怀疑是不是来错地方了，这真的就是她从小就喊着一定要考上的理想学校？

"好吧，小至，我现在得洗一个热水澡，你看我头发都湿啦！"

"好啦，人家不问了就是嘛！"

在卫生间把水温开到最合适，从头到尾把自己淋了个遍，心情也缓解了许多，忽而脑子里浮现出了苏皓霖那张有些淡漠的脸，心里却在说："够了，秦小池，他不是你的阿陌哥哥，他们只是长得像而已。"可是，如果，阿陌哥哥还在应该就是苏皓霖的样子，不对，应该会比他还要好看些，阿陌哥哥从小眼角下方就有一颗小小的、褐色的泪痣，他笑起来如暖阳一般让人温暖，他永远都是温暖的。就连他忧伤的时候，也会让人觉得很美。

3

后来想起那个叫陈毅的大男生，总觉得他很可爱。

这天上的是马克思主义哲学，校内公选课，不管什么系、什么专业所有学生都要选上这门课，就如同有许多同学不想学英语却还是要上大学英语一样，枯燥而乏味的马克思主义哲学课是必须要上的课。通常这种公共课，人会特别多，一百多个人来自不同的系院的学生。授课讲师是一个老教授，讲起课来滔滔不绝，让人昏昏欲睡。通常认真听课的学生很少，有些直接趴在课桌上睡觉，有些在拿着手机发信息，还时不时低笑几声。老教授还是在滔滔不绝地讲他的，学生们还是在做着他们的事。

秦臻一向认真，对什么课都没有懈怠，不久前的期中检测她的综合成绩取得了全系第一，让整天泡在图书馆却只取得了全系第十的张烟无比崇拜，跑过来向她取经。其实她觉得她也没什么秘诀，无非是有良好的专业基础，对待非专业的课程她同样很认真、重视，就像此刻，老教授的讲课多么地让人昏昏欲睡，她还是拿着笔认真地记着笔记。

大学的课程和中学比有很大区别，通常一门课两节连上，中间休息10分钟，活动活动，而她却还是喜欢坐在位置上。就在她安静地休息时，旁边的女同学递过来一张纸条，指了指后面的人说："后面的男同学让我给你的。"说完，又继续塞上她的耳机，听起了曲子。秦臻感觉莫名其妙，又不是小学生还写字条，但还是打开看了一看，只见纸条上面龙飞凤舞地写着：美女，我仰慕你很久了！

秦臻转头一看，陈毅就笑嘻嘻地看着她说："美女，我们又见面了。"秦臻丢给他一个大白眼，没有说一句话，把纸条丢到桌洞里，继续做自己的事情。陈毅却不甘心地又和她旁边的女同学交换了位置，开始那女生还有些不情愿，只见陈毅从兜里掏出一块巧克力塞到那女生手里，嘴里说着，"同学就换座一次，就一次。"那女生一下子有些害羞，终是得了甜头，便乐呵呵的与他换了座位。

秦臻只当自己没看见，也不想理会陈毅，可陈毅却在秦臻耳旁说个不停。

"美女，你真记不得我啦？"

"……"

"美女，就那天呀，你同学还把我袖子撕坏的。"

"……"

"美女，我肯定给你留下不好的印象了，我叫陈毅，我和苏少住一间房的，嘿嘿。"

"……"

"美女……"

这次，秦臻实在听不下去了，只好说："同学，你安静一点好不？"好听悦耳的声音传到陈毅的耳朵里，她白皙纤长的手指拿着一支黑色的钢笔，正在课本上勾勾画画的，美女就是美女，连写字的姿势都是那么好看。陈毅一下子脸红了起来，咧开嘴语无伦次地说："不……不好意思，我打扰……打扰到你了。"

秦臻看着他那有些囧的模样，觉得又可爱又好笑的，心里对他不好的印象也消失得无影无踪，扑哧一声笑了起来。陈毅被她突如其来的笑，一下子变得愣头愣脑的，跟着说："呵呵，呵呵！"

"我叫秦臻，油画专业的。"

"你们油画专业的女生，都可漂亮啦，我和苏少是同班，都是漫画专业的，秦……秦姐，你喜欢看漫画吗？"

陈毅这小子，这么快就和她套近乎，居然都喊上姐了，不过，秦臻听了确实高兴呢，微笑着对他说："嗯，我也算是一个漫画迷了，几年前漫画册《等风来》的成功发行，也在一定意义上开创了新风格的漫画之风，只不过好遗憾，都不知道作者的真实名字。"

"啊？秦姐，没想到你也是《等风来》的粉丝，等等……你难道没有看昨天晚上的新闻，学校都传开了。"

"什么新闻？"秦臻疑惑地问。

"苏少啊！"

"这关苏皓霖什么事？"

"苏少就是《等风来》的真实作者，他的新作品《风之远》不久后就要上市了，学校都快炸开锅了。"

苏皓霖就是《等风来》的真实作者，这个消息令她欣喜却也令她难过，不久前那个人在微笑地看着她说着对《等风来》的痴迷与欢喜，在他眼里，她就是个笑料吗？他很享受那种被崇拜的感觉吧？

"陈毅，我先走了，老师要是问你就说我不舒服回去了，当我欠你一个人情。"

"啊？哦！"陈毅还在不解，秦臻已经把书包收好，离开教室了。

这是秦臻第一次没有把课上完中途就走，马上回到宿舍，打开电脑，往百度一搜：《等风来》真实作者。才输几个字相关消息就跃入眼帘，点击一个将近5分钟的视频，只见一个年轻的女记者用标准的普通话说："今天呢我们的娱乐头条都被一个叫追风的兔子的漫画家占满了，这位追风的兔子就是8年前的天才漫画家，《等风来》的真实作者。"

"我想各位兔粉们已经迫不及待地想要一睹这位天才漫画家的真实面容了，下面是最为激动人心的时刻，对，这组由记者抓拍到的俊美图集就是我们的天才漫画家追风的兔子，确实是一位优质男子，他的容貌比起他的才华更加让人惊叹。依据照片上他出入的地方，应该是一位在校大学生。好了，今天的娱乐播报点就到这。"

秦臻看着电脑屏幕上一张张俊美、清雅逸尘的身姿，每一个角度都抓拍得让人看了无不赏心悦目，无不为之倾心。那一张熟悉却又陌生的容颜，心却疼了起来，把头埋在臂弯里，忍不住眼泪直流，这一刻她是哀伤的。

年少多少次的追寻，隐匿在心底最深处的秘密，那些早已在过往的岁月里生根发芽开了花的难以名状的情绪。伴她之久，久的早已忘了那是几千个日日夜夜独自的期盼与思念，追风的兔子是年少最孤独的破碎。

苏皓霖，你可真是深藏不露！

一个声音在说："阿陌哥哥，你会怪我吗？我找了他那么多年，可是当他就站在我眼前，甚至那么温暖地对我笑的时候，我却认不出他来，好悲哀吧！"

拿起画板和相关绘画用具，去了画室，撑开支架，放好画板以及绘画用纸，蘸上调好的颜料，便在纯白的纸上描抹开来。随着时间的渐渐流逝，一幅校园雪景图便跃然纸上，显得那么清幽而静谧，那些凌乱的思绪也渐渐清晰了，有什么是过不去的？这样想着，心也宽慰不少，正准备收拾东西，短信提示音便响了起来，是小至发过来的：阿臻，下课没有，我给你买了红烧牛肉面，还放了好多你爱吃的香菜呢，快快回来宿舍享受美味吧！

心里一阵温暖，在手机键盘上敲了几行字回了过去：妞，你今天捡钱了吗？居然给我买红烧牛肉面，受宠若惊呀！嘻嘻，马上就来！

才发完，那边立马又回了一条：如果来晚了，可别怪我吃光啰！

心里却是一片温暖，回到学生公寓，正是午饭时间，有许多女生提着热水壶回来，有的正拿着饭盒三五成群去餐厅就餐的，没想到会遇见张烟，手里抱着厚厚的几本书，估计又是偷跑去泡图书馆了。

看到秦臻热情地打招呼,"嗨,下课了?"

"那么多书呀,要帮你拿点吗?"

张烟看了看怀里的书,不好意思地笑笑,"那麻烦你了。"

"不会啊,呵呵!"

没想到宿舍门开着,看到她们,穆泠笑笑,"回来了。"又看看她们手里的书,更是打趣道:"你们是去打劫了吗?拿那么多书。"

"你不帮忙也就算了,还说风凉话,哎呀呀,这世道呀!"小至冷不丁地丢了那么一句话。

"阿臻,你看她?"穆泠装作很委屈的样子。

"叫玉皇大帝也没用,你吃不吃面啦,我都拌好了。"小至在那边很认真地把牛肉面拌开。

张开口,小至给她喂了一大口。穆泠咀嚼后,露出一个满足的表情,并赞叹道:"真好吃。"

秦臻看着她俩感叹道:"难得你们这对冤家也有这么和谐的时候。"

"阿臻快来吃啦!"小至一边说一边吃得津津有味。

"是向阳拉面馆的吗?"

"嗯,可好吃了。嘻嘻!"

秦臻也加入了吃面的队伍中,四个女生围在一张自带的简易桌子上吃得不亦乐乎。穆泠满足地喝了一大口汤,看着大家说道:"你们听说了吗?建筑设计A3班转来了一位大帅哥。"

"我们学校帅哥还少吗?"小至丢给穆泠一个大白眼。

"他们都说了,我们学院再也找不出第二个像他那般宛若童话故事里的男主角一般的人,不对,是言情小说里只能去想象的完美男主角。"

"哟哟,童话?言情小说?穆泠你酸不酸呀?我都快起鸡皮疙瘩了,哎哟,怎么这么冷呀?你见过真人呀?等等……你说完美?"

穆冷重重地点点头，小至看了秦臻一眼，神秘兮兮地又看看大家，说道："我知道是谁了。"

"谁呀？"穆冷一脸期待地问。

"其实，我也不知道他的名字，呵呵！"小至乐呵呵地笑着。

"切……你这不等于白说吗？"穆冷抱怨道。

"我还没说完呢嘛，阿臻知道他叫什么名字，他们好像认识嘛！"

4

小晴，已成为她心里最美的伤痛。

"阿臻，是谁呀？"穆冷那股子好奇劲，让人想拒绝都难。

"是以前好朋友的哥哥。"秦臻淡淡地说。

"以前好朋友？难道现在不是好朋友了吗？"小至就是喜欢抓字眼，不过她问的却是重点。那是以前的朋友了，一个曾出现在生命里无比重要的朋友。

"嗯，因为以前的一些事情，就不联系了。"秦臻解释道。

"那大帅哥叫什么名字呀？"小至又笑呵呵地问。

"季流川，季节的季，流水的流，山川的川，她妹妹单字一个晴，晴空的晴。"

"哥哥那长相已经是极品中的极品了，那妹妹该是长得多么倾国倾城哇？"小至感叹道。

秦臻怎么会忘记小晴的模样呢？尽管已时隔多年，她们的友谊早已随着那场生死搏斗成为过往，早已决裂得不再剩下什么。

回忆里，小晴那美丽如宝石一般的眼睛充满泪水，那张如芭比一般精致的脸庞布满忧伤，她哭着对她说："你是我最好的朋友，你为什么要那么做，我认识的小臻不是这样一个狠毒的人，你的心里只有仇恨，只有仇恨。"那时的秦臻只能一个劲地摇头，看着哭得像个泪人一般的小晴，多么想告诉她真相不是那样的，可是面对她，她除了摇头还是摇头。

"我们以后，就不再是朋友了。再也不是。"说完，就跑得远远的，留下在原地的她，被她的阿陌哥哥紧紧抱在怀里，一个劲儿地流泪。

原来，这些都没有忘记。

"我们叫她小晴，我见过夏秋的美艳却也不及她，不是因为她是我的朋友我就要偏袒她，见过小晴的人都无法忘记那张将魅惑与清纯演绎得淋漓尽致的脸，她就像橱窗里的芭比公主一样，她的眼睛好像永远都是慧黠的，仿佛会说话一般。"秦臻试图用最准确的形容词来形容她，才发现，她似乎能把每一个细节描述出来。

"阿臻，听你这么说，我都想看看她的样子了？"张烟突然说道，小至听得无比认真，又像想起什么似的说道："难道就没有照片什么之类的，阿臻，你肯定有啦，快给我们看看？"

"好啦，给你们看就是了！"说着，从钱包里拿出一张照片，那是她和季晴的初中毕业的合照，照片上，两人都穿着川水一中的校服，季晴留着柔顺的娃娃头，秦臻梳着两条长长的又粗又黑的麻花辫，脸看起来有些肉肉的婴儿肥，但眼睛却如星辰一般明亮。

"阿臻，你不会告诉我，照片里那个梳着麻花辫很可爱的小姑娘是你吧？"小至惊叹道，这长大后区别也太大了。

"就是我啦，呵呵！"秦臻笑笑。

"你朋友确实像个小公主，可是你能告诉我你是吃了什么神奇的东西吗？让一个可爱的小姑娘变成一个仙气十足的美人，比如，仙丹之类的。"穆泠感叹道，匪夷所思地问出了一些不着边的问题，可是没有办法，虽说女大十八变，可是，这也……太让人不得不吃惊了。

"穆泠，我第一次发现你这么可爱，呵呵！"说着摸了摸她的脸颊，惹得穆泠在那里发起了牢骚，"阿臻，你摸人家脸干嘛啦！"

"穆泠，你是玄幻小说看多了吗？还仙丹呢？亏你说得出口。"小至又开始了和穆泠的争论。

"好了，好了，午休时间到了，睡觉啦，睡觉啦！"张烟说道。

"对，对，对，睡觉了。"小至也笑着说，一下子，宿舍里一片静谧，每日的午休，是念大学以来，不可缺少的一件事。

而秦臻却无法入睡，脑子里都是回忆，关于小晴的回忆。狠毒的人，小晴曾是那般说她的，沈姨说她是一个祸害，为什么曾经亲近过的人，却变得如此仇视，这些……什么时候才会结束？

慢慢地也闭上双眼，休憩了片刻。

季流川端着餐盘，找了一个靠窗的位置坐了下来，没想到美院比起专门的设计学院似乎要有趣多了，关键是某个人在这里不是吗？游戏，还没有真正开始呢？应该会很有趣吧，心里想着，嘴角浮起一丝诡异的笑。

美院经常来餐厅就餐的同学，估计没有反应过来此时离她们不远处，一美男正无比闲适地用餐，她们多么希望自己立刻就变成餐盘里的食物，被他一口一口吃下去。但也忍不住，七嘴八舌地议论起来。

"我们学校什么时候来了这么一位大帅哥，他的皮肤看起来比女生还要来得细嫩……关键是那姿势，和苏少有得一拼。"

"再好看，比得过许公子吗？等等……你是说靠着窗口正在用餐的那个男子？也……这是真实的人吗？简直是妖孽的翻版！"

"我们说的就是他呀，他……他他……"

"他什么？你什么时候也变成结巴的了，你没发烧吧？"

"不是……他朝这边看过来了，他看的是我吗？怎么办？怎么办？"

"谁会看你呀，是你身后白衣服的那位？"

"白衣服？谁？"

"没想到长得还真好看，有点李若彤的味道？"

"李若彤？那不是小龙女吗？"

"是演过小龙女，她的眼睛，要是我也有那样的眼睛就好了，为什么我是单眼皮，都是我妈啦！"说完，女生似乎自己和自己很生气的模样。

秦臻和小至正在挑着食物，餐厅里有自助餐的形式，可随自己的喜好挑选食物，选好再向专门的负责的员工刷卡付钱，这一点显得很人性化。

小至挑了一只鸡腿，开心地说："加上这个鸡腿就是美味的一餐了，阿臻，你也吃点肉吗？总吃那么清淡，怪不得你总是不长肉。"

"那么再要一盘鱼香肉丝怎么样？"秦臻提议道。

"这个主意不错哦，阿臻，那边有几个女生怎么在看你呀？"

"是吗？是我衣服弄脏了吗？"说着，低头看了看自己的衣服。因为天气冷，所以穿了一件纯白的长款棉衣和棕色低跟靴子，围了一条咖啡色纯手工制作的围巾，头发长长的披散开来，显得很温暖。

"没有啊，阿臻，我们去窗子那边坐怎么样？天呐！帅……那个大帅哥。"小至低呼起来，惹得秦臻也好奇地看了过去，季流川？只见他还朝她用眼神示意了一下，秦臻很生气地回了一个白眼，他怎么也来餐厅了？

想想，学校里除了餐厅，好像也没有很适合用餐的地方了。想到这点，便不去理会，和小至有说有笑地走向那边的空位。正准备坐下去的时候，一个身影以风驰电掣的速度抢了小至看中的位置，还笑嘻嘻地说："不好意思，这个位置是我的了！"居然是陈毅那家伙，不知道他是不是故意的，小至一下子惊讶地喊了起来，"没品男。"声音之大，惹得旁桌的人纷纷看向秦臻这里，秦臻都有些不好意思了。

"你……你……暴力女！"陈毅笑着说道，显得有些急促。

"随你怎么叫，今天姑奶奶心情好，好女不和男斗。阿臻，走，我们坐前边去。"小至笑呵呵地说。

"好啊！"说着，坐到了陈毅旁边的另一桌，才坐下几分钟，便听到陈毅乐呵呵地喊着，"苏少，这里！"只见苏皓霖穿着休闲装，端着餐盘朝她们这边的方向走过来，看到秦臻，温暖地笑了笑，秦臻也回应地笑了笑。

"和陈毅待在一起，我看苏皓霖也不是什么好家伙，可惜他那张帅气的脸，可惜了，可惜了。"小至小声地嘀咕着，秦臻看着她的模样，觉得很可爱，示意她，"小声点啦，人家听见就不好啦！"

"好吧，阿臻。"小至很认真地啃起了她的鸡腿，像是世间什么稀有佳肴一般。秦臻笑着说道："你吃慢点啦，又没人和你抢。"

"阿臻，真的好好吃了。"小至很满足地说。就在这时，服务人员端着一盘菜过来，说道："秦臻同学是吧？"秦臻点了点头。

"这是你们的香酥鸡块？"服务人员微笑着说。小至又惊讶地说道："阿臻，我们没有点鸡块呀！"

"是那位同学给你们点的？"说着，花痴地看了看季流川一眼。季流川正在专心地用餐，背对着她们。

"管他是谁点的，看起来好好吃哦！今天真是开心哦！"小至一看到好吃的，就分不清东南西北了。哪知季流川走过来坐到秦臻前面，小至的旁边，笑着说："嗨，秦小臻。"一下子反应过来，美男就坐在自己的身边的小至还没啃完的鸡腿一下子激动地掉在地上，有些伤心地说："我的鸡腿！"秦臻沉默地吃着餐盘里的菜，季流川笑着说道："同学，吃鸡块呀！我觉得味道应该不错呢！"

"嗯，鸡块！"小至似乎被他迷得晕头转向的。

"秦小臻。"季流川又喊道。

秦臻又丢给他一个大大的白眼，心里说道："季流川，你肯定是故意的，我才不怕你，不怕你。"

5

她和他的相恋，仿佛不需要什么理由一般，在她心里，他早就生根发了芽。

旁桌的陈毅一下子又坐到秦臻的旁边，乐呵呵地问道："秦姐，你男朋友吗？也不介绍一下，呵呵！"

"你不说话，没人当你是哑巴！"小至对陈毅讽刺。

"呵呵，同学你好，我叫陈毅，是漫画专业的，你是？"陈毅笑嘻嘻地问。

"建筑设计 A3 班。"季流川淡淡地说，嘴角浮起一丝笑。

"建筑设计 A3 班？那不是大二吗？原来是学长，失敬，失敬。"

"秦小臻。"季流川又喊道，那声音无比甜腻。

秦臻不语，小至忙着吃那盘鸡块，陈毅看了看这奇怪的气氛，又说道："哦，情侣闹别扭了啦，秦姐也是的，你就说句话吧！"

"他不是我男朋友。"秦臻终于说出一句话，季流川是一个讨厌的家伙，没安什么好心、讨厌的人。

"看吧，让你别说话，你还说，果真没品。"小至又对陈毅开始了语言攻击。

"嗨，那你们慢慢吃，我先走了。"季流川无比悠哉地说道，就在转身的时刻遇上了也转过身来的苏皓霖，两美男一下子面对面，季流川看清了他的脸，忽而惊讶而惶恐地退了几步，有些哆嗦地说道："林……林……子陌，你不是……不是……已经死了吗？"后面的"已经死了吗？"说得很小声。

苏皓霖也无比震惊地看着眼前这个男子，因为那是张连身为男生的他都被震撼的脸，但又疑惑于他说的，你不是，已经死了吗？谁死了？虽然他说得很小声，他还是听见了。

"不可能……不可能……"季流川像受到什么刺激一般快速离开了餐厅，怎么会？几年前，是他亲眼看到拥护父亲的其中一个枪手亲自把子弹射到了林子陌心脏的位置，抢救无效……他的葬礼他是看到过的，他目睹了那一切的……他看到心里默默喜欢的她，哭到晕厥过去。那个死去的男生一直是他季流川羡慕的人，因为他总能够陪伴在她身边，他会听到她用甜而好听的声音喊那个人阿陌哥哥，她和自己的妹妹是一个班每到下课的时候，他总是能看到她俩手挽手，甚至连上厕所也一起。

秦臻想到季流川那像是见到鬼一般的表情，不禁冷笑起来，不知道他季流川这几年是否睡得安宁？

出了餐厅，季流川一下抓住秦臻的手，未反应过来的秦臻被吓了一跳，"你干吗？放开我？"秦臻欲挣扎，却被季流川抓得更紧，秦臻看到他眼里忽而异常的红，觉得没由来的恐惧，就仿佛要把她生吞活剥一般。

"秦小臻，你今天倒是给我说清楚？林子陌没有死对不对？"季流川的语气里是不容拒绝的强势与坚持。

"清楚？你要清楚什么？你不是已经看到了吗？"秦臻也冷冷地说道。

"你是为了他，所以在川水消失了整整两年？你们到是过得逍遥自在，你知道我过的是什么生活？你知道吗，你知道吗？"季流川就像一个困兽使劲地摇着秦臻的肩膀，秦臻觉得快要晕过去的时候，一个身影狠狠把季流川打倒在地面上，她惊讶地看着。

"你没事吧？"苏皓霖关切地问。

秦臻摇摇头，苏皓霖却拉起她的手从季流川眼前快速走过，季流川抹了一下嘴角猩红的血，一脸狰狞地笑，心里说道："好，秦小臻。"

秦臻一直被苏皓霖牵着，直到把季流川甩得够远，才停了下来。

"你都听见了？"秦臻问道。

"不巧路过，都听见了。"苏皓霖微笑着说。

"追风的兔子，你可是瞒我瞒的不错？"秦臻的语气里带着些许生气的味道。

"你都知道了，那你知道了我的身份，我听到了你们的对话，扯平了，不是吗？"苏皓霖说道，那双好看的眼睛无比认真地望着她。

"你不好奇吗？"秦臻问道。

"你想说了自然会说，不是吗？"微笑着说，很亲昵地替秦臻拢了拢凌乱的发，秦臻被这举动吓了一跳，心却飞速地跳了起来，脸颊上爬上两朵红云。脸红心跳的感觉还未缓了过来，便被苏皓霖一把紧紧抱在怀里，秦臻欲挣扎，苏皓霖却小声地说道："乖，别动！"秦臻大脑一片空白，忘记了挣扎。

"秦小池，我第一次见到你的时候就喜欢你了，我知道你也喜欢我对不对，我们在一起吧？"

原来他会说这么多话，原来他是喜欢她的。心里一阵温馨甜蜜，却忍不住哭了起来，她不知道怎么的又哭了，带着哭腔地说道："我以为，你不喜欢我，我以为是那样的。"

我以为苏皓霖是不喜欢任何人的，所以才会对谁都是一样的，我以为多少次我跟在他身后，就为了偷偷看他一眼，他是从来不知道的，我以为，他是淡漠的。我以为……

"别说了，我都知道。"苏皓霖宠溺地摸了摸她的头发。

"他……还会来找你麻烦吧？"苏皓霖担忧地说道。

"我要是怕他就不是秦臻。"秦臻坚定地说，眼睛如夜空的星星一般璀璨。

为了庆祝圣诞节，学校举办了圣诞假面舞会，会有许多人参加。

"阿臻,去吧,去吧!"小至故作乞求地说。

"某人是想陈毅那家伙了吧!"秦臻打趣道,小至和陈毅那家伙打着打着,竟打成一对了,四个人在一起的时候,小至和陈毅就是冤家,活宝一般,总把气氛烘托得热热闹闹的。

"难道你不想看看你家苏少,你不怕被其他女生拉了去。"小至笑嘻嘻地说着,把秦臻也逗笑了。

"他才不会。"秦臻坚定地说。

"去啦?去啦?好不好嘛?我美丽的仙女姐姐。"小至竟撒起娇来。

"我说过不去吗?"秦臻笑着说,短信提示音却响了起来,打开手机一看,是苏皓霖发过来的:亲爱的小池,今晚可否与我跳第一支舞?隔着手机,心却跳了起来。

"阿臻,是谁呀?你脸都红了。"说着,一把抢过秦臻的手机。

"别看了。"秦臻娇嗔道。

"难道你有外遇了?"小至语不惊人死不休地说道,秦臻没有办法,只好说

"给你看就是了!"

"你确定,以及肯定?"小至不可置信地问。

"你不看就拿回来。"

"才不要。"

小至看了苏皓霖发给秦臻的消息抱怨道:"阿臻,陈毅那家伙怎么就没有一点浪漫细胞,你看人家苏少多浪漫。我今天,一定不和那家伙跳舞,哼!"

"哪里浪漫了?"心里却是甜蜜的。

"人家苏少就是浪漫了,玫瑰花、巧克力,你看看陈毅就是一个木头。"

"那是谁带着某人大冬天的去滑雪，哟哟，还不浪漫吗？"

"阿臻！"

秦臻一向不喜欢人多的场合，记得很久前，不是这个样子的？那是有多久了，也许，就在她独自去旅行的那次，那是阿陌哥哥葬礼的不久后。母亲为了让她解开那些心结，便让她去旅行散散心。一开始，怎么劝她，都无动于衷，她每天最喜欢做的事情就是把自己关在房间里，看着那些他留给她的物品。

那时，阿陌哥哥还在的时候，会用单车载着她，用他那独有的声音说："秦小池，等毕业了，我们一起去看海吧，你会喜欢吗？"

"嗯，喜欢呀，到时候，我们要去拾好多好多的贝壳，那阿陌哥哥，我们是不是应该攒钱买一个相机呢？我们得把美丽的风景拍下来。"

"好啊，那我们一起攒钱吧！某人不要一天的只想着吃香草冰淇淋。"

"以后不吃就是啦，怎么一天的说人家，阿陌哥哥，你比我妈妈还要啰唆，呀呀呀！"秦臻抱怨道。

"其实，我妈也一样，最近老是整天念叨着，可惜……她一个人也挺不容易的。"

"都会好的，会好的。"秦臻紧紧抓着他的衣角。

"坐好了，我们要下坡啦！哎，哎……我说秦小池，我的衣服要被你扯烂了，你是女的吗？一点也不温柔，以后嫁人了可怎么好？"

"那我不嫁人就可以了嘛！"撇了撇嘴，还小声地骂着某人，"你这么凶，以后肯定也找不到媳妇。"

"秦小池，你说什么？"林子陌大声地问道。

"啊……我没说什么啊！我说，今天天气很好呢，不错不错。"

"秦小池，下次骂别人要躲着骂，知道吗？别人都听见了，可不太好。"

"哎呀！烦死啦，烦死啦！"两人一路就这样欢欢乐乐的回家。

那是多久的事了，就好像还在眼前一般，当飞机降落在海南的机场，她的心是疼的，那种像失去什么最珍贵的宝贝一样的疼。

终于看到了那片约定的海，可是身旁却没有了那个少年。她听着细浪拍打岸边的声音，听着海鸥的清鸣，海风划过耳边的呼啸……却再也听不到一句他说的"秦小池，别闹了"。

她拾起了一枚自认为最美的贝壳，却只能哀伤地握着它，她到了人们口中所说的"天之涯，海之角"，却再也不能抵达有他的天堂。

6

冬天，下起了雪，她却听到了花开的声音，那么动听。

这个世界他来过，她无法忘记他存在过的痕迹。年少的她只把他当作大哥哥一般，却从未想过，那个少年是爱她的，甚至不惜失去了生命。原来最痛的，是不知道他对她的情谊。

她又陷入了回忆里，最近总是这样，或许是因为和苏皓霖在一起了。

"阿臻，楼下有人找你？"穆泠说道。

"是谁呀？"秦臻问。

"还能是谁呀，苏大帅哥呗，哟哟！"穆泠笑道。

"知道啦！"秦臻装作不在乎的样子。

从窗口望下去，他穿着深蓝色的棉衣，撑着一把伞，在漫天的雪花下等着她，秦臻把围巾围好，飞速下楼走到他面前，"皓霖。"

"这么冷，怎么也不戴帽子？"苏皓霖温暖地问，满脸宠溺。

"我嫌麻烦啦，呵呵！"秦臻不好意思地笑笑。

"走，我带你去一个地方？"苏皓霖神秘地说道。

"什么地方啊？这么神神秘秘的。"秦臻忍不住心中的好奇。

"跟我走就是啦。"苏皓霖揉了揉她的发。

"头发都乱啦。"秦臻委屈地看着她。

秦臻被苏皓霖搂在怀里，苏皓霖撑着伞，时不时地把伞尽量往秦臻身上撑，那么细心。当他们绕过教学楼，过了一个转角后，秦臻发现那里有一个大大的雪人，于是忍不住惊呼起来，"好大的雪人。"

"喜欢吗？"苏皓霖问道。

"可是怎么没有样子？"秦臻皱了皱眉头，那个雪人没有眼睛、没有鼻子的。

"等着你来呗。"苏皓霖笑着说。

"苏皓霖，你不会告诉我，你一大早上就是在堆这个雪人，你几岁了？你是小孩子吗？也不怕感冒。"秦臻厉声地责备。

"嗯，刚好20岁了，秦小池同学，呵呵！"苏皓霖忽而露出一个大大的笑容，又说道，"别说我啦，你到底要不要给它做样子了？"

"呀？可是拿什么做眼睛好呢？要不就揉一团雪补上去？"秦臻笑着说。

"哦，你看着办吧？"苏皓霖说。

秦臻捣鼓了半天，终于把雪人的样子做出来了，笑嘻嘻地说："皓霖，快看，怎么样，还可以吧？"苏皓霖看了雪人一眼，嫌弃地说："怎么那么丑？"

"什么？苏皓霖，你再说一遍？"秦臻故作生气地说。

"我说好丑呢！"苏皓霖在一边笑了起来。

"苏皓霖，接招？"说毕，秦臻把一团雪球扔到了苏皓霖的裤子上，苏皓霖没有反应过来，目瞪口呆地看着秦臻，说道："秦小臻。"

"谁让你说丑的，呵呵！"某人笑得像一只狐狸。

"呵呵！"说毕，苏皓霖也抓起地上的一把雪，揉成一团准备报仇，哪知秦臻跑过来躲在他身后。

"哈哈，你打不到我。"秦臻可得意了。

"秦小池，你给我出来？"苏皓霖说道。

"好了，不闹了，我们去吃东西吧？"苏皓霖哄道。

"好呀，我们去吃红烧牛肉面。"说着，眼睛亮汪汪地看着苏皓霖，哪知苏皓霖居然还留了一手，啪的一下就把雪团扔到秦臻的裤子上，秦臻委屈地说："苏皓霖，你居然给我使诈。"

"兵不厌诈，知道不？"某人一脸坏笑。

"苏皓霖，看招？"秦臻从地面上又抓起了一把雪球，欲朝苏皓霖扔过去，苏皓霖很巧妙地躲开。

两人在雪地里打起了雪仗，如孩子一般。

会场布置得很美丽，暖气也很充足，穿着小礼服披着外套进去，到了会场便可把外套脱了。没有想到，主持晚会的是夏秋和另一个学长。夏秋一身红色小礼服，头发盘起，化着精致的妆容，戴着半面羽毛装饰面具站在台上，显得那么优雅而自信。

秦臻欲找苏皓霖，却被一个身影挡住，"嗨！"那声音一听便知道是许歌，秦臻也回应道："嗨！"

"请问，美丽的秦姑娘，今晚要和谁跳第一支舞？"许歌有礼地问。

"和皓霖。"秦臻很直白地就说出了口。

"哟，你真和那小子在一起了？"许歌穷追不舍地追问。

"学长……"秦臻娇嗔地喊了一声。

"哟，还害羞了。"许歌笑道，心里有些淡淡地失落。

"额……我先过去找一个朋友？"说毕，便迅速逃离许歌的身边，一想到许歌那一脸璀璨的笑，便说不出的怪异。

"下面呢，我们第一支舞要开始了，请大家找好自己的舞伴。"随着夏秋的声音，会场上的灯光调到很暧昧的氛围，优美动听的华尔兹旋律响起。在场的人，急急忙忙地找着自己的搭档，开始了舞步。匆忙之中，一个人牵起了秦臻的手，他戴着的面具几乎遮住了大半个脸，秦臻以为是苏皓霖，低着头默默地跟着他的步子，却没有想到眼前这个和她默契起舞的是季流川。跳至一半，他忽而凑到她的耳边说道："秦秦，我跳得还不错吧？"

"季流川。"秦臻一下子惊呼了起来，紧张之中，连踩了他好几脚，冷冷地说道："怎么会是你？"

"那你希望会是谁呢？秦秦，穿得这么漂亮，不要说得这么刻薄好不好？苦着一张脸，一点也不可爱。"季流川无比温和地说着，而她却只觉得冰冷，"你放开我？我不想和你跳舞？"

"秦秦，别人看着呢，你想让他们看笑话吗？看来，你们爱得没有多深嘛，连对方都认不得。而且他不是林子陌，对不对？"季流川笑道。

"我从来没有说过他就是林子陌。"秦臻淡淡地说。

"秦秦，如果他知道你喜欢他只是因为他的那张脸，你猜，他会怎么样？"

"季流川，你到底想怎么样，如果这个便是你报复我的手段，你尽管来。"

"秦秦，你怎么可以这么想？"季流川依旧温和地说。

"别这样叫我，我会以为你是在喊晴晴。"秦臻想也没想就脱口而出。

"呵呵，小晴不就是个傻瓜吗？到现在秦笙知道过吗？他和小晴还有一个死去的孩子，呵呵，秦笙配吗？"

"秦笙哥不是那样的人，肯定有什么误会？"秦臻急忙说。

"秦秦，你太天真了，就因为他是你大伯的儿子，你就要那么偏袒他。

呵呵，你们秦家人，一个个还真是好作风。"

"呵呵，这话你就说得太过了，秦家人的作风？那你们季家呢？"

"哟，生气了，彼此彼此。"

直到第一支舞结束，秦臻立刻甩掉季流川，心里说不出的有一股莫名的火，却遇见了匆忙赶来的苏皓霖，他内疚地说："对不起，小池，我来晚了。"

"没关系。"秦臻淡淡地说。

"你要去哪里？"苏皓霖着急地问。

"嗯，想出去透透气。"秦臻说道。

"等着，把外套穿上，我陪你去？"说着，很耐心地为秦臻把外套穿上，又把自己的围巾给她围上。

秦臻看了会场一眼，没有看到季流川，她有些慌张地紧紧握着苏皓霖的手，走到场外，一股冷气扑面而来，不禁打了个冷战。

"能告诉我发生了什么吗？"苏皓霖觉得应该发生了什么，此刻的秦臻看起来有些紧张。

"你知道刚才和我跳舞的是谁吗？"秦臻问道。

"莫非是他？"苏皓霖猜测到。

"是季流川，为什么他总是阴魂不散，我不知道他为什么要到这里来，他一定是故意的。"秦臻有些痛苦地说道。

"小池，第一次见到你的时候，我的直觉告诉我你是个有故事的人，但是你不说，我亦不会问，因为每个人都有自己的秘密。可是，每次看到你因为他而紧张畏惧的时候，我很心疼，小池，告诉我到底发生了什么好吗？"苏皓霖无比心疼地说道。

"我……"秦臻很想把一切都说出来，却发现竟无从说起，把头靠在他肩膀，有些无力地说："皓霖，我真的很累。"

"乖，会好的。"说完，只听轰的一声，漫天璀璨的烟火，那么的灿烂。仿佛全世界只剩下他们两个，苏皓霖把秦臻搂在怀里，在她的额头上轻轻吻了一下。秦臻感觉到他轻柔的吻，听着烟火的声音，忽而觉得心里是那么的温暖。

苏皓霖看着秦臻的眼睛说道："小池，我不会再让你担惊受怕。"秦臻的眼泪便落了下来，"谢谢你！"

"闭上眼睛。"苏皓说道。

"干吗呀？"秦臻忍不住好奇。

"乖，闭上眼睛啦！"

"那好吧！"说着，听话地把眼睛闭上，只感觉有东西被挂在了她的脖子上。

"可以睁开眼了！"苏皓霖开心地说。

"好漂亮的水晶，是个缩小版大提琴的样子。"秦臻忍不住称赞，但是这个缩小版的大提琴水晶吊坠看起来价格不菲的模样，秦臻有些不敢要，于是说道："皓霖，这个太贵重了，我不能要。"

"傻瓜，现在你就是这个挂坠的主人了，这是我母亲留给我的，说有一天遇到喜欢的女孩就送给她，所以，你不能拒绝。"苏皓霖想起念大学前一晚，母亲把他叫了过去。

7

有些缘分，好像就在不知不觉中，悄悄开始。

"皓宝，你过来？"苏漾喊道。

"妈，都说过好几次了，让你不要喊我皓宝了，我都要念大学了。"苏皓霖抱怨道。

"那要叫你阿远吗？"苏漾又问。

"那是林峥叫的，我可不承认。"苏皓霖有些不悦。

"不要林峥、林峥的喊，他是你爸爸，是长辈，你要尊敬他。"苏漾解释道。

"妈，你找我什么事情？"苏皓霖问。

"喏，这个挂坠给你，是你外婆还在的时候送给我的16岁生日礼物，你拿去吧。要是遇见了喜欢的女孩就送给他，听说拥有这个挂坠的人会得到幸福。"苏漾一脸笑意，容貌依旧姣好。

"妈，你信这种？"苏皓霖笑道。

"那你还要不要了？"苏漾问。

"我没说不要，妈！"

"记得即便是念了大学，也要好好学习，妈妈希望你能过上最好的生活。"

"知道了，知道了！"离家前的画面仿佛还在眼前一般。

秦臻看着出神的苏皓霖问道："你是不是想家了？"

"你怎么知道？"苏皓霖心想，他有这么明显吗？

"呵呵，我也想我妈妈！"秦臻说道。

"我妈妈总是一个人在家，所以很是挂念她。"苏皓霖忍不住对母亲的思念。

"那你爸爸呢？"秦臻问道。

"他总是很忙。"苏皓霖淡淡地说。

"他对你很好吧！"秦臻忍不住问。

"那你爸爸呢？他也很忙吗？"苏皓霖想，秦臻的父亲应该不是一个很忙的人吧！林峥永远有忙不完的事。

秦臻有些伤感，那个如风一般从她生命一闪而过的人，那个叫秦天的人。此刻的她，也很想他呢！但还是轻轻地说："我爸爸……他已经去世了。"

"对不起，我不知道。"苏皓霖有些自责地说。

"没关系，都已经过去了。"秦臻安慰地说。

"哦，忘了问你，你怎么戴着一个长命锁，这个年代……就是……"苏皓霖有些不好意思说出口。

"这个年代应该没有人还戴这种看起来土土的东西吧？是不是？"秦臻笑着问。

"额……我不是那个……不是那个意思，挺好看的。"苏皓霖有些结巴地说道。

"是我妹妹送给我的，说是会带来好运。"秦臻解释道，忽而有些想念雪落儿了。

"你还有一个妹妹？我以为你是独生女呢！"苏皓霖有些意外。

"嗯，我确实是独生女，我妹妹是领养的，但是我们比亲姐妹还亲，她不久前也来北京了。"

"那她是来读书的？"

"不是，她是来封闭式训练的。你知道星娱传媒吗？就夏秋家的公司。"

"那不是培养明星的吗？"

"嗯，她被星娱传媒举行的一个选秀节目选上了，作为歌手培训呢！"

"那你这个姐姐应该很自豪！"

"嗯，她很出色。"谈到雪落儿，秦臻的心情似乎就变得很好。

"等她的新歌首发了，我带你去见见她。"秦臻提议道。

"那太好了。"苏皓霖笑道。

转眼，紧张的期末考结束了，秦臻很顺利地考过了，宿舍里，大家都收拾着东西，依依不舍的。

"穆泠，东北好不好玩呀？你要是回去了，我想你了怎么办？"小至在那里说着。

"我说，你不要说得好像我不回来了一样，阿臻，快把她拉走，我快烦死了。"穆泠叫嚣道。

"有时间，来南京玩哦，我带你们去参观名胜古迹。"张烟说道。

"别忘了开学来给我们带好吃的哦！听说你们那里有不少好吃的呢！"小至一脸期待地说道。

"知道啦，知道啦，哎哎哎！"张烟不由得叹气。

"阿臻，你呢？不回苏州了吗？"张烟问道。

"嗯，我留在北京了，我舅妈在这里呢！"秦臻说道。

"阿臻，那我们不是就能经常见面了吗？"小至兴奋地问。

"是呀，能经常见面啦！"秦臻回道。

"阿臻，我得出去了，陈毅下午的火车？"小至说道。

"他是要回天津吧？"秦臻问。

"要当我们宿舍的女婿可是没有那么好当的，告诉你家陈毅，开学不带一些天津麻花回来，别说我们认识他。"穆泠笑着说道。

"好个穆泠，非得把你嫁出去不可。"小至说道。

"你还不快走。"秦臻说道。

只见小至拎起她的包包，快速地冲出宿舍门，大家一片哄笑。随便收拾了点东西，便回到舅妈家，一进门刚好看到花花买着菜进来，见到秦臻一脸微笑地说："表小姐，你回来了，刚好我买了菜。"

"花花，都和你说了好几次了叫我阿臻就可以了，我和你差不多大呢！"秦臻笑着说。

"表小姐，你就不要为难我了。"花花皱了皱眉，显得有些可爱。

"舅妈今天要回来吃饭吧?"秦臻问。

"叶夫人说有客人来呢?"花花一边摘菜一边说道。

"是谁呀?"秦臻忍不住好奇问。

"叶夫人没说,只是交代了要多准备一些饭菜。"花花答道。

"好吧,我先回房间了,你忙不过来就喊我帮忙哦?"秦臻又说道。

"知道了,表小姐,你真好。"花花无比真诚地说道,秦臻以前好几次回来都会和花花一起做饭吃,两个人便慢慢熟络了起来。

秦臻在房间洗了一个澡,换了一身衣服,电话便响了起来,是舅妈打过来的,"小臻,你回家了吧?"

"舅妈,我已经到家了,你下班了吗?"秦臻问道。

"舅妈今天有客人呢,怕花花忙不过来,你帮着她些,我们不能失了礼数。"叶筠在电话那头嘱咐道。

"好的,舅妈,我知道了。"秦臻回道。

"再过半个小时,舅妈就回来了。"叶筠又补充道。

"好的,舅妈。"秦臻挂了电话,把头发吹干用发带束成一束,跑下楼问道:"花花,你的菜准备得怎么样了?"

"表小姐,还差几样就弄好了。"花花说道。

"花花,我来帮你吧。"秦臻笑着问道。

"表小姐,那里还有一个围裙呢!"说着,花花指了指挂着围裙的地方,秦臻把围裙穿好,对花花说:"怎么样,花花?"

"表小姐,你连穿围裙都是那么漂亮,花花从来没有见过比你还要漂亮的人。"花花称赞道。

"花花,你说谎吧?"秦臻捉弄起了花花。

"表小姐,说谎鼻子会变长,我可不敢。"花花急忙说道。

"我逗你呢,花花,你还真可爱。"秦臻笑道。

"表小姐，你又欺负我。"花花有些生气了。

帮着花花准备了剩下的部分，舅妈便回来了，只看到舅妈领着一个年轻的妇人说说笑笑地走了进来，那妇人看起来有些年纪了，但一张脸依旧很明艳，看来保养得不错，况且她的穿着不俗。

"你说，现在的孩子怎么那么不省心，你说明宇吧！整天就是要这样要那样的，要是有她姐姐一半，也就让人省心不少呢！"那妇人说道。

"想以前我们还在一个培训班上过课呢，一晃，就是这么多年呢！"叶筠说道。

"这岁月催人老啊，一点也不等人啊！"那妇人又感叹道。

"好了，如娇，难得来我家吃饭。"叶筠说道。

秦臻看到叶筠，乖巧地喊了一声舅妈，看了那位妇人，不知道喊什么，但还是礼貌地喊了一声阿姨，那女人见到秦臻对着叶筠说道："是你侄女呀，我还以为是你女儿呢！长得可真水灵，你们江南来的就是不一样。"

"嗯，是金城姐姐的女儿，今年考上了美院便过来了。"叶筠笑着解释道。

"你说美院？"如娇问。

"对啊。"叶筠又说道。

"可巧了，我女儿也在那里念设计呢！"如娇说道。

"阿姨，您女儿叫什么名字？"秦臻问道。

"要是同级的，你们应该认识，叫夏秋，我们小秋小提琴拉得可好了。"如娇称赞道，又说道，"我们小秋呐，从小就被宠着长大的，脾气大了些，可心底很善良的，她朋友不多，要是小秋有什么不好的地方，多担待着些。"如娇很耐心地说道。

"怎么会呢？阿姨。夏秋是我见过最有才气的人了，她的小提琴拉得连我都忍不住喜欢呢！"秦臻很真诚地说道。

"小叶，你家这丫头，嘴可甜了，我喜欢。"如娇说道。

"舅妈，饭好了。"秦臻说道。

"辛苦你了。"叶筠笑着说道。

"这孩子还会做饭呢，这年头，会做饭的姑娘可是打着灯笼都难找呢！"如娇忍不住称赞，想想自己的孩子，觉得怪难受的。

"都是些家常菜，你不嫌弃就好。"叶筠说道。

"小叶，你说得什么呀？再这么说，我可生气了，我和你谁跟谁呀？干吗弄得这么生分。"如娇很真诚地说，这个叫叶筠的人，是给过她帮助的人，因此，她们的友谊也是有十多年了，真是一个很长的时间啊！

秦臻就陪着舅妈和叫如娇的妇人耐心地用餐。

8

秦臻想，不管在哪里，只要有亲人的地方，便是家。

马上就是春节，花花也回老家去过年了，舅妈待她不薄，要过节了，还给了她专门的红包，可把花花乐坏了。

"阿臻，东西收拾好了吗？我们得去机场了。"叶筠问道。

"好了，舅妈，我们可以出发了。"

一下飞机，就看到温琅和温珂在那里等着，看到她们，欢快地跑过来，温珂一下子扑进叶筠的怀里，说道："妈，我可想死你了！"

"我的乖女儿，可长高了不少。"叶筠拍了拍温珂的背。

"表姐，你怎么越来越漂亮了？"温琅忍不住称赞，秦臻一套红格子冬裙，围着柔软的围巾，微笑地站着，那模样可好看了，表姐不像学校里的那些女生，会在脸上乱七八糟的抹上一些，她就是那种天然去雕饰的。秦臻听了温琅的称赞,也回道:"小琅,你可是越来越会说话了。"

"表姐,有没有男朋友?北京的姑娘好看吗?"温琅又问道。

"臭小子,整天问些不着边际的,没少惹你奶奶生气吧!"一旁的叶筠说道。

"妈,每次见面都要说我,怎么不见你说过温珂,表姐你看,我妈多偏心,我这个儿子就这么被无视了。"

秦臻在一旁笑而不语,这时温珂又拉起她的手,说道,"表姐,你有没有想我,我可想你啦,特别是温琅整天说着,表姐什么时候回来呀,表姐应该放假了吧?我的耳朵都快听出老茧啦!"

"当然想我们温珂了。"秦臻揉了揉温珂的头发。

"要说什么话回家再说吧,你奶奶肯定等着呢!"叶筠看着几个孩子笑道。

回到家,苏淼淼系着围裙从厨房出来,看到叶筠笑着说:"回来啦!"

"姐,要我帮忙吗?"叶筠说道。

"不用,不用,都好了,妈去祠堂上香了。"苏淼淼解释道。

秦臻看到苏淼淼喊道:"妈!"

温琅、温珂也礼貌地喊了一声:"姑姑。"

"你们去祠堂喊奶奶吃饭吧?"

"知道啦,姑姑!"温珂欢快地应道,又看了一眼叶筠,叶筠也笑着说:"快去吧!"

"嗯!"温珂点了点头。

苏氏祠堂里,老人家正虔诚地上着香,又对着牌位说道:"可惜你走的早,硬把这苏氏江山留给我,想是你在天庇佑,才可顺顺利利的。"说着又叹了声气,便听到温琅喊道:"奶奶,表姐回来了。"

秦臻看到老人家喊了一声奶奶,老人家说道:"你们三个都给我过来?"

"怎么了,奶奶?"温琅问道。

"就你小子话多,奶奶还能把你吃了不成。你们都进来,给你爷爷上炷香。今儿个,都齐了,你爷爷肯定高兴。"

"好的,奶奶。"温珂乖巧的回答。

老人家,烧了一把香,递给了他们三个,秦臻,苏温琅,苏温珂,都依次上了香,于是三人又对着诸多牌位的方向行了跪拜礼,这才起身。老人家宽慰地笑道:"好,好,都是我苏家的好子孙。"

"奶奶,姑姑让我们来喊你吃饭了,今天姑姑特地下厨呢!"温琅说道。

"知道啦,我们走!"说毕,很小心地关上祠堂的大门。

"妈,你们回来啦!"叶筠对老人家说道。老人家看到媳妇,走过去握了握她的手,叹道:"小叶,这些年,辛苦你了。"

"妈……"叶筠又喊了一声。

"要是没有你,金城哪里管得下来,你就不要推辞了,妈是真心谢谢你!"老人家显得那么通情达理。

"温珂,给你爸爸电话,问问他有没有下班,都到吃饭的时候了。"

"姑姑,温琅问过了,爸爸应该到了。"温珂说道。

"那好,温珂喊着你姐姐过来帮一下姑姑?"苏淼淼笑着说道。

"好的,姑姑。"

秦臻和温珂在厨房帮苏淼淼摆起了饭,温珂闻到一股清香扑鼻而来,忍不住问道:"姑姑,你在煮着什么东西吗?好香呀,表姐,你闻到了吗?"

"小丫头鼻子挺灵的,姑姑熬了莲子羹呢,给你们当饭后甜品喝。"苏淼淼笑着解释道。

"姑姑，真希望你天天都给我们做饭吃，表姐，真是托你的福了，我妈做的饭可没有这么好吃。"

"小丫头说话也不怕你妈妈吃醋，你小表姐在的时候，能一口气喝下好几碗莲子羹呢！"说到莲子羹，苏淼淼忍不住提起了小女儿。

"姑姑，你又想小表姐了？"温珂问道。

"可不想吗？怎么说也是自家闺女，阿臻，雪落儿那边怎么样了？"苏淼淼问秦臻。

"妈，再过几个月，就要发新歌了，正式进军歌坛了。"秦臻回道。

"也不知道是不是瘦了，有没有受欺负。"苏淼淼感叹道。

"妈，你就别担心了，雪落儿那孩子有主见的，再说，当艺人本就挺辛苦的，先苦后甜嘛！"秦臻试着宽慰母亲的心。

"你们好，妈妈也就不求什么了。"苏淼淼又说道，她这一生，除了女儿，她真的不再奢求什么了。

"姑姑，小表姐又好看又聪明，歌又唱得好听，她一定会有出息呢，到时候我一定要跟小表姐要一个最大的签名。"温珂一脸的期待。

"就你丫头嘴甜，喊你奶奶她们吃饭啦！"苏淼淼嘱咐道。

"知道啦，姑姑！"温珂又跑去客厅，苏淼淼看着她急急忙忙的样子喊道："珂丫头，小心摔着了！"

一家人其乐融融的吃了团圆饭。

"好不容易回来，就多待些日子再回去。"老人家开口道。

"奶奶，你是舍不得表姐吧？"温琅说道。

"就你小子知道。"老人家笑着说道，心情看上去似乎很不错。

秦臻在苏州一直待了快一个寒假，转眼又到了开学的日子，北京的天气还是冷的，苏皓霖也回来了。

学校里最大的新闻莫过于谈论雪落儿的，雪落儿半年多的封闭式训练也结束了，3月，星娱为雪落儿量身打造的首发歌曲《花一开，便相爱》一下子登上各大娱乐头条，独家MV也随着播映，MV里的场景去到了海南拍摄，那里已是春暖花开，画面里，雪落儿头戴花环，光着脚丫，提着长长的白色裙摆在海边慢慢行走，海风轻轻吹拂着她乌黑的发丝，她的面容是那么清新而又甜美。好听的声音带着淡淡地迷茫又充斥着对恋爱的期许，这首《花一开，便相爱》一发行，一下子为雪落儿积攒了成千上万的粉丝。

小至在看着微博，嘴里说道："阿臻，你看，才过了一天，雪粉已经突破了百万，看来，米雪的时代要过去了。话说，星娱从哪来挖出来的新人，长得漂亮就算了，那歌唱得可是让人听了就爱呀！估计又是新一代小女神。"

"难不成你也成雪粉了？"秦臻问道。只见穆泠和张烟也回答，"我们也是雪粉。"

"你猜，我给你们带了什么礼物。"秦臻说道。

"阿臻，是什么呀？"小至忍不住问道。

"我想你们一定会喜欢。"秦臻又说道。

"是什么呀？"穆泠问道。

"雪落儿独家签名。"秦臻说道。

"阿臻，骗人也不带这样的。"小至抱怨道。

"我没骗你呀！"说着从柜子里拿出几张雪落儿《花一开，便相爱》的海报，上面还有雪落儿的亲笔签名，墨迹都还挺新的。那是几天前，雪落儿寄来学校的。

"阿臻，你怎么会有？爱死你了。"小至说道。

"你们喜欢就好，呵呵！"秦臻说道。

"阿臻，谢谢你，我会好好收藏的。"小至说道。

"哟，这话怎么说得这么酸，呵呵！"秦臻笑道。

秦臻又去到了樱桃红，没有想到会遇见许歌。许歌看到她，微笑着打招呼，"嗨，秦臻！"

"嗨，学长，你经常来。"秦臻问道。这时，一位店员对秦臻解释道："他是我们店长呢！"

"你是这家店的老板？"秦臻不可思议地问道，心里在想，怎么看也不像呀。传说中，许公子可不是这样的人呀！

"怎么了，看着不像吗？"许歌笑道。

"学长，我以为……以为……就传闻……"秦臻不好意思说出口。

"整天游戏人生？还是欺骗清纯小姑娘？"许歌问道。

"不是……不是那个意思啦，你别误会啦，以为富家公子不用担心生活呢，只要家族继承就可以了，电视上不是都那么演的吗？"秦臻解释道，无比真诚地看着许歌，那眼睛如水一般温柔。

"小学妹，你这样看着我，会让我误会，你喜欢上我了的。"许歌又开始了他的调戏式，把秦臻说得很害羞。

"学长，你？"秦臻似乎被许公子气到了，竟不知道要怎么说下去。

"看你紧张的，和你开玩笑呢！喜欢吃哪款蛋糕，今天我请客。"许歌说道。

"学长，那我不客气了，我很能吃的。"秦臻笑着说道。于是对着玻璃柜台指了指，看着那款精致的抹茶慕斯蛋糕对着许歌说道："学长，我就要那款抹茶慕斯蛋糕。"

"小姑娘眼光不错，那款蛋糕确实好吃，好，小林，就给她拿那款蛋糕。"许歌吩咐道。

"好的，店长。"小林欢快地答道。

于是，秦臻开始了一场美味之旅，许歌在一旁看着她吃的那么开心，嘴角露出一丝微笑。

9

雪落儿和季流川是不可能的,那是早已注定的结局。

秦臻在画室里练习着画作,某人在窗外一跳一跳的,居然是苏皓霖,秦臻看到他,欢快地说道:"皓霖,你怎么来了?"

"她们告诉我你在画室,我就找过来了!"苏皓霖解释道。

"你找我什么事呢?"秦臻问。

"想某人了,这个理由成立吗?"苏皓霖笑道。

"这个周六有什么安排吗?"秦臻问。

"没什么安排,怎么了?"苏皓霖问道。

"带你去见一个人。"雪落儿刚好有时间,约了她见面,她也想她了。

"是谁呀?"苏皓霖好奇地问。

"你忘了,上次我说过的。"秦臻把最后一笔添在画板上。

"该不会是雪落儿吧?"苏皓霖有些兴奋地说。

"难不成你也成了新一代雪粉?"秦臻打趣道。

"呵呵……我还没有到那个地步呢!"苏皓霖解释道。

和雪落儿约在了一个咖啡厅,秦臻的电话响了起来,是雪落儿打来的。她的语气显得那么急促,又声音动听地说道:"臻臻姐,你到哪里了?"

"快到了,是漫摇咖啡小屋对吧?"秦臻问。

"嗯,就是漫摇咖啡小屋。"雪落儿说道。

"好的,马上就到了。"说着,挂了电话,笑着对苏皓霖说道:"就是漫摇咖啡小屋了。"

"嗯，那我们过去吧！"苏皓霖说道。

一进漫摇咖啡小屋就看到雪落儿坐在靠窗的位置，身穿一身粉色运动套装，头戴一顶白色棒球帽，帽檐压得很低，整就一个高中生的模样，任谁也没有想到，此刻坐在这里的便是当下新兴崛起的歌坛新秀。

雪落儿看到秦臻进来，一眼就认出了她来，微眯着眼，笑容很温暖，立刻喊道："臻臻姐。"可是随之而来的还有一个俊秀的男生，可是怎么看怎么熟悉，于是有些不敢相信的对秦臻说道："臻臻姐，他……他……？"怎么和阿陌哥哥长得那么像，她难以置信地看着苏皓霖。

"这是苏皓霖，姐姐的朋友。"秦臻赶快解释道。

"你就是雪落儿吧。"苏皓霖笑着问道，一脸的温和。

"嘻嘻……我不相信臻臻姐会带一个朋友来见我呢，如果我猜得没错，你是她男朋友吧？"雪落猜道。

"没想到你这么聪明！"苏皓霖笑道。

"那也得看我是谁的妹妹，是不？臻臻姐，我可想你啦！"雪落儿撒娇道。

"这不来看你了吗？"秦臻笑道，一听到雪落儿说要和她见面，别提多高兴了。

"我们雪落儿做得越来越好了。"秦臻说道，她是真心为她的出色而高兴。

"臻臻姐，你不知道训练的时候可辛苦了，有时候连饭也顾不上吃，好想淼淼妈妈做的饭。"雪落儿抱怨道，在外人面前，她总是充满干劲，不怕吃苦，也很乖巧，有再多的委屈也不敢抱怨半分，一见到姐姐就忍不住诉苦了。

"姐姐知道，你受苦了，可是你要记住先苦后甜，不能忘记我们以前的生活，这样才能去拥抱新的生活，姐姐相信，妈妈会为你自豪的。"秦臻说道。

"臻臻姐,流川哥哥来北京了,你知道吗?"雪落儿问道。

在雪落儿的心里,季流川一直是埋藏在心底的秘密,还有那个同臻臻姐一样善良的季晴姐姐,都是她喜欢的人。回忆里,季晴姐姐带她去她家玩,刚好碰到抱着篮球回来的季流川。季晴看着满头汗水的季流川说道:"哥,你怎么又去打球了?"

"谁像你整天不运动,老是喊着没精神。"季流川淡淡地说道,看了一眼在季晴身后的雪落儿,好奇地说了一句,"哪家的丫头,眼睛挺亮的。"

"哥哥,她就是小雪落儿。"季晴对季流川介绍道。

"秦小臻的新妹妹?"季流川又问了一句。

"雪落儿,这是流川哥哥,快打个招呼。"季晴嘱咐道。

"流川哥哥好!"雪落儿乖巧地喊了一声。一向不喜欢女生的季流川看着这个眼睛明亮的小不点儿一改常态地说道:"小丫头,嘴挺甜的。"

小丫头,嘴挺甜的。那是流川哥哥对她说的最好听的话,那时的季流川如同童话故事里的王子一般,如同夜空中最亮的星星一般,在小雪落儿的心里越发清晰,越发明亮。

秦臻沉默了一会儿,想了想说道:"他来找过你?你们见面了?"

"嗯嗯,流川哥哥说让我好好加油。他还给我买了好多的彩虹糖,姐姐你真没有见过他吗?"雪落儿一脸幸福地说道。

"雪落儿,你听姐姐一句话,以后不要再和他见面了,你忘了爸爸的事了吗?"秦臻的语气显得有些责备,连苏皓霖听了也忍不住说道:"小池,你……?"

"姐姐,我从来就没有忘记过,可是姐姐那不是上一代的恩怨吗?为什么要我们来背负,况且流川哥哥也受到惩罚了不是吗?"雪落儿说着说着,觉得无比委屈,眼泪就落了下来。

"我……姐姐是为你好……"秦臻也有些难过地说道。

"对不起，臻臻姐，是我太急了。"雪落儿道歉道。她怎么会忘了臻臻姐的父亲，那悲伤的一幕，还有那个温暖的，总是笑得暖洋洋的阿陌哥哥，那些……她从来就不曾忘记过。

她不会忘了，淼淼妈妈是怎么带着她和臻臻姐从川水到了苏州，这一路走来，吃了多少苦，经历了多少的不易，都不曾忘记过。

那个和臻臻姐青梅竹马的阿陌哥哥，是那么的无辜，臻臻姐是多么的舍不得他，天国，该是多么遥远的地方？

"是姐姐太敏感了，但是雪落儿，我们到了今天是多么不易，姐姐希望你能够过上最好的生活。"雪落儿能够幸福，能够生活得好，是她和母亲所期望的。

秦臻和雪落儿见面后，便和苏皓霖去了公园，两人坐在木长椅上，风吹得有些凉。

"小池，你的妹妹喜欢季流川对不对？"苏皓霖开口。

"他们在一起是不会有结果的。"秦臻有些伤感地说，想了想又对苏皓霖道："其实，我并不是苏州人。"

"那你家？"苏皓霖一直以为她是江南来的，因为第一次见她的时候，她就一身的江南秀气，说不尽的婉约秀丽，如水一般。

"几年前，我和母亲搬到了苏州吴县，是我的外婆家。我是土生土长的川水人。"

"你说的是川水市吗？还有一个美丽的小镇，叫川水镇？"

"你怎么知道？很少有人知道川水的？"秦臻有些惊讶。

"我家离川水不远，就在花溪，我母亲和我说过许多关于川水的事？"苏皓霖说道。

"皓霖！"秦臻喊道。

"怎么了？"苏皓霖问道。

"下面我说的，我希望你不要在意。我不想瞒着你，与其有一天是你从别人那里听到的，不如我亲自对你说。"

"你长得很像一个人，我给你看照片。"说着从钱夹里拿出了一张照片，照片上是一个17岁的少年，穿着白衬衫，笑容温暖而璀璨，眼角还有一颗小小的泪痣。

"怎么会？我……"苏皓霖有些说不出后面的话，看着照片心里有一个预感，难道是……是……爸爸死去的儿子？

"很不可思议吧，如果他还在，现在应该也和我们一样念大一了。"

"他叫什么名字？"苏皓霖的心有些跳了起来，难道真的是林子陌？

"林子陌，君子世无双的子，陌上人如玉的陌。"秦臻说道。

"他爸爸叫林峥对不对？"苏皓霖脱口而出。

"难道你是阿远？"秦臻不可思议地问道，他居然是阿陌哥哥的弟弟。

"林子远，是我父亲取的名字，我和我妈姓苏。"苏皓霖解释道，秦臻看着他一下子泪流满面，到了后面更是忍不住大声地哭了起来。苏皓霖被她吓了一跳，紧紧地把她抱在怀里，心疼地说道："小池，怎么了？你可以和我说。不要哭了。"

哭了好大一会儿，秦臻才止住了哭声，看着苏皓霖说道："怎么会这么巧，你居然是阿远，你知道吗？阿陌哥哥是多么无辜，是我害了他，是我害了他……"

"小池，可以告诉我到底发生了什么吗？还有，那个叫季流川的，他和你早就认识了对不对？"

"季流川，肯定是来报仇的，他是来报仇的……我不信他就会那么轻易地放过我。"

"小池，不要怕，不管发生什么事，现在我在你的身边。"苏皓霖安慰道。

"皓霖，不……阿远，原本我不愿提起，那些往事，可是今天似乎不得不说，我只想让你知道，阿陌哥哥在很早很早以前就知道有一个叫阿远的弟弟，如果我猜得没错，你的心里肯定从来没有承认过有那么一个哥哥。"

"是，我恨过他们……"

"听过十多年前名动四方的川水最大走私贩毒案件吗？"

"嗯，我母亲和我说过……"

"故事便从那里开始……"

10

在生死的一瞬间，她听见了她的天使说，秦小池，我爱你！可是，为什么，不等等她，哪怕只是一下下。

十几年前，名动四方的川水最大走私贩毒案件，被下了第一逮捕令的便是秦臻的父亲，秦天。

16岁那一年，秦臻还是川水一中的一名学生。那个时候，林子陌、季流川，还有她的堂哥秦笙是川水一中最受欢迎的三个男生。

季流川的妹妹季晴，和她一个班，三年多的友谊，让她们几乎形影不离。几个少男少女，本该快乐地成长，然而，一场噩耗，毁去了一切青涩的美好。尽管事隔多年，那些事情，依旧在心底清晰。

颜时业作为川水公安局局长，居然在办公室里抽起了烟，小唐警官敲了敲门，颜时业喊了一声，"进来。"

"颜局。"小唐喊了一声，小唐是侦查组最出色的小队长，也是他颜时业手把手带出来的，有"黑猫"之称。

"有结果了?"颜时业问道,又长长地叹了一口气。

"蓝色里几个服务员的身上都藏有毒品,她们已经被带回来了。经营蓝色酒吧的老板,是季大牛的人。"

"确定吗?"颜时业问道。

"已经确认过身份了。"小唐说道。

"没想到,他居然还没有收手,这么多年,他越来越贪得无厌了。"颜时业笑道。

"颜局,难道你们认识?"小唐忍不住问道。要知道季大牛的势力遍布整个川水市,他经营的娱乐产业一点也不亚于他的房地产,哪个地方死了一两个人,只要涉及他的地盘之类,最后都会被他巧妙躲过,可怜那些无辜的人。

"我们何止认识,秦天的事调查得怎么样了?"颜时业又问道。秦天那般看起来正派的人,有血有义的,却被兄弟这般对待,若不是他女儿那般执着的求他,或许,他真的不再插手。

"根据监控录像,确实看到那天有人去探监了,问了那天值班的人,说是得到了批准去探监的。"随后想了想又说道:"可是,颜局,秦天身体一向好,而且对于劳动改造,他一向积极表现良好,怎么会就突然呼吸不畅,意外猝死?"

"所以才说没那么简单……"

"是,颜局!"小唐说道。

这时,有警察急匆匆地敲门道:"颜局,不好了,江水那边一个少女被劫持了!"

"什么时候的事?"颜时业问。

"就十几分钟前。"那名警察回答道。

"小唐,通知侦查小组,赶往江水,记住没有我的指令,不可轻举妄动。"颜时业吩咐道。

江水外沿……

季大牛的保镖拿着那把手枪指着秦臻，季大牛叱咤川水那么多年，怎么也想不到会被眼前这个十几岁的瘦弱的小姑娘拖下台。

"秦臻，是吧？我们可以谈一谈，怎么样？"季大牛故作温和地看着她，眼睛却盯着她手里的那份文件。如果，她把那份文件交上去，那么他季大牛就真的完了。

"叫你一声季叔叔是因为我尊敬你是长辈，你是怎么对我爸爸的，为什么爸爸他死了，你却活得好好的？为什么你们一家人都要活得好好的？而我们却要这么痛苦，爸爸他哪里对不起你了，你要那么对他，这便是你对他的兄弟情谊。"说着，秦臻泪流满面。

"孩子，你听我说，只要你答应叔叔不要把那些东西交给公安局，叔叔答应你，会好好补偿你们一家，我要是去坐牢了，小晴怎么办？你们不是好朋友吗？"为了拖住秦臻，季大牛把女儿都搬出来了。

秦臻手里的一包文件，有着季大牛走私贩毒的一些交易记录，只要警方看到，他必定倒台。

"小晴……小晴……你就是那样当爸爸的？"秦臻笑道。

正在秦臻和季大牛针锋相对时，所有人都赶了过来，苏淼淼看到女儿被枪指着，她的身后被一群保镖紧紧围得水泄不通，吓得几乎快晕过去，"阿臻，把东西给他，不要再查下去了，你要是有什么不测，你让妈妈怎么办？"苏淼淼的声音里几乎带着哭腔，那是她唯一的女儿。

"不……妈妈，季大牛应该受到惩罚，他应该受到惩罚。"

"阿臻……你……你不是应该在医院吗？你……你……"苏淼淼不敢相信女儿说出这么清醒的话来。

"妈妈，你们都以为我疯了，对不对？呵呵……那只是缓兵之计，为了让季大牛对我没有戒心而已。"秦臻怀里抱着那份文件，笑着说道。

"秦臻，你做的一切都是为了要报复我爸爸对不对？你的心里只有仇恨，你这个狠毒的人，你怎么可以这样？你怎么可以，那是我爸爸啊！"季晴哭着说道。被季流川呵斥道："小晴，安静！不要说话。"

"哥，你一早就知道了，对不对？你连我都骗！"季晴大叫道，情绪已经不能控制。啪的一巴掌，季流川打在了妹妹脸上，从来舍不得让妹妹受委屈的季流川，打了妹妹。

"你打我？哥，你居然为了她打我？秦臻，我们再也不是朋友。"说完，远远的跑开。

苏淼淼又喊道："小臻，乖，把东西给他，到妈妈这里来，小臻，听妈妈的话！"

"小姑娘，怎么样？还是乖乖听你妈妈的话，叔叔的枪可是会不听话的，快，把东西给叔叔。"季大牛哄道。

"呵呵，我才不会相信你的话，今天我已经做好了和你同归于尽的准备，你犯下的那些罪，会得到报应的。"秦臻坚定地说道，有着一股视死如归的气势。对，她不会放过害死爸爸的人，凭什么，他能在川水过得逍遥自在，爸爸却要做他的替死鬼？对，她不甘心，她不相信她的爸爸是那样的一个人。从小到大她受了多少委屈，吃了多少苦，她被那些同学嘲笑、欺负过，就因为没有爸爸，没有父亲在身边，这一切，不都是因为季大牛吗？

想到这里，秦臻笑着说道："我是不会给你的。"

"那就别怪我不客气了，给你活路你不走，偏要找死，今天就如你愿，阿黑，交给你了。"季大牛对保镖阿黑吩咐道，阿黑听到了季大牛的吩咐，扳动了手枪。颜叔叔就到了，就到了，秦臻安慰自己，却还是吓出了冷汗。砰的一声，苏淼淼惊叫着晕了过去，就在秦臻以为自己要死了的瞬间，一个身影使劲把她推开，在场的所有人都惊呼了一声，同时，颜时业的侦查队把所有人都包围了起来，终于赶来了，可是还是晚了一步。

"放下你们手里的枪，你们被包围了。"小唐喊道。所有警察都拿着枪指着那些黑衣保镖，季大牛不敢相信地说道："怎么会有警察，怎么会？怎么会？"

"这是逮捕令，季大牛，你被逮捕了？"颜时业把手铐铐在季大牛的手上，而秦臻却哭着喊道："快叫救护车，救护车，救救阿陌哥哥！"

混乱中，她只感觉到阿陌胸口的血怎么止也止不住，林子陌尚存一丝气息，微弱地说道："小池，你没事吧？哥哥来晚了！"

"阿陌哥哥，阿陌哥哥，你别说话，你要撑住，救护车就来了，就来了！救护车！"秦臻几乎是嘶吼出"救护车"这三个字，一脸的泪水，怎么止也止不住的滴落在林子陌的脸上，林子陌用满是血的手，摸了摸秦臻的脸，那双好看的眼睛望着她，嘴里一动一动的好像在说着什么，他用尽最后一口气说道："秦小池，我爱你！"

秦臻看着缓缓闭上眼睛的少年，轻轻吻了一下他的额头。

"救护车，救护车来了，臻臻姐！"说着，一片混乱之中，林子陌被送进了救护车里。

守在抢救室的门口，秦臻的心紧紧地揪着，刚才混乱之中，她似乎看到季流川的笑容，嘴角浮起一丝诡异的笑。

医生推门而出，秦臻立马跑上去问，"医生，怎么样了？"

"对不起，我们已经尽力了！"医生抱歉的说道。

"怎么可能？怎么可能？医生你一定有办法的对不对？医生，你救救他，救救他……"说到后面秦臻直接跪到了地面上，一个劲地摇头。

"子弹射中了心脏，我们尽力了。"医生再次抱歉的说道。

"阿陌哥哥……"说着，便晕了过去。

秦臻好像做了一个长长的梦，梦里，繁花似锦。她又回到了小时候和阿陌哥哥在一起的那些时光。青木河的水那么清澈，还可以看见河底的小石头，她和阿陌哥哥一起坐在小河边看着游来游去的小水鸭，阿陌哥哥又拿着口风琴吹起了那首民谣。

梦里的场景换了换，是他们长大的时候，梦里只有阿陌哥哥的身影，又是青木河，他拿着一只大大的风筝放在蓝蓝的天上，他跑得是那么的快，秦臻在后面追呀追，可是他跑得好快好快，她怎么追也追不上。最后，她一个人孤单地坐在了小河边，阿陌哥哥却忽而出现在她身边，她开心地喊道："阿陌哥哥，我以为你不等小池了！"

少年微笑地看着她，伸出白皙的手揉了揉她乌黑的发，他忽而宠溺地说道："小池，哥哥得走了！"

"阿陌哥哥，你要去哪里呀？"秦臻不解地问。

"哥哥要去一个很远的地方，再见！"说着，少年的身体化为一个个美丽的泡泡，然后，消失不见。

第三章
安暖陪伴

1

人生若只如初见，何时秋风悲画扇？

秦臻醒来，只看到白花花的天花板，手上还挂着点滴。雪落儿一直守在秦臻的身旁，见她醒来扑进她的怀里说道："臻臻姐，你终于醒了！"

秦臻只觉得头疼得剧烈，忍不住喊道："头，好疼。"

"臻臻姐，不疼才怪，你都睡了那么久了。"雪落儿眼睛红红的说道，一脸的担忧。

"我怎么会在这里，我是不是生病了，雪落儿，阿陌哥哥呢？他怎么不来看我，是不是他的功课太多写不完，所以没有时间，雪落儿，你看到阿陌哥哥了吗？"秦臻只是一个劲地问着她的阿陌哥哥，阿陌哥哥去哪里了？

"臻臻姐，你不要这样，阿陌哥哥已经死了，死了，臻臻姐！"雪落儿心疼地看着她说。

"怎么会？怎么会？你骗我的对不对？"秦臻对雪落儿追问，这时，苏淼淼带着煲好的汤走了进来，看到醒来的秦臻担忧地说道："小池，总算醒了，可把妈妈吓坏了，妈妈给你熬了汤，怎么也得喝一点。"

"妈妈，我要去见阿陌哥哥，阿陌哥哥在哪里？"秦臻呜咽着说道，看着苏淼淼眼泪又止不住的大颗大颗地滚落下来，眼睛肿得像个核桃似的。

"小池，你知道吗？你已经昏睡了两天两夜了，嘴里一直喊着他的名字，怎么喊你你也醒不来，医生都来过好几次了，你知道吗？可把妈妈吓坏了，乖，听话，我们先吃点东西。"苏淼淼哄道。

"妈妈，季大牛呢？"秦臻又呜咽地问道。

"已经收监了，他家也被查封了，你就不要再想着那些事情了，警察自会处理，乖，听妈妈的话，你现在还需要休息。"苏淼淼心里是那么的难受，没想到季大牛已经丧心病狂到了这个地步，连孩子都不放过，他是怎么能狠得下心来的。

"妈妈，我就去见一眼，我就去看阿陌哥哥一眼，妈妈，你不要拦着我。"秦臻已经是对苏淼淼几近祈求。

"妈妈不想瞒你，昨天已经送去火化了。那边，你林叔叔会处理。"苏淼淼心想，不能这样瞒着孩子。

"妈妈，是我害了他……妈妈……是我害了他，如果不是为了救我，他就不会这样，妈妈，你说我要怎么办？我要怎么办？沈姨只有那么一个宝贝儿子，妈妈……"此时的秦臻已经声音嘶哑得一个劲哭着，苏淼淼心疼地把她抱在怀里安慰道："不哭了，不哭了，妈妈带你去。"

林子陌的葬礼上，秦臻看到沈姨在那里，过去喊了一声，"沈姨。"已经哀恸到晕了又醒来的沈青看到秦臻狠狠地甩了她一巴掌，她用视死如归而又无比怨恨的眼神看着秦臻说道:"你来干什么?"

"沈阿姨,我……"秦臻不知道要怎么说。

"你这个祸害,为什么死的不是你?"说完,沈青又大声地哭了起来,秦臻也忍不住哭了起来。

她似乎已经记不清,阿陌哥哥的葬礼她是怎么去的,又怎么回来的。他就那样离开了……

人生若只如初见,何事秋风悲画扇?

没有人会知道,秦臻想念的只是那一句:"小臻,好久不见!"可就是这么简单的一句话,她仿佛穿越了几个世纪,经历了几世轮回,也无法等到,那来自天际的声音和她永远无法再触摸的他的脸庞。在很长的一段时间里,秦臻总会想起关于阿陌的种种,真的好多好多。那相思蚀骨,也让她明白了,有一种思念就像毒药,能够沁入心肺,带给人的是深深的致命伤。

窗外飙摩托车的声音那么刺耳,却让秦臻觉得有种恍如隔世的错觉,那时的林子陌总会用摩托车载着她去水村的果园里摘杨梅,摩托车上的阿陌就像偶像剧里的酷帅小霸王,秦臻觉得不好意思抓阿陌的衣衫,而他却一把拉过秦臻的手搂在他腰上。

那时的林子陌总会戏谑地说:"小臻,你要抓紧了,不然摔到地上就变丑八怪了!"

她大声地朝他喊:"你说什么,我听不到?"他又大声地回喊:"我说,某人摔倒了,就是丑八怪!"他们的相处总是那样自然,仿佛生下来就是那样的。

那是杨梅成熟的季节,大颗大颗的杨梅,红得发紫,熟得发黑。

不禁让人想起宋代诗人平可正的诗来:"五月杨梅已满林,初凝一颗值千金。味胜河溯葡萄重,色比泸南荔枝深。"看着想着就足以让人垂涎三尺了。秦臻看着满园的杨梅，总会不由自主地牵起阿陌的手飞快地跑向有杨梅的地方，那时的秦臻就像山林里的小鸟，那么地自由而又愉快。

她总会对他说："阿陌，快点、快点，我要吃那颗最红的杨梅。"

"我又没和你抢，要吃你就吃呗！"

"可是，阿陌，树太高了，我够不到。"

"哈哈，你这个小矮个，我就不给你摘。"秦臻有点生气了，准备大展拳脚，了解她的林子陌早就跑开了，她不服气地追，追不上就朝他大喊："阿陌，你这个坏蛋，以后我再也不要给你吃我妈妈做的红烧肉了。"

"别啊，别啊，我给你摘还不行吗？"

"这还差不多。"于是，林子陌只好乖乖地去摘杨梅，却自己把那颗最红的给吃了，气得秦臻又追着他打，满园里，都是他们的欢笑声。

时间，真的过了那么久吗？久得让她心生错觉，就如同那一句触及不到的地老天荒和那一句来不及说的我爱你，那般远得遥不可及。

又是那个季节，雨淅淅沥沥地不休不止，弄堂里传来旧唱片咿咿呀呀的声音"原来姹紫嫣红开遍，似这般都付与断井颓垣。良辰美景奈何天，赏心乐事谁家院！恁般景致，我老爷和奶奶再不提起。"

她又去了南山，那座墓碑上的黑白照片被雨水冲刷得更加醒目，那是一张微笑着的、张扬、年轻的脸，那一双温暖如春风和煦的眼睛好像还可以触摸到温度似的。

雨水淋湿了她的发，她的白裙子，她带着伞并未撑开，她穿着系带凉鞋的脚趾不小心被路上的碎片划出一个伤口，细细的血流成一小股和着雨水一起往外流，她却不觉得疼，或许，是心里的疼痛掩盖了这些。

她颤巍巍地摸着那张照片，回忆却如海啸般席卷而来……

2

童年是什么，秦臻觉得，像彩色的糖果，更像阿陌买的可口的冰淇淋。

"你知道画里的小河在哪里吗？"小男孩摇摇头，"放学我带你去看小河好不好，还有小水鸭呢，可漂亮了！"

"嗯，那我们放学一起去吧！"

两个孩子背着书包去到了青木河边，青木河的水可清了，果真，有许多小水鸭在上面游来游去的。男孩子把手伸进书包里捣鼓了半天，拿出了一把口琴吹了起来，秦臻望着小男孩，一下子变得很崇拜。

"你吹的是什么呀，我从来没有听见过这般好听的？比人家唱出来的还要好听呢！"

"真的吗？那以后，我都给你吹，但是你不许告诉我妈妈，我妈妈不给我吹这个。"小男孩有些祈求地说。

"好呀，可是你妈妈为什么不给你吹呀，你吹得可好听啦，你妈妈说不定会喜欢呢！"

"她只许我弹钢琴。"小男孩有些委屈地说道。

"钢琴是什么呀，长得好看吗？"她有些好奇地问。

"就是能弹出好听旋律的乐器。"

"那你会弹给我听吗？"

"好呀！"

于是小男孩和小女孩熟悉了起来。

那是一段最纯真的岁月，那是一段温暖而又世俗的流光，那是20世纪90年代的中国。那时，川水镇还是一个有着婉约秀色的小镇，青木河还没有垃圾成堆，那里有许多游来游去的可爱的小水鸭，还可以去捉泥鳅。每当夏天来临，清水塘里的荷花就开了，大朵大朵红而美丽的荷花，看上去是那么地美不胜收。那景致就是诗句里写的，"接天莲叶无穷碧，映日荷花别样红"。那种美简直是心旷神怡，让人移不开视线。

暮色里，袅袅炊烟，若是有小雨，那便是烟雨朦胧的景色，偶尔可以看到穿着旗袍，涂着丹蔻，打着油纸伞的美丽女子，仿佛是一幅美丽的画卷。

要说秦臻最喜欢做的事情，那便是和镇里的男孩子玩儿在一起了，因为那时的他们喜欢到青木河里打水仗、洗澡、那时的他们还没意识到男女有别。每次回到家，老太太看到她浑身湿透的样子是要罚她跪祠堂的，而长她两岁的哥哥秦笙那真是老太太手心里的宝，那就是人们说的，捧在手里怕疼了，含在嘴里怕化了，用那样小心翼翼的话语来形容一点也不为过。

"秦臻，今天你不给我跪满一个小时的祠堂，你就别吃饭了，看看你哪里有女孩子的样子，整天跟那些劳什子混，不像话，不像话……唉……"

老太太总是爱念叨这句话，秦臻觉得耳朵都快生老茧了，即便这样也阻挡不了秦臻身上的那股子野劲。秦臻太喜欢青木河了，青木河的水摇摇晃晃，就像母亲宠溺的眼神一般，很多年后，秦臻才明白那种感觉叫作温柔。是的，温柔，像一朵洁白而轻盈的云彩，轻轻地触进心房，开了好多好多小花。

"老太太，他们都是我的小伙伴呢。"秦臻抗议道。

"死丫头片子，还顶嘴，准是一个赔钱货。"

"妈，你怎么能那么说呢？小臻只是个孩子。"秦母听了老太太的话，忙出来打圆场。

可是，老太太那尖酸刻薄的嘴哪里止得住，"真是，一个个的，都造反了，都造反了，要是小天在，你敢吗？"老太太说不过秦母，便只好搬出秦臻的父亲来。

"妈，要不是你和大嫂老是吵架，又怎么会自己跑来这里，那几年不是都喜欢在大哥家；不管阿天怎么让你回来，你就是不原谅他。小臻才出生，她爸爸就吃了牢饭，你说我容易吗？要不是我哭着说不改嫁，你就把小臻送人了，你也是做母亲的，妈，我不想和你吵。小臻，我们去绣房。"

于是，秦母便拉起秦臻的小手去绣房，秦臻的母亲是川水有名的绣娘，她是江南来的，苏绣、蜀绣，只要一经她手就栩栩如生，仿佛活过来似的。

当秦臻左手拿着纸做的风车，右手舔着一支要化不化的雪糕，似笑非笑地看着哭得满是鼻涕口水的王小虎时。王大婶一手拿着蒲扇，一手拿着火钳对秦臻说："你这个死丫头片子又欺负我家虎头，当心我告诉你家太太。"秦臻只是一脸无辜的笑嘻嘻地说："我只是告诉他长毛鬼是要吃爱哭的小孩的，没想到他就信了，呵呵，呵呵……"王大婶把火钳对着秦臻一指说，"死丫头片子，你再说，当心那东西抓的就是你。"秦臻给王大婶做了一个鬼脸就跑开了，气得王大婶汗毛都要竖起好几根。

那个年代对鬼神是相当忌讳的，不过秦臻就好像是天不怕地不怕的，要说有什么怕的，秦臻最怕的就是老太太，因为老太太看她的眼神是冷峻的，很多年后，秦臻才明白那并不是没有原因的。她一直以为那是因为她是个女孩子的原因，未想是她出生的那天，她的父亲因为贩毒在云南被抓了。可是，她有什么错呢？那时的她，还是个什么都不知道的奶娃娃。

秦臻还有一个大伯，对她非常疼爱，大伯家除了秦笙还有一个小她很多的弟弟秦珏，那个弟弟生得就像橱窗里的洋娃娃，精致而又美丽。有时见到秦臻他会甜甜喊她一声，"臻臻姐，"那声音软软糯糯的，甜得快要溢出蜜似的。秦臻很是喜欢他，总会在他脸上啵两口，那似乎也是一种乐趣，把口水弄在他脸上，气得他说："臻臻姐，我再也不要跟你玩了。"

"嘻嘻……呵呵……不完就不玩呗，我去找阿陌哥哥。"

"臻臻姐，我也要去找阿陌哥哥，"

"嘻嘻，那再给我亲一个。"秦珏只好把脸凑到了魔女嘴旁。

于是他们两个就一起去找林子陌，秦珏也会跟阿陌打小报告，"阿陌哥哥，小臻姐姐说，如果我不给她亲亲，她就不带我去找你玩。"

"秦小珏，你这个小骗子……"之后，又是秦臻追着秦珏打，可怜的秦珏躲不过姐姐的"毒打"又跑去跟阿陌告状了。

那时，秦臻觉得最快乐的事情便是当孩子王，最有成就感的事情就是她的小尾巴，林子陌。她走到哪里他就跟到哪里，他还会拿自己的零花钱给她买雪糕吃，他总是会用清脆的声音说："小臻，等等我！"

而秦臻总会停下来，转过头，睁着大大的双眼说："阿陌哥哥，你是蜗牛啊，这么慢？"

林子陌不服气了，"那你是兔子吗？走路要蹦蹦跳跳的。"

"可是，阿陌哥哥，小兔子蹦蹦跳跳的，还有红红的眼睛，多可爱啊，你不觉得我很像小兔子吗，很可爱哟！"

"你的脑子整天装着些什么啊？有空想这些，还不如多算几道数学题呢？"

"可是，阿陌哥哥……"

"别可是了，上学要迟到了，难道你想留在最后被罚打扫卫生吗？"林子陌俨然一副小大人的模样，对秦臻语重心长地说着。

"阿陌哥哥，你别走那么快啊！"

"谁让你说我走得慢的，来追我呀，追我呀！"于是，一路上都是他俩在追逐的身影，那么地无忧无虑，那么地可爱和让人忍俊不禁。

她时常想，阿陌就像她的亲哥哥，因为他比秦笙还要让她。无论有什么好吃的，他总是第一个给他，不管谁欺负他，他总是会第一个替她出头。

他总是跟在她的身后，让她有种恍惚的错觉，只要她回头，就可以看到他那张温暖的脸，他就会笑嘻嘻地对她说："小臻，干吗那样看着我？"

而她总是厚着脸皮地说道："阿陌哥哥，你真好看。"

之后，他就会给她一个大大的爆栗，她马上就会眼泪汪汪地看着他说："妈妈说过，打小孩子的头是会变笨的，而且打小孩的都不是好人。"

"你是小孩吗？都已经一年级了？"

"可是，阿陌哥哥，难道没有人和你说过，你长得真的很漂亮？"

记忆中的阿陌是镇里最干净、最好看的小孩，他的头发好黑啊，他的眼睫毛好长啊，他的手好白啊，他的字写得可清秀啦，他的钢琴弹得可好啦，他算算术就像一台计算器似的。有时，秦臻会怀疑自己是不是真的智商太低了，不然她用计算器还没算出答案时，阿陌的答案就出来了。为此，秦臻还把沾满雪糕的脏兮兮的手摸到他干净的小衬衫上过，而阿陌却一点儿也不生气，可他回到家时总会被他妈妈骂！

3

时光，总是那么地欢快，就好像有人在云朵上歌唱。

"林子陌，你说你都几岁了，还把衣服弄得那么脏！"

"不是的，妈妈。"林子陌很委屈地回答。

"那你说说怎么回事？林子陌，你跑什么？你这孩子……"

阿陌家就住在秦臻家隔壁，两家人只要说话大声些，另一家基本都会听到的，所以那里经常传来林妈妈骂阿陌的声音，她却总是悄悄地躲在窗子边偷听，边听还边笑个不停，那阵势，简直就是个恶霸中的小恶霸。

秦臻为此愧疚了很久呢，于是她决定不要阿陌的零花钱了。可是，每到上学时，阿陌又会穿着干净的衣裳背着小书包在门口等她上学了，那时，秦臻只要一伸手，阿陌就会把一张崭新的5毛钱给她，于是，她高兴的就像个小兔子，一路上蹦蹦跳跳地和他一起去学校了。

有时，她问阿陌，"你把零花钱都给我了，那你不爱吃糖果吗？"

阿陌总是摇摇头，"小孩子才爱吃糖。"

秦臻又疑惑地说："可我们才一年级呀，王小虎每次到班上都要喝掉满满一大瓶牛奶呢！大妞妞也要吃小熊饼干呢！阿陌哥哥，你不喜欢吃东西吗？"

"不喜欢吃东西，还能长这么大吗？我说的是我不喜欢吃糖，吃糖牙齿会掉光光，难看死了。"林子陌无比认真地回答着秦臻。

"阿陌哥哥，我的门牙都掉了一颗呢，那我是不是难看死了。"秦臻又闪着她的大眼睛，委屈地说着。

"秦小臻，你是笨蛋吗，哈哈……笑死我了……哈哈……"林子陌在那里笑得合不拢嘴，秦臻越想越委屈，哇的一声就大哭了起来，那模样说有多难看就有多难看。林子陌无奈之下只好哄她。

"你别哭啊，哭了会变丑的。"

秦臻更是哭得伤心了，声音更大，林子陌无奈之下只好拿出他最后的撒手锏，一块丁丁糖，秦臻立马就不哭了。

时光，总是那么地欢快，就好像有人在云朵上歌唱，她是那么那么地快乐，就好像，路边的小野花开得那么灿烂。

桔梗花开，代表幸福再次降临。

有一个晚上，秦臻去母亲的房间找东西，无意中在书柜里翻出一个漂亮的镂空雕花木盒子，上面还有些灰尘，时间应该很久了。她打开盒子，有许多书信，无意中，掉了一张照片，那好像是母亲年轻时候的，那时的母亲那么地美丽，穿着洁白的裙子，发丝飞扬，笑容明媚。她的背后是一片紫色的桔梗花海，天空那么蓝，云朵那么轻柔，她是那么地美丽。秦臻从来没有见过母亲这么美丽的样子，就连她自己都看痴了。相片的背后还有几排字，娟秀的小楷体：秦天，你对我说，遇见我，是最美丽的意外，桔梗花开代表幸福再度降临。可是过了这么多年，我才明白，原来，有的人能够抓住幸福，有的人却注定与它无缘。因为你不知道，桔梗花是有双层话语的，永恒的爱和无望的爱。而我们的爱情，注定只能是后者，无望。

那时，秦臻不懂那是什么意思，只是长大后才明白，那是母亲的爱情，母亲的梦。

原来，年轻的爱情真的像一场流星雨，而那一闪而过的瞬间的华丽，却可以让人铭记一辈子。烟花虽短，却可以灿烂。秦臻想，母亲大概也是那样的，不然，母亲怎么会选择了一场奋不顾身的爱情和一场独自的旅行。正如席慕容《无怨的青春》里所写的那般无遗憾。"长大了之后，你才会知道，在蓦然回首的一刹那，没有怨恨的青春，才会了无遗憾，如山岗上那静静的晚月。"没有怨恨的青春，原来，母亲是那般地无怨无悔过。

她记得小小的她总会睁着大大的好奇的双眼问母亲："妈妈，妈妈，你能说说爸爸是个怎样的人吗？为什么爸爸要被关在牢里，我去上学，他们都笑我，说我是个没爹的，都不和我玩呢！"

"那小池，你要答应妈妈，永远不要记恨爸爸，因为爸爸他是爱你的。"

"妈妈，不管他们怎么说，他都是小池的爸爸，我爱你，也爱爸爸。"秦臻仿佛在宣布着她的所有权似的，她一直相信，只要她努力，总会见到父亲的。

那是一段流金的岁月和一段尘封的记忆。秦臻的母亲出自江南苏州一带，她有一个好听的名字，叫作苏淼淼，据说出生时五行缺水，便取了这个名字。她的本家是苏州一带有名的刺绣世家，其根源可以追溯到清朝光绪时期。他祖父的祖父便是江南一带有名的大富商，开了一家绣房，叫锦绣山庄，那里有最先进的技艺和许多漂亮的绣娘。出自锦绣山庄的绣品，一般是上供给皇室的。她的祖母是这个刺绣世家的38代传人，而且是传女不传男的。从小，她的祖母便教她刺绣，从最简单的选丝料开始。绣娘是分等级的，她的祖母便是高级绣娘，俗称凤娘，入行至少10年以上，掌握12大类122种针法和熟练运用各流派技法。

而在这个刺绣世家里女子是不入学堂的，所有的读书认字都是请私塾先生来家里教授，通常比较传统，如《三字经》，很小就要会背诵，因为在这个家里，非常看重孝道。也有传授书法的先生，通常都是教授隶书、楷书，比较符合女子的性情，还会临摹字帖，如著名的王羲之的《兰亭集序》。秦臻的母亲很小就会背诵好多《诗经》的篇目，如《绿衣》、《桃夭》《硕鼠》，她还喜欢看那些山川杂记、历史演义之类的。

20岁的苏淼淼被家里安排了婚事，对方是一家开制衣厂的，听说也是家境殷实。尽管从小就学写很多传统的东西，可是在时代的耳濡目染下，苏淼淼的性格是有些随潮流的、骨子里还有小叛逆，她的心底是期待一场自由的恋爱，一个如书中那般美好的男子，如金庸武侠小说《碧血剑》里的夏雪宜，外貌俊美翩翩的男子，让人深深着迷。又或是《神雕侠侣》里的杨过，那般痴情专一、潇洒。于是她瞒着家人，带着身上所有的钱，独自旅行去到了云南，她期望美丽的天空，漂亮的花海，古朴的农家人民，她期待一场属于自己的美丽邂逅。未想她就在云南邂逅了秦天。那是一个罗曼蒂克的邂逅，走在大理古镇的她，被小偷抢了包，她追着小偷跑，路见不平的秦天把小偷制服，并把包还给了她，第一眼看到英俊的秦天，她的心脏就如同小鹿般跳个不停，好像要飞出去一样，那是青春里的第一次悸动，那样的刻骨铭心，那样的无法忘怀，即便多年后想起，心还是会跳个不停。

于是，在美丽的云南，便开始了一份命定里无法逃脱的缘分……

偶遇秦天的苏淼淼对他可谓是一见倾心，而秦天也被这个温婉秀气的女孩子吸引了，她的明眸如同一汪湖水，不由自主地就让人陷下去了。眼前的这个女孩，声音软软糯糯地、你侬我侬地那么地清甜，像是品了一杯上好的甘茶，他好像真没有遇见过。她说：“哎，谢谢你了，那个，那个，我不认识回兰林阁的路了？”兰林阁，是一家酒店的名字，苏淼淼住在那里。

"那你怎么还敢出来？"秦天不禁好奇了。"额，我是拿着地图出来的，可是，就刚刚，风把我的地图吹走了"．苏淼淼小心翼翼地解释着，又抬头望望秦天，怕他不耐烦。

"你不会告诉我，你是离家出走的吧？也不怕遇到坏人？你这种离家出走的小姑娘，我见多了，你还是乖乖回家吧！"

"不是也遇到了好人了吗，呵呵……"

"你说我吗？我只是看不惯那小子而已，出来混，毛都没长齐，就敢嚣张。你不用谢我的，我带你回去，以后不要乱跑了。"然后，秦天就听到肚子饿的咕噜声，他微笑着看着她。

苏淼淼被他那么一看尴尬的满脸通红，"那个，那个，我刚刚不是被抢了包吗？我……我……还没吃早饭呢！"说到后面，声音就越来越小了。

"听你口音，不像云南人？"

"我从苏州来的。"

"好吧，就当我路见不平好了，哥带你吃好吃的去。"说完，秦天就带着她去吃东西了，都是大理的一些小吃，豆花，雪白小米糕之类的，吃着口齿留香。

"你怎么吃那么少，不好吃吗?"秦天以为她吃不完这些呢!

"我本来就吃得不多。"苏淼淼小声地解释着，脸微微漾红。

4

最简单的日子，最是无忧。

"难道你们江南的女子都是吃猫食么?看着瘦瘦弱弱的，像没长开的小孩子似的。"

"我已经20岁了，成人了，不是未成年少女。"

"哈哈……哈哈……笑死我了，可是你看起来就像个十六七岁的小妹妹。"秦天像发现什么秘密似的问着，苏淼淼从没被人这么说过，脸红得就像番茄似的。

"你再说，我就生气了。"

"好，好，我不说了，你别生气，那你得告诉我，你叫什么名字，不然，我就只能叫你小妹妹了。"

"我才不是小妹妹，我叫苏淼淼，三水的淼。"

"可你本就是小妹妹哈。"

"你……"苏淼淼被气得说不出话来，要不是她不认识路，她早就走了，哪里轮得到他在那里乱说一气。

"你什么，呵呵，小妹妹。"秦天发现逗她是那么地有趣，看她满脸羞怯的模样，就像一朵红蔷薇。

"你……你耍流氓……"

"你……你还真单纯，这叫耍流氓吗?笑死我了，要是我牵一下你的手,你是不是就非君不嫁了?"

"不要学我说话,无赖。"

"你手上系着的是什么?"秦天看她皓白的手腕上系着一块绿色的丝巾,还以为她受伤了,就硬把它扯了下来。打开一看,一幅绣着"莲叶戏水"图的丝巾,上面还写着一句古诗:多谢浣纱人未折,雨中留得盖鸳鸯。还有娟秀的署名,苏淼淼。

"谁给你的呀,这么漂亮?"

"我自己绣的,快还给我。"

"都什么年代了,你还绣花,你是古代来的吗?"

"我从小就学这个的,当然漂亮了,快还给我。"苏淼淼说完就要去抢的样子,而秦天就没有打算还给她的意思。

"你这么早就回去吗?既然来了,就不打算去玩玩吗?"

"当然想玩了,我很想去蝴蝶泉呢,可是,你是这里本地的人吗?听你口音也不像啊?"苏淼淼一脸好奇的模样。

"我不是本地人,可我来这里一年了,比你熟,怎么样?"

"好吧,那我们去吧!"于是,秦天就当起了苏淼淼的导游,他们去的时候刚好赶上了季节,那时,看着清澈的泉水,倒映着山水的秀丽风光,还有挂满的蝴蝶标本,美得不可思议。苏淼淼从未见过这么美丽的景致,像个小孩子似的眼里充满了惊奇,倒是跟在她身后的秦天看着她的样子,有些怀疑自己的人格魅力,他在她眼里难道都没有一点吸引力吗?怎么她看看这里,看看那里的,就是不看他呢?

"喂喂,这里怎么会有那么多挂着的蝴蝶啊?"

"我不叫喂喂,苏淼淼。你可以叫我秦天或天哥都行,就是别叫我喂喂。"

"好吧,阿天哥,你告诉我为什么嘛?"

"就是为了专门骗你们这些笨蛋少女的钱呗，不然呢？"

"你怎么这么没有诗意，这肯定是有一个美丽的传说嘛，只是我不知道是一个什么样的故事？"苏淼淼不满地解释着。

"那你慢慢找呗，然后找到，再来告诉我就可以了。"

"好啊，可是我为什么要告诉你呢？"

"那你自己回兰林阁？"

"额，不要啦，等我知道了告诉你，行了吧？"

"嗯，成交。"于是，他们游览了美丽的风光，就回去了。

苏淼淼和秦天相遇、相知、相爱。那时，苏淼淼怀孕了，可是一个未婚的女子若把孩子生下来，会遭受太多的非议。没有办法的苏淼淼求了母亲，在她的眼泪威逼下，母亲和她妥协了也决裂了。她随秦天到了川水并嫁给了她，靠她一手超绝的技艺，很快，生计便不是问题。简单的婚礼，甚至没有母亲的祝福，而她仍旧觉得那就是幸福，那就是快乐，她觉得在遇到秦天后她的生命终于完整了，她觉得自己的存在便是为了遇见他，然后和她结婚、生子、过幸福的日子。

可是，现实哪里会就是那么地如人愿，她生秦臻的那一天，秦天被捕入狱。在美丽的背后，有那么多的残酷，她以为秦天在外一直做的只是简单而又合法的生意，他会给她大把大把的钱，而她以为那些都没什么问题的。未想，他会因为涉毒而被捕，她知道他不会那么做，除非有人逼他，不然他不会不顾她和宝宝去冒那么大的险。

孩子出生了，是个女孩，那眉眼像他，她去看他，而他却提出协议离婚，她不同意，他步步紧逼。无奈之下，她决定远离这伤痛的一切，她很想家，她想草草的再嫁一个人一了百了，忘掉这一切。可是，孩子那么小，婆婆说若她要走，就把孩子送人，于是，她留下来了，决定好好抚养孩子。她想，或许，会有那么一天，他会给她一个交代，她一定要查下去，她不信，他会那般狠心，她的秦天不是那样的人，她了解的秦天，不是那样的人，不是。

秦臻慢慢长大，那么地快乐，那么地美丽，她忽而觉得很满足。她是那么地想他，她还是那么地爱他，一如既往的，未曾改变过。她还是那般地坚持她的选择，哪怕无望，依然不悔。

很多年后，秦臻才明白，母亲为何那般心甘情愿地守在川水，守在这座小小的城里。

原来，最深的爱，是在有你的城市里画地为牢。母亲，便是那样的女子，她并不是只如她所见的黑发里掺杂着几丝银发，眼角爬上了岁月的痕迹，她也曾年轻过、美丽过、勇敢过。秦臻在日记本上写下：我一直以为母亲对我理所当然般地、无限宽容的爱只是因为我是她的女儿，而我却并不知道她的遗憾。而我，一定要做到，那些，母亲无法企及的幸福。

那是假期里的日子，她去找她的阿陌哥哥玩，还未走进门就听到阵阵欢快悦耳的琴音，肯定是阿陌哥哥在弹钢琴呢！走进门，夕阳的余晖照落在阿陌哥哥的小窗前，就连他的轮廓也被染上了一层淡淡的光晕，他修长的手指在琴键上跳动，那么轻盈熟练，好像童话故事里的小王子，她忽而觉得她的阿陌哥哥就像一个跌落人间的天使。她迫不及待地跑去问他，"阿陌哥哥，你弹得是什么曲子，可好听啦？"

"小臻很喜欢吗？哥哥在弹小星星！怎么会听不出曲目呢？大家都知道的哦！"林子陌又用那清脆的声音耐心地回答着她，给她解释。

"阿陌哥哥，你知道的呀！要是你让我画小星星，我肯定是全班画得最好的那个呢！阿陌哥哥，你会画'小臻版'的小星星吗？就知道你不会，嘻嘻……"一说到画画，那可是她的强项，她可是自信满满呢！

"你这个小鬼头，吵死啦，影响我练琴呢，我可没有时间陪你玩呢！"

"不玩就不玩，阿陌哥哥，你才比我大几个月呢，你不也是小鬼头，你不陪我，我去找林姨玩，哼哼！"难怪一向耐心的林子陌也抱怨了，秦臻那比南墙还厚的脸皮，真有不把你气死不罢休的阵势。

　　林子陌的母亲是一名儿科大夫，在市区的医院里工作，平时很少回来，这次，医院刚好放假，就回来陪陪孩子。她不仅看上去年轻漂亮，而且她很喜欢小女孩，无奈她只有一个儿子，她简直把邻居家这个小霸王当她亲闺女了，还给她助威，在林子陌眼里他妈妈和秦臻是一家的。"小臻什么时候来的阿姨家，是不是阿陌哥哥又欺负我们小臻啦？怎么这么急匆匆的，来，阿姨给你喝牛奶。"

　　"林姨，你要给我报仇呢，阿陌哥哥说我是小鬼头，可是我妈妈都说小臻是最可爱的孩子呢，可爱的孩子不都是好孩子呢，怎么会是小鬼头呢？"

　　"我们小臻最可爱了，阿姨也最喜欢你了，阿姨替你教训他好不好？"

　　"林姨，你真好，来，亲亲……"于是，秦臻便在林母脸上大大啵了一口，逗得林母直乐。

　　"林子陌，是不是又欺负妹妹了，你再这样，妈妈就让你去练习画画。你看看你，都三年级了，还能把小鸭画成小鸡，小鸡能是小鸭子吗？"

　　"妈妈，我不是不会画吗，再说明明是秦小臻在捣乱，你不去批评她，我才是你亲生的，好吗？"林子陌似乎显得底气不足了，林母一向喜欢会画画的孩子，偏偏她自己的儿子在这方面实在没什么天分和造诣。无奈，最后乐得秦臻一边偷笑，林子陌瞪着她。而秦臻，还调皮地朝林子陌吐舌头，一脸得意扬扬，气得林子陌想把她的小辫子揪散了。

　　"阿陌哥哥，林姨说，生气会变丑的，你变丑了，林姨就不要你了。"

　　"秦小臻，你住口。"

　　"哈哈，你来追我呀，生气变得丑丑的阿陌哥哥，变丑了，哈哈……哈哈……"

院子里，都是他们的欢声笑语。

5

再美好的日子，总会有过去的时刻。

我知道，终有一天，我们终将会告别童年，告别那些甚至有些幼稚的日子，告别那些让人啼笑皆非的事情。只是，没有想到那一刻的离别竟被带上了欢乐式的悲伤。于是，我势必记得，在那天的小学毕业典礼上，我一哭，全校都哭了。多年后，当我回忆起那时的场景，才发现，原是那般珍贵的。

秦臻写下这段话的时候，想起了成长中那些难以忘怀的场景，那重要的一刻。12岁的小孩子已经算是半个小大人了，当然，秦臻还在过11岁呢，12岁都没满就要毕业了，秦臻那可是相当自豪啊！

毕业典礼，当然少不了节目表演了。秦臻也是舞蹈节目"采蘑菇的小姑娘"成员之一呢！那天，她早早起床，吃过早餐，就急匆匆跑去林子陌家，她是要等阿陌一起去学校呢！一向起床简直就是个"特困户"的秦臻怎么变积极了，难道是"痛改前非"，一洗她的"前耻"？当然了，要表演呢，秦臻可兴奋了。

"阿陌哥哥，你还没有好吗，都要迟到了。"秦臻又把阿陌家的门使劲敲了敲。无奈的阿陌同学只好给小霸王来开门了。

"秦小臻，别再敲了，门都要倒了，都还没到8点呢？"林子陌一边说一边给她开门，一开门见到秦臻那装扮，简直笑翻了。那是秦小臻吗？扎着两个麻花辫，脸蛋上的胭脂涂的就像猴子的红屁股。竟然，还穿着花衣裳、小红鞋，还背着一个小竹篓。哪里还有平时小霸王的模样，他还以为是哪个山上跑下来的村妹子呢。

"秦小臻,你干吗穿成这个样子,你的衣服呢?"

"阿陌哥哥,你忘了?今晚要表演节目呢,还要去学校彩排,难道我不好看吗?这是我们小组的演出服呢,我可喜欢啦!"

"好……好看……哈哈……哈哈……笑死我啦!"

"阿陌哥哥,你都说好看,还笑什么,你骗我,我不理你了。"

"别啊,阿婆煎了蛋,你要吃吗?我还在吃早餐呢!"

"那我要吃两个。"

"你没吃早餐吗?"林子陌皱起了眉头,这个小吃货。

"刚才急着跑出来,没吃饱,呵呵……"阿婆是林母请来照顾林子陌的保姆,快50岁了,她的厨艺可好了,她煎蛋的技术实在是一流,她还会做许多可口的小吃。秦臻一向喜欢来林子陌家蹭饭,不过她妈妈的红烧肉是阿婆做不出的味道,就连挑食鬼阿陌也爱吃呢!

12岁的林子陌个头已经比秦臻高出一个头了,他穿着格子衬衫,黑色小西裤,还打了红色蝴蝶结领带。那是林母为了他的毕业典礼提早就准备好的服装,林子陌要演奏钢琴作为晚会压轴,到了晚会,每位家人都要到的。除了发小学毕业证,还要发各种证书,还是带奖金的。

那天,可热闹了。在川水实验小学的礼堂里,可谓是人山人海,到处是一片欢声笑语。节目开始了,首先当然是小主持人的开场白了,然后是领导讲话,之后,就是歌舞表演了。只见,秦臻在舞台上扭动着小腰肢,那模样,真是可爱极了。到了林子陌的压轴,只见全场灯光都熄灭了,灯光都集中在他一个人身上,黑色的钢琴架,如溪水般缓缓流动的琴音,淌进每个人的心间。那是BANDARI(班得瑞)的《童年》,一首著名的曲子。它的英文名字叫作《Childhood Memory》!被译作《童年的时光》。

儿时的秦臻并不知道这首曲子的意思,那时,林子陌的曲子演奏到一半,她居然大声地哭了起来,于是全场的人都看向她的位置。主持人只好出来圆场,"这位同学,是不是我们子陌同学演奏得太好了,把你感动了,大家说,子陌同学的钢琴弹得好不好?"

"好,超喜欢的。"

"子陌,子陌……"全场一片呐喊。

"那这位同学,你有什么话要对子陌同学说,我们请她上台,好不好?大家是不是应该给她一点掌声呢?"于是,全场响起雷鸣般的掌声,还有吹口哨呐喊的。

只见秦臻还穿着她的表演服缓缓走上台,拿起话筒,"我不是故意要哭的,只是这首曲子让我想到我们即将离别,我多么舍不得,舍不得我尊敬的老师们和可爱的同学们,我真的很舍不得,舍不得川水实验小学,舍不得这里的一切。"说着,说着,她又抽泣了起来,于是台下见她说得这么真切,情绪渐渐地被感染,那些一同要毕业的,也被深深触动了,这是第一次真正意义上的离别,是啊,大家都是那么的舍不得。于是,全校都跟着哭了。

之后,林子陌把他的曲子演奏完,跟着进行了一系列的颁奖仪式,林子陌同学获得"最佳优秀毕业"奖,就连秦臻也获得了,还有大妞妞她们。她们是那么的光荣,是那么的骄傲。

那一天,我们以学校为荣,今天,学校以我们为骄傲。那时的我们,是多么天真,说笑就笑了,说哭就哭了,不会掩饰自己的情绪。那时,是幼稚的,却又是那么的可爱,想起来,都会笑满怀。

我知道,我们都该说再见了,我们该长大了,可是那一刻,我们竟是那么的舍不得,最是无忧,年少稚气时。

那是 7 月的一天,天空似乎是灰色的,一向身体硬朗的老太太离开了这个世界,就连平日活泼的秦臻也沉默不语。街坊邻居都来了,秦臻在市区工作的大伯也赶来了,秦母一个人是无法把白事操办好的,那样的场景，秦臻不敢去想，一直以来她都是快乐的，尽管，她从来都不知道父亲长什么样。而一向爱和秦臻打闹的林子陌也变得很严肃，在一旁静静陪着她。

他也不太明白，毕竟他也没有经历过这么让人难过的事。秦臻有些哽咽地问他，"阿陌哥哥，死是什么啊？我觉得好难过！"

"小臻乖，以后都不许再提死这个字了，太太只是去了另外一个世界，那里是个美丽的地方，所以小臻别伤心。"

"阿陌哥哥……"

"嗯……"

"那个美丽的地方是什么地方，我也可以去吗？"

"笨蛋，那个地方是天堂，是要多做善事，百年之后才能去的。"

"那太太还没有满百岁，是不是她就不能去了？"

"小臻家的人，都是好人呀，好人是可以去天堂的。"

"那坏人呢？"

"坏人是要下地狱的，那里有很多可怕的魔鬼呢！"

"哦，那阿陌哥哥，以后我要做好人，我要去天堂。"

"小臻，不许再哭了，我们都要做好人，百年之后，我们一起去天堂。"

"好，阿陌哥哥，我们拉钩钩。"

"拉钩上吊，一百年不许变，谁变谁是小狗。"

"谁变谁是小狗。"

那是两个孩子最单纯的约定，是最初的，对这个世界的见解与领悟。

太太的丧事办得很顺利，几个孩子在这短短的日子里，也渐渐熟悉了起来。王大姊家的王小虎，还有大妞妞。当然，秦臻再也不会吓王小虎了，他的胆子也变大了。而大妞妞，其实有一个美丽的名字，叫作杜愿然，她从小学一年级起就和她们读一个班的。现在的大妞妞剪着碎碎的短发，穿着牛仔小套装，可是潇洒了。最小的就是秦珏了，他才读三年级呢，而最大的就是长秦臻两岁的哥哥秦笙，那个太太最疼爱的长孙子，他在市区的川一初中部读书，开学就要升初三了，他变得懂事而有礼貌，人也长开了。说真的，秦笙在学校里很是受欢迎，才 14 岁就长得很高，温文尔雅，很秀气，特别是他一笑就像春天里和煦的风，好温暖。学校里有好多女生会往他的课桌抽屉里塞情书，不过，秦笙一直都是老师眼里的优秀生，他在这方面显得也很迟钝。

6

小渔村，是童年最美的梦。

离开学还有好些日子呢，于是几个孩子一起约着说要来个小旅行，为了让大家走出消沉失意的心情，林子陌提议去乡下的外婆家玩。和各位家长商量，林母他们都觉得这个想法不错，也就同意了。秦臻的大伯还特地嘱咐秦笙要照顾好弟弟妹妹，许是一直住在市区里，没有去过乡村的秦笙也很幸福呢！林子陌的外婆家是距离川水镇要做 5 个小时的火车才能到的一个小渔村。它是渔江县一个有名的村子，风景秀丽，山水如画。

那里的村民都是以打鱼为生，渔村旁还种植着大片大片的桃树，乍暖还寒，最难将息的阳春三月，那是桃花静静伫立和盛开的季节。淡淡粉红盛开的花朵，在绿叶的衬托下，如一个个含羞娇媚的女子，展露着盈盈笑意。一串串、一簇簇的花朵压满枝头，真是一树粉红，一树繁花。她开得那么从容，那么优雅，那么美丽，不禁使人想起《桃夭》来，那是多么唯美的景致。

尽管它的花期是那么的短暂，可是它还是那么的灿烂，宛如彩霞。走在那里，会使你诗兴大发，想起我国古代的文人骚客来。那是多么令人心醉的美，或者让你置身于"人面桃花相映红"的意境里，细雨来时，春风里，缠绵了朵朵落花，江南的杏花烟雨也不过如此罢了。如果，你运气好，便会看到从远处飞来的只只彩蝶，轻展着蝶翼，停落在枝头，仿佛在和花儿说着最私密的情话，那样的风景是怎样的一番古色生香、缱绻丽婉。

他们背着包，带着对旅行的向往与欢喜，赶上了去渔江县的最后一趟火车。那时，已是傍晚了，晚霞辉映了整个天空，窗外偶有飞鸟飞过，几个少年，难言心中的激动，这将是多么珍贵而又特别的旅行。亦如我们的人生，总要去许多地方，每一站都是别样的风景，下一站，难料是悲伤是欢喜，而我们总期许着，下一站，幸福，下一站，春暖花开。

我们走走停停，停停走走，时光就远了。也许，我们还会走前人走过的路，还会遇到许多许多的困难、挫折，可是，我们将会有和前人不一样的心情，不一样的感悟，不一样的心路历程。大概，也就如此了，我们才将启程，我们还很年轻，我们还对未来有很多的期盼，我们想去拥抱一下未来的那个自己。我们渴望时间，又害怕时间，我们踟蹰着，犹豫着，彷徨着，未来的未来，明天的明天。

抵达小渔村的时候，天已经黑了。林子陌的小舅来火车站接了他们几个，小舅年纪还轻，穿着一件白色衬衫，仔细看，与林子陌的眉眼很像！几个少年很有礼貌地叫了叔叔好，小舅乐呵呵一笑，露出一口白白的牙齿，看上去很亲切，他用有点生硬的普通话对他们说："外婆知道你们要来，特地下了厨呢，还给你们炖了一只土鸡，说你们正长身体，要好好补补。"说完，大妞妞他们也乐呵呵地笑了起来。

王小虎问，"叔叔，这里离外婆家还有多远？"

"不远，不远，走十多分钟就到了，乡下夜晚不比城里，你们要记得穿外衣，别感冒了。"

"好，叔叔。"众少年不约而同地回答，一路上说说笑笑。只听到大妞妞对王小虎埋怨地说："虎子，路这么宽，你非要挤我干吗？"

"我没有挤你嘛！明明是你挤我的，阿陌你说，是不是？"

"我不知道耶！"林子陌明显不想掺和。

"虎子哥哥，明明是你挤愿然姐姐的，我都看到了。"秦珏最小，也最诚实，他可是实话实说的。

"哈哈……哈哈……"秦笙他们也跟着笑个不停。

"你这个臭虎子，看我打不打你？"说完，大妞妞就够着王小虎要打，可怎么打也打不到，因为太矮了，那场景，可搞笑了。就连小舅看着打闹的他们，也跟着笑了起来。

只走了一小段路，就到了林子陌的外婆家了，那是江边的村子里的其中一户。整个村子在这夜色里，灯光零星，显得格外明显。夜空中，繁星点点，星河璀璨。正值夏季，偶有几只萤火虫飞过，秦臻不由自主地深深爱上了这里。才进门，就闻到饭菜的香气了，外婆系着围裙，头发有些花白了，但看上去身体很硬朗。她笑眯眯地对林子陌说："终于把你们盼来了，来了，就带着小伙伴多住几日。"

"外婆，我们麻烦你了。"

"不麻烦，不麻烦，你们来，外婆高兴着呢，快带你的小伙伴去洗手，马上就开饭喽！"秦臻他们都跟着林子陌一起喊外婆，秦臻也热情的要去帮外婆的忙，"外婆，我来看碗筷吧？"

"小姑娘叫什么名字，真勤快？"

林子陌听秦臻说得那么好听，马上说了一句："外婆，别被她骗了，她在家吃饭都要人喊好多遍呢！"

"阿陌哥哥，你怎么可以向外婆告我的状，我要给外婆留好印象呢，都被你破坏了。"说着，还委屈的皱眉头。

"外婆,小臻其实还是很勤快的。"大妞妞帮衬着秦臻。

"好,好,外婆都知道你们是好孩子,以后都会做得更好。"外婆慈祥地笑着。

"菜都摆好了,我去喊叔叔吃饭?你们快约着外婆吃饭啦!"秦笙在一旁说着。在外间听到他们说话的小舅赶忙吆喝了一句,"我已经吃过了,你们多吃点,外婆忙了一晚上呢!"

"我们会吃好多的。"王小虎在一旁说着。

"虎子,你还真当在自己家啊,不害臊。"大妞妞又在一边打趣着王小虎。

"来到外婆家,就是自己家了,别客气,多吃些,外婆高兴。"

"听到没有,外婆高兴呢!"王小虎高兴地向大妞妞示威,可得意了。

"外婆,这个是什么,好好吃?"

"这个是红烧鱼,是你们小舅白天去江里打来的。阿陌,弟弟小,帮弟弟挑挑刺。"

"是,外婆。"于是,林子陌为秦珏细心地挑刺,把鱼肉拣给他吃。

"谢谢阿陌哥哥,臻臻姐姐,你要吃吗?阿陌哥哥,你也给臻臻姐夹几块吧,好好吃哦!"

"我才不要,我要外婆给我的。"

"秦小臻,不许这么说话。"秦笙不许"弟弟妹妹"们任性。

"阿笙哥哥,我没有,是不是外婆,你评评理?"许是老人家好久没这么热闹过了,高兴地在一旁说好,好。

"外婆,鸡汤好好喝,我家的鸡汤为什么炖不出这个味道呢!"大妞妞在夸赞着。

"外婆家的鸡都是自己养的,你们城里的鸡是饲料喂多了,吃着不健康,来,外婆再给你盛?"

"外婆，我也要。"

"外婆，我也要一大碗。"

"好，好，别急，外婆都给你盛？特别是小臻，要多喝点，小姑娘家家的，这么瘦，会营养不良的。"

"外婆，秦小臻在家吃零食都不吃饭的。"

"阿陌哥哥，你不说话，我们没当你是哑巴。"秦臻都撒娇了。吃过饭，外婆给他们安排了床。秦臻、大妞妞睡一间，秦笙、林子陌、王小虎睡大间，还有秦珏，因为最小可以自己选择。秦臻就打趣他，"阿珏弟弟，要不要跟臻臻姐睡？"

"不要，我要和大哥和阿陌哥哥一起睡，和你睡只会抢被子，我才不要咧！"

"那是我小时候了，秦珏你这个小鬼头，不要就不要，大妞妞我们睡去了？"

"好啊，拜拜，臭虎子。"

"拜拜，臭小妞。"

"哼！"

"哼！"

这一晚，因是他们坐车累了，倒头就睡。第二天，伴着大公鸡的喔喔叫他们早早起床了。吃过外婆做的早餐，他们提议要出去玩，于是，林子陌就当起了小导游。

"你们出去玩，不要去江边水深的地方，在岸边看看就行了。"

"好的，外婆。"

早晨的江面，水波盈盈，已有村民在撒网捕鱼了，就连小舅也出江了。他们出门，就看到了日出的景色，太阳从江边缓缓升起，染红了一片，不禁让人想起"日出江花红胜火"，可美了。

"阿陌哥哥,好美啊,你经常来外婆家吗?"

"假期回来啊,你知道的啊!"

"原来,你不在家的那几天,就是来的这里,你居然不带我来。"

"你又没有说要来。"他们都太高兴了,游览了几个地方后,林子陌带他们去了桃花林。

7

那时候的他们,心中充满着对未来的美好期许。

"阿陌,这是桃树吧!"

"是的,阿笙哥。"

"可是,为什么不开花呢,开花该有多美呢!"大妞妞在一边惋惜道。

"杜愿然,你是傻子吗?桃花是在春天开,你见过夏天开桃花吗?这是常识,常识啊!"王小虎取笑大妞妞。

"我就是看过了,电视上都有的,不信你问小臻?"

"虎子说的没错,桃花是在春天开,我们没有赶上季节,不然,可漂亮了。"林子陌在一旁细心地解释着。

他们去了南坡,正是夏季,那里有好多的蒲公英,夏风吹过,蒲公英满天飞,秦臻他们好兴奋。于是大妞妞提议要各自对天空大喊自己的梦想,秦臻最先开始,她朝着天空大喊,"我秦臻,将来要成为最出色的画家。"大妞妞喊,"我杜愿然,将来要当歌星,出专辑。"王小虎喊,"我虎子,要成为有钱人,开一家最大的饭馆。"就连小小的秦珏也跟着喊,"我秦珏,要当科学家。"而秦笙、林子陌在一边笑,觉得好幼稚,坚决不参与。

几个少年朝着天空大喊,多么充满力量,多么渴盼未来。即便多年后的今天，想起来也是那么地激动人心。这个，特别的旅行。

那是怎样的一个年代，再也不同于 20 世纪 90 年代的光景。那是信息与交通飞速发展的时代，那是校服时代，是最纯真的岁月。

在几十年前，川水一中不过是一个名不见经传的普通中学，升学率也是惨得可怜。川水一中在近几年内因其在全国的数学竞赛与艺术类比赛中取得的好成绩一跃成名，成为市内著名的重点中学。只要你在市区里，不经意间总会看到挂着的大红条幅，上面写着：川水一中，圆你金榜题名梦。今天，你以学校光荣，明天，学校以你为傲。那里的学生大多来自各县市的乡镇或是其他市区的特别录取生。这里的省级高考状元多来自渔江、川水乡镇一带，所以又有"渔江才子，川水才女"的说法，渔江多出理科状元，川水多出文科状元。

以秦臻的成绩是进不了川水一中的，不过她在绘画方面的特殊天赋以及她在全市的少儿美术大赛中取得的第二名好成绩，使她被学校破格录取，成为川一初中部艺术类美术班的特录生之一。林子陌简直是川水镇的小名人，在小学升初中的考试中，以文化课全市第一的成绩被川一中学重点录取，还获得了 1000 元的奖金。1000 元奖金在那个年代简直是一笔很可观的数目了，即便家里很富有，每个月有上几百元零花钱已经算很了不起了，何况 1000 元呢？与此同时，大妞妞杜愿然也考上了川水一中，虽然只是普通班，可是已经让全家人兴奋不已了，那预示着希望啊！最可惜的就是王小虎了，因为分数太低，于是便选择读技术学院，说是要去学做厨师，不过王小虎最大的梦想就是开饭馆，赚好多的钱，说不定秦臻她们书还没有读出来，他就已经是小土豪了。

因为要念初中，秦臻的大伯知晓后便和秦母商量决定让秦臻住在他家，顺便还可以让秦笙给秦臻补补文化课成绩。林子陌也被父亲接到市区的房子了。林父平时很忙，当时是考虑到要从小培养孩子的良好品格，便选择了在老家的小镇上读小学，平时他也是小镇市区来回跑的人，当年，他可是川水镇第一个走出的高考状元，后又遇上了林子陌的母亲，有名的儿科大夫，所以还算不错。考虑到孩子要念中学，只能接回市区。

那是怎样的一个日子，大概念过书上过中学的人都无法忘记那个开学的日子吧！那时的你渴望着成长，期许着独立，并获得尊重，那时的你终于可以告别被说"哪家的小孩呀！"这样的字眼。

"小臻，到大伯家要勤快，要帮婶婶做家事，要和哥哥弟弟和平相处。有什么不高兴的要和妈妈打电话说，钱不够用也要和妈妈说，到了学校，别太要强，不要和同学争吵，那样要吃亏哩！"秦母一边帮孩子收拾东西一边担忧孩子不适应离开家，毕竟孩子长这么大都没有离开过她。

"哎呀，哎呀，我知道啦，妈妈！我都长大了，再说还有阿陌哥哥和大妞妞呢！"

"他们几个，也算是我看着长大的，放心。不过，交新朋友还是要小心，不要去游戏厅，也不要去酒吧，那些地方，很容易学坏！"

"妈妈，你就放心吧，我会好好学习的。"

"嗯，乖孩子。"于是，秦母抱了抱秦臻并在她额头上亲了一口，这个女儿，是她一直坚守的动力，也是她和秦天最珍贵的唯一的宝贝，她很爱她，甚至可以为她付出一切，包括自己的生命。母爱，大概就是这样默默无悔的付出吧，不求回报，只希望孩子平安健康，快乐幸福。

为了这个小侄女，秦臻的大伯秦江特地开了小车到小镇来接。他和老婆一直想要个女儿，无奈生了两个儿子，好在两个孩子很听话，也就宽心了。对于弟弟的这个女儿，他可是当亲生女儿疼爱的，孩子随他家这边，看着活泼开朗的，其实心里挺倔的，有什么委屈也只会藏在心里的那种。

每次见到她，就好像见到了秦天，她的眉眼，太随她父亲了，清澈、灵动，不像有的孩子充满了狡黠，爱耍小聪明。

"臻臻，东西都带好了吗？和你妈妈说再见，我们回市区了。"

"都收拾好了，妈妈再见！"

"有什么事就和妈妈打电话说，要听伯伯婶婶的话。"

"我知道了，妈妈，我放假就回来的，呵呵！"

"妈妈知道了，再见！"和秦母告别后，秦臻和大伯坐上了车子开往市区。大伯亲切地问："臻臻长大以后，想去哪个大学读书呢？"

"我要去北京，考美术学院，以后还要开属于我的画展，还要挣好多好多的钱给妈妈。"

"不愧是我们秦家人，有志气，好孩子。"

"大伯，我会给你们争光的。"

"好，好，伯伯听着高兴。"到了大伯家，就看到秦珏等在门口，大大的眼睛，红扑扑的脸，可爱极了，他高兴地说："臻臻姐，你和爸爸终于到了，我和大哥去超市买了好多好吃的，就等你呢！"秦珏知道这个姐姐要来他家住好长时间，可高兴了。

"秦珏，见到你臻臻姐，都不会和爸爸打招呼了？"

"爸爸好。"

"秦珏，带姐姐去房间，把东西放好哟！"

"遵命，爸爸。"于是，秦珏高兴地带着姐姐去房间了。

大伯家住在高档小区，三层小洋楼，还有一个美丽的花园。秦臻看到婶婶在厨房里忙，喊了她，赵丽华看到小侄女来了，高兴地说："臻臻来了，我们开饭啰！"

"婶婶，妈妈让我给你带了礼物。"

"你妈妈也是的，都是一家人，还带什么礼物，怪见外的。"

"妈妈说，你肯定喜欢，给你绣了披肩。"

"那可是店里都未必能买到的,你妈妈那巧手,我都羡慕呢。"

"妈妈,还羡慕姊姊这么聪明能干呢!"

"你这孩子,就是讨喜,去楼上叫你阿笙哥哥,我们吃饭了。"

"没问题,婶婶辛苦了。"秦臻的礼貌很是周到,其实也是太太在世时对她很严格,老人家虽说是有些刻薄嘴快的,心地挺好的,也很看重礼节这些。

在大伯家过了几天,终于等到开学了,和秦笙、秦珏玩了好些地方,对市区的公交基本也熟悉了。入学手续,大伯早就给办好了,秦笙因为升初三了,提前几天开学。9月1日,是她们新生报到的日子,跟伯伯婶婶打了招呼后,她就背着书包去学校了。其实,秦笙开学时,她也跟着去参观过了,川一中学有两个校区,一个高中部,一个初中部,两个校区只隔着一条小吃街。学校里都是绿树成荫,花草茂盛的,特别是校园小道旁种植着很多香樟树,可漂亮了。

8

那时的她对中学生活充满着期待。

"C311公交,怎么还不来呢?"秦臻站在公交站牌旁,小声地碎碎念着,她的旁边也有好多等公交车的学生,看样子都是川一中学的。秦笙也穿那样的校服,格子针织V领马夹,内搭白衬衫,黑色长裤,不过那些等车的女生穿的是同色格子及膝短裙,看上学好像漫画里画的人物。想到去了学校,就能领到这漂亮的校服,秦臻心里有些小激动呢! 就在她还走神时,听到有人抱怨说:"这该死的公交,终于来了!"

秦臻立马回过神来,跟着挤上公交车,可是一不小心就踩到了一双NIKE鞋,她知道那种鞋,秦笙、秦珏也穿,好像是很贵的鞋。于是,她马上跟对方道歉，"对不起，对不起，我不是故意要踩到你的，刚刚人太多了，我不是故意的。"

"哦，没事。"男生用好听的声音淡淡地回了一句，秦臻心想真是遇到好人了，竟然没有骂她，抬起头一看，长得好漂亮的一个男生，和她的阿陌哥哥不相上下。看校服，也是一个学校的，他的睫毛怎么比阿陌哥哥还长呢？秦臻疑惑了，便又发呆了。姑且原谅秦臻的逻辑吧，在她的世界里，长得很帅比女生还要耐看的男生只能用漂亮形容了。

季流川也感到很不悦，就像云杨说的这该死的公交，总是那么挤，正不耐烦时，竟然被踩了一脚，虽然不重，但是心里超级不高兴。火气要上来时，就听到对方跟她很认真很认真的道歉，低下头一看，一个紧紧抓着扶杆的小姑娘很真诚地望着他。齐齐的刘海，清澈灵动的大眼睛，微微泛红的脸，还扎着两条齐肩的小辫子。她穿的不是川一中学的校服，而是一条牛仔背带裙和一双粉红色蝴蝶结凉鞋，露着几个小脚指头，那模样可爱极了，那要发作的脾气又忍了回去。

摇摇晃晃的公交车终于到站了，车才一停，她身边的那些人就飞拥着下车，要不是秦臻紧紧抓着她的扶杆，早就被挤飞了。只剩下她和季流川，他又用好听的声音对她说："你还不下车吗？要迟到了！"

"下了，下了，呵呵，呵呵！"

"看你没有穿校服，是新生吧？"

"嗯嗯，我叫秦臻，学画画的哦！"秦臻很热情地介绍着自己，又听到前面有人喊他，"阿川，走快点，要迟到啦！"于是，他又对她说："再见了，小妹妹，我们要上早课了。"

"哦，拜拜！"她又像想起什么似的说了一句，"我不是小妹妹啊！"等她一看，人家早就走远了，根本听不到她说什么。

秦臻背着她的小书包，终于找到了美术（1）班，教室里已经有很多人了，她找了一个空位坐了下来，才刚坐下就有一个人坐到她旁边。是个女生，留着娃娃头，黑黑顺顺的头发，五官长得很精致，秦臻从来没有见过这么漂亮的女生，就像她和秦珏去玩时，看到的橱窗里的洋娃娃。只听见她用很温柔的声音对她说："我叫季晴，四季的季，天晴的晴，以后，我们就是同桌啦！"秦臻也很高兴地说："我叫秦臻，很高兴认识你，我的新同桌。"

"是珍珠的珍吗？"

"不是，是百福并臻的臻。"

"我不知道呢！"

"来，我给你写。"于是，秦臻立马拿出一个小本子，很认真地一笔一画的写给季晴看。

"原来这个字读臻啊！"

"我妈妈说，是希望我有福的意思。"

"真好听。"两个女生一见如故地聊了起来，又听到教室里有人在说："听说我们年级来了一个大帅哥呢，文化分全市第一，数学考满分的，好厉害哦。"

"听说他叫林子陌，钢琴过了好几级了。"

"哎，你们都错了，听说初三年级的秦笙学长才是最帅的，是我们的校草。"甲同学兴奋地说着。这时，有个男生又来插了一句，"我说，姑娘们，难道你们不觉得我才是最帅的吗？"

"切。"女生们很不满，这个男生叫尹俊，一向自恋，耍帅，可是，他长得顶多清秀而已，达不到女生们心目中完美的标准。季晴又说："你叫秦臻，那个初三年级的学长叫秦笙，笙歌的笙？"

"是笙歌的笙。"

"莫非，他是你哥哥？"季晴更加激动了。

"不是亲哥,他是我大伯的儿子。"

"难怪是兄妹,连名字都这么特别。我也有个哥哥,他叫季流川,在初二(3)班,很受欢迎哦!"这时,后面的同学先发现什么重大新闻似的又问季晴,"你说什么,初二(3)班季流川是你哥哥?那个传闻从不让女生靠近,学习超好的学长是你哥哥?"

"是我哥哥,你要看照片确认吗?"

"我叫颜可,超崇拜流川学长的,他才是我心目中的校草哦,他在小学就很有名了,我们都知道他的。"说完,颜可接过了季晴从钱包里递出来的照片,她简直是开心到不行了。

"哇,真是季流川学长,你们快来看,学校优秀生榜还有他的照片呢!"

"好羡慕季晴有这样一个哥哥。"

"真的好帅哦,不知道林子陌和他比怎么样?"于是,教室里又陷入了八卦讨论中,似乎那个年纪的她们就热衷此道了。

正在教室一片乱哄哄时,一位女老师走上了讲台,于是,同学们都安静地坐回位置。

"同学们,都安静了,很高兴认识你们,我姓李,叫李果果,是你们的班主任,同时,也担任你们的素描课老师,希望在未来的三年时间里,能够和大家愉快相处。"

李果果老师才说完,教室里就响起了雷鸣般的掌声。她长得很年轻,看样子才大学毕业,二十多岁的年纪。她穿着波希米亚米色长裙,长及腰的头发,说起话来温柔而有力量,像一朵清新的水仙花。她又对同学们说:"来到美术(1)班这个大家庭,我们就是一家人了,要团结友爱,互相帮助。我们美术班虽然属于艺术类的,但是也要学习文化课,所以你们的任务很重,要好好分配学习时间哦。"

"老师，我们还没有班委呢！"尹俊大声地说道。

"这位同学说得对，我们今天还有一个重要的事，就是竞选班委。主要是班长、副班长、学习委员、生活委员、体育委员，因为我们是艺术类的班级，所以还要选出一个美术委员和音乐委员，美术委员是要绘画功底非常好的，至于音乐委员，主要是负责班里出节目，以便参与学校各类晚会活动之类的。另外，小组长与各科代表就由科任老师待选，同学们有没有异议？"

"没有。"全班同学不约而同地回答。

"首先是班长，有没有自我推荐的，当然了，担任班长最主要的就是要有责任感。"

"老师，我愿意。"一个皮肤黝黑的健壮男生举起了手。

"叫单宇，是吧？成绩还可以，同学们有异议吗？"

"没有。"

"那我们请单宇同学来给大家简单地说几句，好不好？"

"好。"只见单宇有些害羞地走上讲台，不过还是大大方方的，他用沉稳的声音开始了他的介绍，"我叫单宇，你们都知道了，是呼和单于的单，宇是宇宙的宇。很高兴，我能担任大家的班长，当然了，同学们既然给我这个机会，我就会像李老师说的那样，负起责任，希望在接下来的日子里，同学们都能配合老师交予我的任务。谢谢大家。"说毕，他还深深地鞠了一个躬，同学们都被他的认真所打动，热烈地给他鼓掌。

"我们的单宇同学说的真不错，同学们再把掌声送给他。"于是，全班同学又来了一次雷鸣般的掌声。

"那接下来，就是学习委员了，我们要找个文化成绩最好的，这样呢，也能帮助大家学习，颜可，怎么样？"

"好的，老师。"颜可就担任了学习委员一职。

"老师在这里还有个提议，我们的美术委员就让秦臻同学来担任好不好？她不仅是我们的破格录取生，同时她也是上届美术大赛的全市第二名，同学们觉得怎么样？"

"哇，好厉害。"

"老师，没问题。"

"我们很乐意。"

"那音乐委员谁愿意自我推荐一下？"

"老师，我来。"季晴举起了手，说起季晴，她从小不仅学习画画，还学习芭蕾舞，文化成绩也不错，是个全优人才。

"那要不要季晴同学给大家说几句？"李老师又问。

"好啊！"

只见，季晴款款走上讲台，轻启小口，"很高兴认识大家，我叫季晴，是初二（3）班季流川的妹妹，希望能够在接下来的日子里和大家一起学习，和睦相处。"打着季流川的名号，想不红都难，再加上季晴本身外貌出众，很容易就走上班花、校花之路。何况，整个艺术类再也找不出一个比季晴还要精致美丽的人。

9

"那有没有人再上来自我介绍一下，介绍过的就不用啦，就当互相认识？"李果果老师满脸笑意盈盈。只见尹俊马上冲上讲台，一不小心还摔了一跤，惹得同学们哈哈大笑，他还一本正经地说："刚才呢，只是一个小意外，你们就当没有看见，我就是尹俊，英俊潇洒的俊，俊就是我，我就是俊，我是你们的体育委员啦，欢迎大家和我一起组队打球，谢谢！"

"切。"

"太自恋啦。"

"尹俊，你怎么那么臭屁？"台下一片叫嚣声，也有热烈的掌声。

"要打球来找我组队，欢迎哦。"于是，尹俊又以风一样的速度跑回了他的位置，同学们被他自恋的样子无奈不得，更有趣的就是颜可了，"我虽然是你们的学习委员，但是我还要告诉大家一个秘密，我可是八卦之王，谁想打听谁的消息都来问我哦，欢迎买断。"

"哎！"

"这个学习委员也太另类了。"

"我们班也是人才济济啊，正好我也想打听消息呢！"

"太会赚钱了。"颜可以她独特的方式，一下子也赢得了好多人气。这就是美术（1）班，才开始就以一种幽默和谐的方式，让来自不同地方的人迅速打成一片。即便多年后想起，还是那么的温馨。我们辗转在这世途之中，辗转于俗世流火之中，我们总归要走得很远很远，我们也会经历很多很多。可是，我们内心深处还是期盼，有一天，我们回忆起那些，年少时光，总有一些片段，让我们念念不忘。

一个美丽的清晨，林子陌的数学课刚结束，就听到教室里有人在议论纷纷。

"阿瞳，你看，你看，窗子外面站着一个小妹妹，很正哟！"

"卫子嘉，那明明就是校友，穿着校服的好不好，你眼里只要是女生都很正是不是？额，不过她看起来真的好小哟！"

"长得好清纯，怎么不是我们班的？"

"你放弃你家简衫宁啦，我说你是恨不得全校女生都是你家的吧！"

"难道又是阿陌的爱慕者，又是慕名而来的吧，最近几天，老是有女生在窗外偷看哦，纸条是纸条的，怎么我就没有这个运气？"

"你也不看看，林子陌是谁耶，老大耶，我挺他。"说话的这几个是林子陌的同班同学，也是几个和他相处不错的朋友，可以称兄道弟的那种，或许男生之间的友谊比起女生来得更简单而又深刻。

"哎，简衫宁，你可要看好你家心水陌陌了，你看窗子外面那个挺漂亮的，你的情敌不少耶！"美美打趣着她，简衫宁被说的心里一阵紧张。

"什么我的心水陌陌，别乱说了。再说，子陌学习那么好，也没有见他搭理哪个女生啊，这几天，观望的人这么多，还不是只能观望而已。"简衫宁一脸的骄傲，她漂亮，数学也不错，喜欢她的男生多了去了，林子陌迟早还不是她的？她想着，不禁偷偷高兴。她看上的，没有谁能和她抢，即便得不到，她宁可毁掉，也不要让对方得到，她才不会做成全别人的傻事呢！

"哎，衫宁，你看，林子陌竟然出去找她了，难道是她女朋友？不过，他们看起来真的好般配的样子。"简衫宁朝窗外一看，林子陌和那个小姑娘欢快地交谈着，一脸的笑意与宠溺，还不时地摸摸她的头。女生的笑容那么灿烂、那么耀眼，她忽然觉得心里像堵了一根鱼刺，卡的难受。

那时，听到议论的林子陌朝窗外一看，竟然是秦臻，她在那踮着脚张望，还不时地皱皱眉头，那么可爱。看到了他，用眼神示意他出去，满脸的欢喜，林子陌也不由自主的跟着笑了起来。

"说吧，找我什么事咧？"

"阿陌哥哥，放学在第三棵香樟树下面等我哦，我们一起去吃饭，我再介绍我的好朋友给你认识。"

"这么快就交上朋友啦，我们小臻人缘不错嘛！"

"那是当然，我可是秦臻，说的好像都没有人愿意和我交朋友的样子？"

"没有，没有，我们小臻当然人缘好啦！"

"阿陌哥哥，我得走了，不然上课要迟到了。"

"好啦，快去吧！"秦臻急急忙忙地跑去上课，川一中学的学生大部分中午都是在学校吃饭，学习的，想睡就在课桌上趴一下，不然，人家升学率是怎么来的。

"哎，林子陌，那个小辫子姑娘是谁，好像和你很熟的样子？"卫子嘉在一旁好奇地问。

"你说刚才来找我的那个？"

"对呀，是谁呀？难道，是你女朋友？"阿瞳也好奇了。

"别乱想了，那是我妹妹。"林子陌嘴角浮起一丝笑意。

"我看，没那么简单吧，看你那眼神，简直就是春风得意。"卫子嘉觉得不是妹妹那么简单，林子陌平时是都不怎么搭理女生的。

"真是我妹妹，不过不是亲生的，一起长大的，感情当然比较好啦！"听卫子嘉那么一说，林子陌只觉得心跳漏了一拍，又故作不以为然地解释着。

"那就是青梅竹马了，哪天介绍给我们认识哦，好纯真的小妹妹。"

"快回你们的座位，要上课啦！"可怜的林子陌，终于把他们"赶走"了。

校园里的钟声响起，漫长的早课终于结束了，寂静的校园立马沸腾了起来，初秋的早晨已有了薄雾，雾散过后，艳阳高照，天空纯净的如同一块蓝色的布匹，秦臻的心情也是那么的明朗。

"季晴，你快点走嘛！"

"好啦，好啦，臻臻，再怎么心急去找你的阿陌哥哥，也不能这么粗心啊，你看看你，书包拉链都还是开着呢！"季晴无奈，又走上前一步为秦臻拉好书包拉链。秦臻高兴地牵起季晴的手笑着说："要是我有个姐姐，像你一样漂亮多好？"

"又在说傻话了，难道我们不是好姐妹吗？"

"呵呵，呵呵，当然是啦。"

"你不急着找你的阿陌哥哥了？"

"哦，差点忘了，他在楼梯出口，第三棵香樟树下等我咧！"

"那我们赶快走吧！"于是，两个少女手拉手在校园里穿行。

午后的阳光，穿过繁盛的香樟树，斑斑驳驳，投落在少年温润的面庞上。光影交错，他站在那里，头微微略低，双手插在裤兜里，身姿卓越，引得好些人纷纷注目。

刚好打扫完卫生的美美与简衫宁一同走了下来。

"哎，衫宁，那不是林子陌吗？"

"是哦，他怎么站在那里，不回家吗？"

"看他的样子，就是在等人来啦，不过，他看起来真的好帅耶！"

"等人？难道是课间来找他的那个小姑娘？"简衫宁一想到这里，心里就很不是滋味，于是，一个计划在她心里生成。

"哎哟，我的脚。"

"衫宁，你没事吧？"

林子陌在等秦臻，从艺术班到他这里得走个十来分钟呢！正在沉思中，听到一个女生喊痛的声音，一看，是他们班女生，好像是脚扭到了，他一向有绅士风度，又助人为乐，于是，赶紧上前去帮忙。

正在喊痛的简衫宁看到林子陌朝她的方向走来，每走一步，她的心就不由自主的跳一下，满心的喜悦。

"同学，你没事吧？"林子陌关切地问。

"衫宁她的脚扭到了，都肿了。"美美在一旁说着。

"还能站起来吗？"林子陌再次询问。

"我试试，哎哟，好痛哦！"简衫宁试着站起来，又故作很痛地跌落在地面上，娇嗔地喊着痛，泪水在眼眶里欲掉不掉，那模样看起来是那么地我见犹怜,就连女生看到那个样子,也会心生怜悯吧!

"来,我背你去医务室吧,不能这么坐在地面上,会着凉的。"林子陌关切地说,又小心的背起简衫宁。

和季晴赶到的秦臻看到的就是那样一幅画面:女生在林子陌的背上,紧紧搂着他的脖子,长发飘飘的垂顺在他的肩头,一脸忧伤委屈的表情。他们看起来是那么的亲密,是那么的,就像……就像……秦臻不愿再想下去,她的阿陌哥哥,她都长这么大了,还没有背过她呢!他怎么可以随随便便就和一个女生那么亲密?顿时,秦臻只能茫然地望着那两个身影,那个看起来那么和谐的画面。

"子陌,那个小辫子姑娘是找你的吗?"听到简衫宁说话的林子陌转头一看,是秦臻,她在离他不远的十多步的距离,用一种不可置信的表情看着他,眼里蒙着一层水雾。她背着双肩书包,右手挂着画板,左手牵着一个女生,那个女生留着娃娃头,也用一种不可置信的眼神看着他们。他想,他应该就是小臻说的新朋友,他像意识到什么似的放开了背上的简衫宁。

10

后来,想起,总觉得有些幼稚。

"哎哟,好痛哦!"简衫宁被这么一放,一下子没站稳,又跌落在地上,心里一阵怨恨,一旁的美美大叫着,林子陌无奈又扶起了她。

"没事吧,我不是故意的。"林子陌小心的道歉。

"没关系的,倒是她,是不是误会了什么?要不要我去解释一下?"简衫宁小心翼翼地问林子陌。

"不用,不用,小臻不是那样的人,我的意思是,额,就是……"林子陌显得有些语无伦次。

"你很在乎她哟！"

"呵呵。"

这时，秦臻走到了他的面前，"阿陌哥哥，你看起来很忙的样子？"

"我的同学她脚扭到了，我得送她去医务室，你们先去，我马上就来好不好？"

"阿陌哥哥，我们好不容易才赶到这里，你看，我把新朋友都带来了。"秦臻说着说着，感觉好委屈，明明是答应好了的，心里涌起了小小的火苗。

见状的季晴赶忙紧紧拉着秦臻的手，朝她说道："臻臻，我们先走好啦，你不是说想吃煎蛋，再说，我们也帮不上什么忙啦！"

"那我们先去医务室？"林子陌说道。

"嗯，你们快去吧，脚伤要紧。"季晴笑笑。

林子陌他们朝医务室的方向走去，秦臻心里更是火大，她自己也不明白，那是第一次感觉到像是什么被抢走一样，就像是一个很喜爱的玩具娃娃。也许，每个女生心中都希望有那么一个男生，全心全意的只关注自己。

"晴晴，要不是今天你拉着我，我就非得找他讨一个说法。说好了一起去吃午餐的，我都把你带来了，阿陌哥哥竟然那么不给面子。什么同学嘛，她身边不是还有一个女生吗？不就是扭到脚了吗，至于那么娇气吗？"

"臻臻，你消消气啦，你的阿陌哥哥肯定只是出手帮助而已，要是你是男生，看到女孩子受伤了，你会不会帮忙？"

"那是肯定的。"秦臻大声地说。

"那不就结啦，你干吗和自己生气呢，再生气就不可爱了，我们小臻这么可爱，要是一直绷着脸，会把男生们都吓跑哦！"

"季晴,你好坏哦!"

"是让你在那里和自己生气,呵呵。"

"晴晴,你说的对,干吗和自己过不去,我们快走哦,不然吃不上饭啦!"

"好,好。"

两个少女手牵手穿梭在人群中,穿梭在繁盛的香樟树下,那个季节,如此美好,友谊是那么地甜蜜,那么的让人想要一直拥有。我们都不会忘记,生命中,会有那么一个很要好很要好的小伙伴,她是那么拥护你,在你身后,永远是你最值得依赖的人。

和季流川一起的云杨忽而看到了季晴,还有一个小姑娘,于是赶忙对季流川说:"阿川,你等等,那不是你妹妹吗?她旁边那个怎么没有见过。"

"看起来好纯真哦,还扎着两个小辫子。"焱尧在一旁说道。

"我说云杨,这么白痴的问题你也要问,穿着校服肯定是季晴的同学呗!"

"你这是什么意思嘛!"

"没什么意思。"季流川一看,原来是公交车上的那个小妹妹,只是没有想到她看起来和他妹妹是那么的要好,还手牵手。

"哥哥,你等等我。"发现季流川的季晴兴奋地喊着他,拉着秦臻走到他们面前。

"臻臻,这就是我和你说的季流川哥哥,旁边这两位是云杨学长和焱尧学长。"

"学长好。"秦臻笑眯眯地说。看看季流川,又像想起什么似的说:"额,你不是?"

"呵呵,你还记得我啊,小妹妹。"

"原来，季流川是你？"秦臻恍然大悟的样子。

"原来，你们认识啊！"季晴高兴地说。

"开学的时候，在公交车上见过。"秦臻解释。

"那大家既然都认识，就一起去吃饭吧？"季晴提议道。

"求之不得呢！"云杨兴奋地说。

"我没有问题啊！"焱尧又耸耸肩。

一群少男少女就那么欢欢快快地走进了学校餐厅，俊男美女的组合顿时吸引了好些人的眼球，引起了一阵小骚动。

"快看哦，那不是季流川学长吗？"同学甲。

"他旁边的那两个女生是谁呀，长得好漂亮？"同学乙。

"肯定是关系好的啦！"

"不会是女朋友吧！"

"你傻呀，怎么可能是两个？"

"那就是其中一个啰！"

"我看，应该是那个短发小美女。"

"不对，不对，应该是那个留着小辫子的姑娘，好可爱哟！"

季流川在学校太受欢迎啦，以至于站在他身边的人也会一下子引起公众讨论。

"晴晴，好多煎蛋哦，还有红萝卜，我超爱吃的。"

"我说秦臻，你是兔子吗，还喜欢吃红萝卜，呵呵。"

"我没有骗你啦，真的好好吃哦，我妈妈说过，多吃红萝卜，皮肤会变得好好哟，嘻嘻。"

话才说完，秦臻就拉着季晴的手从季流川的面前一闪而过，直奔向拥挤的人群，开始了"抢饭之旅"。就连云杨与焱尧也奔向他们喜欢的菜前，他们期待了一早上的炸鸡腿哦，可香了，只剩下在一旁还没反应过来的季流川。季流川顿时感觉头上有好几只乌鸦飞过，这真是他的妹妹以及她的朋友吗？他不禁深深怀疑，他们那阵势，犹如一阵狂风席卷，一个字，猛。

过了几分钟，季流川还在犹豫吃什么以及抱怨拥挤的人群时，他们几个都把饭打好了，看到还在原地犹豫的他，他们满脸愕然。

"哥哥，你不吃饭吗？"季晴关切地问。

"阿川，你怎么回事？"云杨也问。

"哦，呵呵，原来大名鼎鼎的季流川学长竟然也抢不到饭吃，哈哈，哈哈，笑死我啦！"秦臻在一旁自顾自笑着，把其他几个也逗笑了。

"你们……"季流川顿时说不出话来。

"哥哥，快去啦，人已经少啦，要不，我帮你去打饭吧？"季晴在一旁关切地说道。

"你们先吃，我马上就来。"

只见季流川朝那边走去，秦臻她们才吃了一小会儿呢，季流川也回来了。

"阿川，你不吃肉吗，怎么都是素菜？"云杨一脸疑问。

"那都是青菜耶！"焱尧在一旁又小声地说了一句。

"肉菜都卖完了，再说，多吃青菜对身体好呀！"话才说完，季流川趁云杨不注意，一把抢过他碗里的鸡腿，惹得云杨抱怨道："阿川，你怎么抢我的肉？"

"你看你，再吃肉就更胖了，我的青菜给你吃？"

"不要。"云杨一脸黑线。正在这时，安静吃饭的秦臻用灵动的眼睛望着云杨对他说："云杨学长，我把煎蛋给你吃要不要啦，很有营养的。"

"不用啦，不用啦，你赶快多吃点。"云杨忙说道。

"臻臻，我还要吃红萝卜，真的好好吃耶！"季晴不知道，原来红萝卜也可以那么好吃，于是，秦臻又把碗里的红萝卜分给了季晴一些。

正吃的高兴时，就听到有人说："那不是简衫宁吗？她怎么也来这种地方吃饭啦？"

"她身旁那位男生是谁呀！好帅哦！"

"你不知道啊，林子陌呀！"

"林子陌是谁，怎么那么耳熟？"

"就是全市第一的那个优秀生啊！"

"没想到人还那么帅。"

"难道你以为，学习好的就是土得掉渣的眼镜男啊？"

"哎，他们朝哪个方向去了！"

正在吃饭的秦臻一伙，看到林子陌和简衫宁朝她们走来。

"那个男的是谁呀？"云杨问道。

"学长，这是阿陌哥哥，那位是他的同学。"秦臻指着简衫宁解释道，又迅速把头低下去默默吃饭。

"哦，是认识的人啊！"焱尧又道。

"那过来一起吃饭啊！"季流川淡淡地说了一句。

"学长，不用啦，我和子陌在小街吃过啦！"简衫宁笑着说道。

"哦。"

简衫宁一脸幸福的样子，而秦臻在一旁还默默地扒着她的饭，沉默。林子陌似乎察觉到了秦臻的不悦，连忙向她道歉，"小臻，今天是阿陌哥哥失约啦，不过，你也看到了哥哥的同学脚扭到了，哥哥不是故意的。"

"阿陌哥哥，你不用解释了。"

"小臻，你……"林子陌被秦臻的态度气到了。

"我，我怎么了，你倒是说呀？"秦臻立马从座位上站起来，脸蛋因微怒而泛红。

"哥哥不是来给你解释了,你不要无理取闹了,好不好?"

"是,我是无理取闹,那你还来干什么,我就是不高兴了。"秦臻的声音引来了好多围观的人。

"小臻,不要闹了啦。"

"到底是谁闹了,你给我走!"秦臻一直隐着的怒火终于爆发了,林子陌似乎也生气了,拉起一脸愕然的简衫宁就往外跑。

"走,走,你最好永远别来找我。"秦臻委屈的眼泪啪啦啪啦的掉在饭上,让季晴他们不知所措。

"你们别拍了,有什么好拍的。"云杨生气了,学校这些人,就是八卦,一点小事就在那里说来说去的。

第四章
回首瞬间

1

　　尽管方式不是那么的正确，也是因为喜欢呐！
　　第二天，李果果老师的素描课才结束，颜可就拿着手机急匆匆地朝着秦臻的方向走来，"臻臻，你看，学校都传开了，'新帅的神秘女友'。"一看照片上是秦臻泪眼汪汪的侧脸，林子陌在一旁表情忧伤地望着，显得有些不知所措的模样，背景是被马赛克的部分。画面上，看起来是那么的唯美而深情。
　　"晴晴，你看这什么跟什么啊？"秦臻觉得很无奈又很气愤，到底是哪个恶搞的家伙，明显就是煽风点火，真想把他揪出来暴打一顿才对，什么神秘女友嘛！
　　"谣言止于智者，不过臻臻，看这张照片，你有没有发现，你的阿陌哥哥应该是很关心你的哦，你也不要在和他生气啦！"季晴用她那理智而又缜密的逻辑思维分析着,这时也有好多同班同学过来围观。

"秦臻妹妹,林子陌真是你男朋友呀,这可是最新新闻哦!"尹俊在一旁好奇不已。

"哎,你们别乱猜了,林子陌是秦臻的哥哥啦,是一起长大的邻家哥哥啦,这照片分明是恶搞,你们还上这当啊?"季晴说道。

"哎,原来不是呀!"尹俊很失望的模样。

"可是,估计这个时候,照片在大部分班级都传开啦!"季晴分析着,颜可虽然热衷于八卦新闻之类的,但此一时彼一时,是自己的同学也是处得比较好的朋友,朋友有难若不出手相助就太没有义气啦!她也担忧地说:"那可怎么办咧?"

"我看只有两个办法,第一就是不用去理会,时间过了,自然也就平息了,不过得委屈臻臻了。第二,就是找个电脑高手潜进论坛悄悄把帖子删掉就行啦!"不愧是季晴,能够很快就找出问题所在,一击毙命。

"好主意。"秦臻高兴地笑了起来。

"你说,电脑高手?"颜可把头看向了尹俊,还一脸的若有所思,秦臻和季晴也跟着看向尹俊,可怜的尹俊一下子哪里受得了三个美女的强势注目,一下子弱弱地说:"你们,你们,干吗这样看着我?"

"我说尹俊你别装了,我可是信息资料收集的高手,你的那些爱好啊,特长之类的,还能逃得过我的法眼吗?你不是擅长混进各种网站论坛之类的,还喜欢潜水,不是吗,呵呵!"

"我的神额,这么隐秘的事情你居然也知道,难不成你对我有意思,还是?"

"还是什么,你别给我在那里打哈哈?"

"难不成你是偷窥狂?"

"偷窥你的大头鬼,你是不是想吃吃我颜可大神的无敌拳头,话说你到底要不要帮臻臻嘛！"

"现在，我还有说不得权利吗？"

"知道就好。"颜可才说完，又踹了尹俊一大脚，惹得他直喊痛。

"我说，颜大神，你能不能别这么凶，还有男生敢娶你吗？"

"我才13岁好不好，等结婚也得猴年马月的，你脑子里整天在想着些什么呀！"说完，又追着尹俊打。

"哈哈，他们这不是欢喜冤家吗？"季晴笑着感叹。

"是呀，是呀，呵呵！"秦臻也笑了。

到了下午，那些抱着看绯闻心态的同学一下子再也浏览不了网页，初二(3)班云杨道："啊，这个帖子竟然黑了。"美美也是在那里如遇见什么神秘的事一般，在那里猜来猜去的，"衫宁，你看到了吗，那个帖子？"

"我看了，我觉得子陌对她不一般。"简衫宁哀怨地说。

"你是说，那个叫什么秦臻的，是林子陌的女朋友？"美美一脸不可思议。

"我是觉得子陌对她不像妹妹呀，也许，也许，子陌他自己都不知道他喜欢她。"简衫宁想到这里，不由得紧张兮兮。

"衫宁，那你？"

"我简衫宁看上的，才不要让给任何人呢。"她紧握着拳头对美美说。美美觉得她有些看不懂简衫宁的心思了，一直以来，简衫宁就像一朵开得娇美的花，而她无非是陪衬她的绿叶，永远注定默默无闻。她们其实，不过是表面的朋友吧！简衫宁又怎么把她当朋友，她明白自己和她的差距，若不是站在她身边，她又怎么能够悄悄看一眼那个让她心动的人——卫子嘉。

想到这儿，美美暗自神伤。为何，他总愿意围在简衫宁的身边，哪怕衫宁对他是那么地不屑一顾，他会不会发现在他身后默默的她？

年华里，总会有一种女生，其实她们并不如表面那般的可憎。只不过，她们太迫切被爱，又怕失去，所以总会用极端的方式来守护自己的那段情，结果却是那么伤。美美之于卫子嘉，简衫宁之于林子陌，莫过于此。她们都是渴望爱，渴望被爱，以至于做出许多让人追悔莫及的事情来。

"阿陌，怎么在这里发呆呢？"阿瞳用手指在林子陌面前晃了晃。

"没什么。"林子陌淡淡地回了一句，天知道，他有多么地后悔，他怎么可以那样头也不回地拉着另一个女生的手从她面前走过。

回忆的分割线。

"小臻，等等我！"他急切地喊着她，她停下来，转过头，睁着大大的眼睛对他说："阿陌哥哥，你是蜗牛啊，这么慢？"

"那你是兔子吗？走路要蹦蹦跳跳的。"他不服气了。

"可是，阿陌哥哥，小兔子蹦蹦跳跳的，还有红红的眼睛，多可爱啊，你不觉得我很像小兔子吗，很可爱哟？"

"你的脑子整天装着些什么啊？有空想这些，还不如多算几道数学题呢！"

数学一直是她的弱项，他说不过她的回答，总是用这个让她感到失意。看着她受挫，他总会在心里偷笑。

他一直走在她的身后，看着她开心，他也开心，看着她难过，他会更加难过。不管她怎么欺负他，他都是心甘情愿地让着她，小臻，应该很难过吧？

"我说兄弟，你发呆也就算了，居然这么无视我。"阿瞳不得不抱怨了，他跟他说话，他还能这么若无其事的发呆。

"啊？你说什么啦？"林子陌笑着回答。

"我说和你说话，怎么老是走神呢？"

"哦，这几天晚上没有睡好，呵呵，呵呵！"

"老大，不管什么事情总会有解决的办法啦，我们去打球，听说过不久会有篮球比赛呢！我们初一，人小志不小，不能丢脸啊。"

"是啊，阿瞳说得有道理，我们不能让学长们觉得我们初一就是菜鸟中的小菜鸟。"卫子嘉一听到球赛，心情那叫一个激动，难以形容的激动。

"我说卫子嘉，难得你也有和我意见一致的时候，难道今天的太阳是打西边出来的吗？"说完，还特地往窗外望了望，那个动作，就是一个搞笑。

"我，有吗，有吗，老大，你来评评理？"

"我们都是兄弟，哪里需要计较这么多。"

"听到没有，兄弟。"卫子嘉一脸得意。

"看在老大的面子上，不和你计较，呵呵！"

"你这个木头。"

"我就是木头了，你还能把我怎么着？"他俩在一起就是爱抬杠，可是关系却是出奇的好。

秋天的午后，天空明澈得如同一块玻璃，抬头仰望，可以见到大朵白色柔软的云。川水中学的操场在教学楼前方，占据了很大一块面积，即便秋季，仍旧可以看到绿色的香樟树，那是最独特的风景。

最明亮的风景莫过于在走廊偷看打球的女生们，她们三五成群指着某个球技超赞的男生在那欢笑谈论。看到心仪的男生投进一个完美的3分，再摆上一个酷酷的造型时，便能够令她们尖叫，疯狂。

林子陌他们抱着篮球走到操场中央时，季流川他们的球正打得火热，场外还有围观的女生，像是看到明星似的雀跃欢呼。

"流川学长，我们爱你。"

"秦笙学长，你最棒。"

女生们的呐喊回荡在整个操场，那是季流川与秦笙在打友谊赛。

"阿笙哥，我甘拜下风。"季流川满头大汗，他一直期待能够与这位学长来场斗牛呢，虽然输他3分，他却并不感到失落。

"只要你足够努力，一定会超越我，两年后，我在高中等你。"秦笙很礼貌地对季流川说，还热心地鼓励他。

"我会努力的。"两个少年拍掌示好。

"那不是阿陌吗？"秦笙看到了林子陌。

"阿笙哥，你认识他？"季流川一脸疑问。

"嗯，是和我妹妹一起长大的人，跟着她一起喊我大哥的人。"秦笙解释道。

"你妹妹，上初中了吗？"

"她今年也上初中了，和我们一个学校呢，说不定你见过呢，呵呵！"

"等等，该不会是叫秦臻的那个小女孩吧？"季流川觉得这简直不可思议，他竟然没有想到他们的关系。

"你认识她啊，小臻很爱交朋友的。"说起妹妹，秦笙脸上洋溢着笑意。

"她和我妹妹好着呢，一起吃过一次饭。"

2

青春是热血的激情。

"呵呵，有空一起来我家玩。"

"好啊！"

"阿陌，季流川旁边那个是谁呀？好像没有见过。"卫子嘉好奇的问。

"忘了给你们介绍了，他就是小臻的大哥，也是我的大哥。"

"哦。"卫子嘉恍然大悟的样子。

"阿笙哥，流川学长。"林子陌礼貌地打招呼。

"都是你同学？"秦笙问道。

"大哥好。"卫子嘉和阿瞳礼貌的喊道。

"都是兄弟，不用那么见外。"秦笙的一句话，就拉近了彼此的距离，男生之间的友谊，有时并不需要太多的话语。

"林子陌啊，不用喊我学长，我比你大不了多少，喊名字就行。"季流川在一旁淡淡地说。

"那我不客气了。"

"要不要来场比赛，正好三个人一组？"

"好啊，林子陌、云杨、焱尧一组，季流川他们三人一组，秦笙做裁判。"不知道是哪个女生把消息传来了，一下子引来了好多围观的人群。

那个时候，季晴正要去找哥哥，约着秦臻往初二年级走，才走到转角，就听到加油的声音此起彼伏。

"臻臻，我好像听到有人喊我哥哥的名字，你听，好像还有你的阿陌哥哥。"季晴一下子兴奋了起来，继而抱怨，该死的季流川打比赛也不喊她这个"拉拉队女王"助阵。

"快走，我们去看看。"说完，便拉起秦臻冲向拥挤的人群。

就连从小就见过世面的季晴也被眼前的这个场景不由得深深震撼了，那真是她的哥哥吗？那么受欢迎，她们喊着他的名字，为之疯狂。

那是怎样的画面，一群少年在操场上跃动着身影，为首的两个，一个看似冷酷，面容冷峻，一个看似如沐春风，面色温润。他们的眼里都有一样的光——渴求胜利。

在拥挤的人群之外，秦臻看着两个少年竟觉得有些恍惚，阳光下，林子陌的侧脸微微泛白，像晕上了一层淡淡的光，她仿佛又看到了儿时那个在小窗前弹奏小星星的天使，那么地让人眩目。

时间真的那么快吗？让一个纯真的孩童长成了意气风发的少年，让稚嫩的脸庞逐渐清晰。

"臻臻，你也被震撼了吗？其实，我也被吓到了，呵呵。"季晴拉起了秦臻，学校里的女生平时也不见她们这么亢奋，今天却像是打了鸡血一样。难怪季晴要感慨了，这是什么状况？她和臻臻这两个青春美少女竟然被阻绝在人群之外。

"晴晴，我好像看到阿笙哥哥了？"

"你堂哥吗，在哪儿？"

"他好像在当裁判员呢，挂着一个红色的口哨。"

季晴往秦臻指的方向一看，不由得心里一阵慌乱。虽然她的哥哥经常会提及小区里有那么一位大哥，但不曾见过他的面，听说他家才搬来几年而且很少在家。

他们同住一个小区，只要留心就可以遇见，随之而来的是不由自主地心跳加速，她承认那是从未有过的感觉。只是看了人家一眼，竟不敢再直视，又渴望，又害怕的心情。

他不像哥哥那样面容冷峻，内心闷骚，也不像秦臻的阿陌哥哥那般阳光俊朗，他是那般的沉静，如同那长青的松柏，气节高雅。仿佛就是看一眼，就能让人的心安静下来。

"小臻，小臻，我在这里。"季晴的沉思被一个欢快的声音打破。

"大妞妞，终于见到你了。"秦臻不由得感慨了，来了学校这么多天，竟然看不到她的身影，要不是她那么大声地喊她，她真的快忘了，她还有那么一个发小。

这段日子，都和季晴这个新朋友如胶似漆的，让她都对大妞妞愧疚了。

"臻臻，你认识她？"

"她是我的小学同学，叫杜愿然，小名叫大妞妞，她人很好的。"

"你朋友啊，也是我的朋友了。"

杜愿然跑得一脸通红，大大地给秦臻来了一个熊抱。

"大妞妞，我快喘不过气了。"秦臻抱怨道。

"人家好久没见你了，你也不来找我，是不是有了新朋友，就把我忘了？"

"哪里敢啊，给你介绍个人。"

"不会是这位美女吧？"杜愿然来到初中，看到了好多漂亮的女生，可眼前这位，她是真人吗？

"果然有默契。"秦臻笑着说。

"美女你好，可以叫我大妞妞。"

"叫我晴晴就可以了，你也很漂亮啦。"被一个可爱的女生喊同为女生的自己美女，真不好意思。

"美女夸我漂亮，真的吗，小臻，好开心哦！"

"我说大妞妞，你应该叫大傻妞才对。"

"晴晴，小臻在你面前也这么嚣张吗？"

"呵呵，你们这对欢喜冤家。"

"大妞妞，话好多啦，快看球，有帅哥哦！"秦臻提醒道。

"小臻，我怎么觉得那位黑衣服的帅哥怎么有些面熟耶！"

"说不定你见过呗，学校又不大。"

"我真是今天才看到他的，没想到还有跟林子陌不相上下的男生哦，绝版了。"

"说的好像恐龙似的。"

"你见过这么帅的恐龙吗？"大妞妞不满了。

"我知道,你怎么会觉得脸熟了,你再看看晴晴。"秦臻提示道。

"不对啊,晴晴你不可能是他妈妈啊?"

"就说你是大傻妞了,他们俩是兄妹啦!"

"怪不得好像哦,呵呵!"

"大傻妞,呵呵!"秦臻笑道。

她们在热火朝天的闲聊,此时哨声一响,中场休息,只见林子陌他们满脸汗水的朝秦臻的方向走来。

"天哪,他是在看我吗?"女生甲兴奋地喊着。

"他们都好帅,晕了,晕了。"女生乙更是激动不已。

只见林子陌走到秦臻面前,在场的好多人都向这边看来,秦臻其实还不打算与他和解呢。

"小臻你来了。"林子陌一脸笑意地对秦臻说。

"阿陌哥哥,我是来看……来看……晴晴你快说。"秦臻竟说不出一个理由来,把问题丢给了季晴。

"她就是来和你和解的,顺便看看某人的阿陌哥哥,呵呵!"季晴一脸轻松的解释。

"等等,这是什么状况。"杜愿然有些听不懂他们在说什么。

"就是闹了点小别扭。"林子陌解释。

"我说你们怎么话里有话的,原来是这样啊!"杜愿然皱了皱眉头,露出一个恍然大悟的表情来。

"谁和你闹啦。"秦臻有些不好意思。

"我在闹,好不,周末约着你的朋友,一起来我家,阿婆回来了。"

"真的吗?"

"骗你干吗!"

真是好久好久没吃阿婆的煎蛋了,她读小学那个时候,随时都是跑去他家蹭吃的。

"好啦,快去打你的球,我们给你加油,呵呵!"

"好,好,那我们先过去了,说好了。"林子陌礼貌的和大家打招呼。

"知道了,一定会去的。"

火热的比赛又开始继续,那个场面仍旧是欢呼一片,篮球赛本来就吸引人啊,打球的人不仅帅,球技还那么好,三个平时很难见到的优秀少年齐聚一堂,让女生们浮想联翩的,怪不好意思的。

大概川水一中的女生,只要看过那场比赛的都无法忘怀吧,NBA很不错啊,那可是在电视上才能见到啊,能比得过现场的表演吗,偶像也可以现实一点不是吗,秦臻以为他的阿陌哥哥市区里的家无非就是像大伯家那样的高档小区,可当她牵着季晴的手,看着眼前的房子时,她简直惊呆了,那不是画册里面的吗?复古的欧式建筑加上明朗的色彩搭配,甚至还要比大伯家的洋房大上几分,环境竟是那般的幽雅,让人移不开眼目,她承认她很喜欢这样的房子,当然里面肯定有林子陌喜欢的元素,那也是秦臻所熟悉的。

原来,那个小时候总是跟在她的身后,喊着她让她等等她的小男孩身份和她是那样的不同,不像她永远都是川水镇老房子里的单亲孤女,那是她不敢提及的,十多年来被隐藏在心底最深处的秘密,即便是最亲密无间的阿陌哥哥,她也不会和他提及的话题。

"臻臻,原来你的阿陌哥哥家这么漂亮啊!"在一旁的季晴也赞叹了。

"我也是第一次来呢,以前我们住在川水镇,可都是老房子。"

"嘻嘻,差点忘了,你们不是在这里长大的,真遗憾小时候没有认识你。"季晴是真心喜欢这个纯善的小伙伴,她身上有一种说不出的气质,总会让你觉得和她一起相处是一件多么轻松的事情。

"晴晴,林姨可好了,你这么漂亮,她肯定喜欢你。"

"林姨是？"

"阿陌哥哥的妈妈啦。"秦臻解释着，脸上满满的笑容。

"那我们赶快进去吧，他们肯定在里面呢！"

"呵呵。"

正是周末，知道儿子要请同学来家里玩的林母也特地下起了厨，和阿婆一起，并不像主人与佣人那般，而是更像长者与晚辈，阿婆是林母的姆姆，因为母亲太忙，阿婆没有子女，只有一栋老房子，所以她把林子陌当亲孙子疼爱的，林子陌家也是她在打理，前些年受林母之托去川水照顾林子陌的生活起居，所以在那里生活了好长的日子。

3

秦珏一直以来，都是最可爱的孩子。

"子陌，好像有人在按门铃。"

"好的，妈妈，我去开门，估计是我同学。"和卫子嘉他们正在电脑房打怪的他赶忙跑了出去。

"阿陌哥哥。"

"小臻，你终于来了，呵呵。"

"我们有事耽误了嘛！"季晴笑着解释。

"臻臻姐，你终于来了，呵呵！"从阿陌身后探出一个脑袋来，还有模有样的学林子陌说话，让人听着一阵搞笑。

"秦小珏，我说一大早就不见你和阿笙哥，原来是先跑来这里了，也不喊喊我。"秦臻纳闷了，这个小鬼头。

"臻臻姐，你不害羞，某人怎么也叫不醒，呵呵。"

"秦小珏，信不信姐姐今天收拾你。"

"哈哈，我才不怕你呢，大哥在里面哦，还有好多帅哥哥和美女姐姐，臻臻姐，你这么凶，会吓坏那些帅哥哥的。"说完，秦珏还做了一个大大的鬼脸，那模样，可爱极了。

"姐姐你好漂亮哦，我是大哥的弟弟秦珏，我很乖哦，姐姐你会喜欢我吗？"

"你大哥是？"

"秦笙哥哥很受女孩子欢迎哦，他的抽屉里还有女生写的情书呢，嘘，这是秘密哦，不能告诉他，不然他又啰唆啦！"

秦珏真是一个开心果，把季晴都逗笑了。

"你是秦笙学长的弟弟？"季晴不知道是怎样的心情了，一下子害羞得脸红了，原来是他的弟弟，那么可爱，想到她对他的感觉，马上就要见到他了，更是一阵紧张。

"阿陌哥哥，阿婆在哪儿呢？"秦臻可高兴了。

"在厨房呢！"

"我好像闻到了香味，晴晴你闻到了吗？"

"真的好香。"

"你这只小馋猫。"林子陌扯扯秦臻的小辫子，她那满脸只期待吃的表情，真是从未改变过。

正在厨房做菜的林母听到他们的声音，开心地说："是小臻来了吗，你们怎么在门口说话呢，赶快进来哦，林子陌你也是的，怎么能让同学站在门口呢！"

"林姨，我想死你啦！"

"你这孩子，总是这样急急忙忙的没个样，这位是你的同学？"林母看着季晴，说不出的喜欢。

"阿姨好，我和臻臻一个班的。"

"嘴可真甜，长这么水灵，看着欢喜啊！"

"着实是个水灵的姑娘呢！"阿婆也在一旁赞叹。

"阿婆，见到晴晴，你都不理我了。"秦臻开玩笑道。

"你这闺女，没个正经，阿婆不疼你疼谁呢，你们这些孩子。"阿婆满脸慈祥的笑。

"姆姆，你说以后让她做我们林家的儿媳妇怎么样？多美的姑娘。"

"仔细看，挺不错的。"

"妈，什么儿媳妇？"林子陌刚好进来。

"我说，喜欢这个姑娘呢，以后让她做我们林家的儿媳妇，多好啊！"林母真心高兴呢！

"阿姨，我们才多大啊，呵呵！"季晴不仅害羞，还满脸无奈，林子陌一脸黑线，秦臻也是说不出的滋味。原来，林姨心里，真把她当林子陌的小妹妹了。

"小臻，你说，以后她做你嫂嫂，挺不错的，是不？"

"林姨，你还来真的啊？"秦臻钝化了。

"你这孩子，平时话挺多的，今儿个怎么迷迷糊糊的。"

"林姨，人家没有嘛！"

"妈，你就别逗小臻了，她都晕了。"林子陌在一旁帮衬着。

"你们这些孩子，我们都老了。哎，去吧，去吧！"林母不由得感叹时间的流逝之快，一闪眼，儿子都上初中了。

他们各自都心照不宣地走出厨房，媳妇，林子陌听到这个词语，竟觉得有些期待，要是小臻能？他不敢再想下去了，好害羞。

季晴也是心不在焉的，媳妇，她竟想到了秦笙英俊的容颜，一下子，紧张了起来。

秦臻想，要是阿陌哥哥真娶了晴晴，她不是就可以要好多好多的红包，什么乱起八糟的，不想了。

"你们怎么都不说话，是肚子饿了吗？"秦笙关切地问。

"啊？阿笙哥。"林子陌和秦臻默契的回应。

"学长……学长好。"

季晴一看到秦笙就紧张，再听到他的声音，更是说话语句都不通顺了。四目相视的瞬间，秦笙和季晴都觉得心里猛地一颤，心跳加速，脸颊发烫。秦笙也不明白为什么他一看到她有些羞怯的模样，手心竟然紧张得冒冷汗。难道她太漂亮了，可是漂亮的女生他也见过不少，并没有什么感觉啊！莫非她是洪水猛兽，专门来降他的？

"别……别客气……叫我秦笙就行，不……不对，阿笙哥，阿笙哥，呵呵！"

"大哥，你的脸好红哦，美女姐姐，你的更红哦！"

大家顺着声音一看，秦珏在那里做着鬼脸，笑嘻嘻的，林子陌越看他越觉得像某人小时候。

"阿陌哥哥，难道我的脸上有东西吗？"秦臻奇怪了，阿陌哥哥怎么那样看她，看得她都"毛骨悚然"了。

"我说小臻，你家秦珏怎么老是说些奇怪的话，敢情是被你带坏的。"

"什么？林子陌，你……"话毕，秦臻在客厅里追着林子陌打，秦珏也加入了他们的队伍中，剩下秦笙和季晴在那里不知所措的，对视。

电脑房里，卫子嘉一脸沉浸的模样。

"我杀，我杀，我杀杀，杀死你这个小怪兽。"他一边打怪一边振振有词的碎碎念。

"哎，白痴。"颜可感叹。

杜愿然、颜可、尹俊在床上玩着扑克不亦乐乎。

"我说，你们羡慕就直说，还骂人。"卫子嘉委屈了，玩个游戏还要被骂，他这是招惹了哪尊大神了？哎，谁让他惹上颜大神呢？

"孺子，不可救也？"尹俊叹道。

"我说尹俊，你也是白痴啊，是孺子，不可教也。"说完，还比了一个孔老夫子的姿势，惹得杜愿然笑得合不拢嘴。

"美女在此，今儿个不和你斗，小爷，我今天要保持形象。"尹俊又发挥了他的自恋天质。

"我说，你们就是一丘之貉，彼此彼此。"卫子嘉又飞来了这么一句话。

"玩你的游戏吧，白痴！"颜可又回了那么一句话。

"好好，好，姑奶奶。"卫子嘉只能投降了。

就是那么一幅场景吧，几个少男少女，彼此谈笑风生，追逐嬉戏。

这些年来，林母并不是什么都不知道。有些事情，她选择隐忍，选择佯装，只不过是为了儿子能有个完整的家庭。林子陌那么优秀，她总是以儿子为傲。

看着一群孩子展露的笑颜，她真觉得她可以沉默下去。她和林峥之间早已没有了那种信任，有时她躺在他身边，背过身去，默默地流泪。这么多年，他都没提，她要看他沉默到什么时候。

婚姻就是一座围城，城外的人想进去，城里的人想出去。而她，走了进去，就再也不想走出来，她爱他，爱孩子，即便知道十多年前，他的心就不在她身上，那个人，比她年轻，比她貌美，她只是一名儿科大夫，她不懂所谓的艺术，她亦玩不来那些风花雪月。

她要捍卫这个家庭，即便只是为了孩子。

午后的阳光，打落在秦臻的脸庞上，透着圣洁的光芒。她有一本漫画册，是她珍藏多年的心头之宝，《风之语》每看一次，她便觉得再不愉快的事情都会烟消云散。

她总是会想那个叫追风的兔子的人会是一个什么样的人？很老还是很年轻？她悄悄收集了那么多，仍旧找不到他的信息，他的简介只有一句简单的话：追风的兔子也想要幸福。

他难道不快乐吗？那成了秦臻一个年少的心事，一个只属于她自己、完完全全的秘密，不会向任何人提及的秘密。

简衫宁找到秦臻的时候，秦臻正在用心的完成素描作业，这次老师布置的作业是《校园一角》，于是，她选择了这个看着不起眼的角落，虽然很简单的样子，但是从她的位置看过去，可以看见不一样的校园景致，校园的一个特殊而又唯美的部分，经秦臻的手，变得栩栩如生。

秦臻凭直觉也可以察觉到来者不善，简衫宁还带来了两个女生，其中一个，她认识，好像叫什么美美。她看了她们一眼，又继续专心画自己的素描作业，简衫宁感觉到了秦臻的漠视，忍不住开口了。

"你不觉得我们应该好好谈一谈吗？"她语气骄傲。

"我们之间，有什么好谈的？"秦臻也有自己的骄傲。

"我们老大找你是给你面子，别给脸不要脸。"旁边一个不认识的开口了。

"那你们想怎样？"

"我要你离开林子陌，再也不要去缠他。"简衫宁很直接地说出心中的想法。

"凭什么你们说什么，我就要做什么？"

秦臻也不是好惹的主，简衫宁以为，她这种女生，小小弱弱的样子，应该是一吓唬就不敢说话的胆小鬼。

"凭他是我简衫宁看中的人。"简衫宁理直气壮地说，脸不红心不跳的。

"阿陌哥哥不是物品，你喜欢他怎么不凭自己的努力去争取，你在这里为难我，算什么？"

"秦臻你以为你和他一起长大，他就是你的吗？他什么身份，你又什么身份，你不过是一个走私犯的女儿，毒枭的女儿，就凭你那点撑不了场面的才华，你真以为你是什么才女？"

简衫宁毫无顾忌地脱口而出。

"你滚……"秦臻愤怒了，她们怎么可以那样说爸爸，她们什么都不了解。或许是秦臻的气势让她愣住了，她们竟沉默了几分钟。

"你吼什么？你到底离不离开林子陌？"

"你们所谓的有钱人，就是这么威胁人吗，我说了我不会离开任何人。"

"今天不给你一点颜色看看，你是不清楚自己是什么身份！"

不知道是怎么打起来的，最初是简衫宁带来的人把秦臻的作业撕成了碎片惹怒了秦臻，秦臻狠狠给了那个人一巴掌。她们三人一把把秦臻推倒在地，拳打脚踢。她以一敌三，气势再大，力气也是有限的。

4

他总会出现，在最情急的时刻。

当秦臻以为自己就要被这几个暴力女打残废的时候，听到了一个声音。他来了，宛若黑暗里的阳光，恍若神祇，秦臻记得那时候，就是那样的感觉，即便多年后，他还会记得那么一个人。

"你们在做什么？"

大概只要听过季流川讲话的人都可以认出那个声音吧！

"学长，你怎么来了？"

"我怎么就不能来？"季流川反问道。

"学长……我们……"简衫宁说不出话来了。

"平时嚣张也就算了，今天是要闹出人命吗？"季流川的声音冷漠到极点，让人听了不禁心头一颤。

"我们在……"简衫宁害怕了，却故作镇定，维持她的骄傲。

"如果下次再让我遇见这样的事情，我不介意让你们在川水消失。"

季流川丢下了这么一句话，简衫宁她们脚都软了，这个秦臻运气真好，就连平时对女生视而不见的季流川也为她出头，简直就是小狐狸精。

惹谁也不能惹季流川。谁不知道他爸爸在川水黑白通吃，除非你有那个胆，或者更大的后台。

"你还能站起来吗？"季流川的声音顿时又温柔得如同三月的风。

"我的画……"秦臻看着满地的碎纸片，说不上心里的滋味，已经画了两天了，就要把作业完成了，被她们一撕，变成垃圾了，秦臻觉得又气愤又惋惜。

"你没事吧，你的脚都流血了？"

"呵呵，学长。"秦臻一看，小腿不知道被什么划破了，流出一小股血。

"你是笨蛋，还是傻瓜吗？她们打你不会喊人吗？不会喊还不会跑吗？如果我今天不来，你就要那样被打吗？"

季流川突然脸色变得阴郁到极点。

"流川哥哥。"

"额……你叫我什么？"季流川不敢置信。

"你怎么知道我在这里的？"

"无可奉告。"

"哈哈，你脸红了，流川哥哥，其实你笑起来很漂亮啊，为什么你们男生要装作那种样子？"秦臻一脸认真地说。

"什么样子?"

"就是拒人千里之外的样子啊!"

季流川一脸黑线,他有那么夸张吗?

"你想哭就哭出来嘛,不要忍着,既然你都叫我哥哥了,走,哥带你去医务室。"季流川很心疼地看着紫一块青一块的秦臻。

"呵呵,我才不要哭呢,我不是爱哭鬼。"秦臻用力挤出一个微笑。

季晴她们赶到医务室的时候,便听到秦臻的呻吟声。

"痛死啦,轻点啊!"

"用力就好啦!"

那对话让人想入非非,季晴脸红了。

进去一看,季流川在给秦臻上药,老医生还在一旁用批评的口吻说:"现在的女娃娃,不学好,学人家打架,哎……"

敢情是秦臻打了别人一样,而不是别人打了她,她才是那个被打的对象耶,而且还是莫名其妙地被打的。

"我可怜的臻臻,你……"那是秦臻吗?脸肿得像个猪头一样。

"晴晴,你来了,呵呵……"秦臻笑得很傻。

"咳咳。"季流川不满了。

"哥哥,你也在哦!"季晴终于注意到某人的存在。

"我说妹妹,你可以再继续无视我吗?"

"我有吗?呵呵!"季晴朝季流川吐了吐舌头。

"记得下次准时来换药,哎!"老医生又在叹气了。

"谢谢爷爷。"秦臻甜甜的喊了一声。

老人家一听有人喊他爷爷,语气立马变柔了,还一脸慈祥地笑着说:"好,好,小姑娘家,要乖些,乖些,总是打架,留疤就不好看了!"

"知道了,爷爷!"

估计林子陌是最后一个知道秦臻被打的人，当他看到秦臻一跛一跛的走出学校时，心里一阵疼惜，而她却一如既往的微笑着朝他喊："阿陌哥哥。"

那声音，总是甜甜的。

他跑上前紧紧抓住她的手腕。

"阿陌哥哥，你弄疼我啦！"秦臻皱皱眉。

"你是傻瓜吗？"林子陌一脸心疼。

"阿陌哥哥，我才不会离开你。"秦臻很认真地看着他说。

"傻瓜，哥哥怎么会舍得让你离开，哥哥也不会离开小臻的，一辈子。"

他们之间，永远那么和谐、自然，好像不需要什么多余的解释。

在林子陌的记忆里，那个小女孩坚定地说，阿陌哥哥，我才不会离开你。在此之后，薄凉的青春里，成了他心里唯一的阳光。

简衫宁也没有想到，林子陌会找到她。

"你不打算给我一个解释吗？"他的声音如寒冬腊月，冷到极点。

"你就要那么护着她吗？你以为她喜欢你吗，那么季流川又算什么，不是吗？呵呵！"简衫宁一阵冷笑。

"那是我的事情，你又何必？"在她面前，林子陌一点也不怜香惜玉。

"我第一次见到你就喜欢你了，你就不能和我在一起吗？"

"……"

"她哪里比我好了？"简衫宁握紧了拳头，全身发抖。

"只要是她，哪里都好。"

说完，转身离开，留下简衫宁在原地哭得泣不成声。是不是只有她能够让他露出笑颜，若不是她去找了她，他是不是连看她一眼都不愿意吗？心里的恨在悄悄滋长。

林子陌也说不上是什么时候喜欢上那个整天喊着他阿陌哥哥的小女孩的,他知道她有许多心事,许多小秘密,而他也不会去刻意揭穿。

也许,生活真的会这么安然下去吧,可是,一向温暖阳光的阿陌哥哥也不知道为何染上了灰暗的色彩。

那年四月,一切来得那么猝不及防,那天,她的阿陌哥哥浑身湿透的站在她的面前,眼睛通红,如同一只哀伤的小兽,他说:"小臻,我该怎么办?"

"什么怎么办,阿陌哥哥你不要吓我?"秦臻不敢相信地看着眼前如此落魄的他。

"爸爸说,他要和妈妈离婚。"他声音喑哑。

"阿陌哥哥,你的脸怎么了?"秦臻看着他的脸,心都揪了起来。

"他从来都舍不得打我,他竟然为了那个女人,不要我和妈妈,我和妈妈,在他心底,到底算什么?"他的心很痛。

"阿陌哥哥……"

秦臻紧紧拥抱他,男孩冰凉的身体被女孩的温暖点点浸透,心却哀伤的如同一朵漂浮的流云。

林子陌放学回家,就听到房间里的争吵声,那声音如一把刀子深深刺进他年幼的心里,让他疼,让他不敢置信。

"沈青,这么多年,已经够了!"男人声音冷漠。

"难道儿子也拴不住你的心吗?我到底做错了什么?"

"我们离婚吧!"

林子陌不敢相信面前这个,从小到大对他和母亲一向都好的男人,会这么说。那真是他的父亲吗?即便他们一家三口在一起的时间不多,但只要在一起都是那么温馨而和谐,即便爸爸很忙,但他一直以为那是因为他身处高位身不由己。那些,都是假的吗?他从来没有觉得,这个他叫了十多年的爸爸的人，很陌生，他觉得他好像就没有认识过他一样。

"爸爸，你是被狐狸精迷了心吗？"

啪的一巴掌狠狠落在他脸上。

"你怎么可以打他，你从来都不打他的，你是怎么了？"林母愤怒了。

"这便是你沈青教出的好儿子，这样和父亲说话？"林峥也沉不住气了。

"你为了那个女人连儿子也不要了吗？"

"你说的那个女人也为我生了一个儿子，他更需要一个父亲，他也是我的儿子。"情急之中，林峥脱口而出。

"你说什么……？"如晴天霹雳，沈青全身发抖，不敢相信。

"我说我还有一个儿子。"

"你在开玩笑对不对？"

"你觉得我是在开玩笑吗？"

"你竟然这么辜负我，我要杀了你，林峥，你这个骗子，骗子。"

"对不起。"

"对不起能改变什么，我不要听，不要听，都给我滚，滚……"沈青被刺激到，情绪无法控制，她已经顾不得此时的她是不是一个泼妇，还是一个疯婆子。

林子陌就看着他们在他面前争吵，然后，母亲被气得晕了过去，送进医院。

一切的一切，在这个少年面前，如同一场荒唐而又讽刺的闹剧，那么让人心冷。他不顾外面倾盆大雨，冲了出去。不知怎的，找到了秦臻，直到她紧紧把他拥抱，他才不会觉得那么冷。

直到怀里的女孩喊了他一声，他才有了知觉。

她说："阿陌哥哥，我想回家了。"

"好，我们一起回去。"

他们口中的家是指川水镇，小时候生活的地方。

若我知晓，我们在一起的时光是那般的短暂，我是不是该把时光折成一束百合花，从此，天地静止，花开无期，许你永远。

你，就还在我身边。

我，还可以看见你温柔的脸。

秦臻在日记上写下这段话的时候，窗外，又可以看见放风筝的孩童们，笑得那么无邪，而她的心，却像是被什么狠狠撕裂一般，还是那样的痛。

回忆的分割线。

"妈妈，我回来了。"秦臻兴奋地敲着家里的大门，她和林子陌到家的时候，夕阳刚好落山。

5

时光呀，可不可以不要忧伤呀！

"你这孩子，阿陌也在哟！"苏淼淼一脸笑意地给他们开门。

"阿姨好。"林子陌有礼貌地问好。

"你们怎么来了，不用上课吗？"苏淼淼疑惑地问着。

"妈妈，你忘了，今天是星期六，不用上课，再说，人家想你了嘛！"或许是太久不见母亲了，秦臻竟向母亲撒起娇来。

"妈妈记不得了嘛！你带阿陌去客厅看电视去，妈妈给你们做饭去。"苏淼淼好久没这么开心了，总是在电话里才可以听见女儿的声音，让她想念更深，见到女儿就在自己面前，那么幸福，这比任何礼物还要令她惊喜。

"阿姨，我们帮你吧！"林子陌被苏阿姨的笑容感染了。

"不用，不用，你们看电视去。既然周末，就好好放松一下，阿姨知道你们学校不比其他学校，要求更多，自然会有些压力。"

"妈妈，你太善解人意了，我们作业可多啦，作业做不完，要是没有作业，那该多好啦！"秦臻向妈妈抱怨起来了。

"你这孩子，要向你阿陌哥哥好好学学，老是偷懒的，数学怎么会及格嘛！也不知像谁了去？"苏淼淼不由得感叹了。

"像你呀，妈妈。我可是你身上掉下来的一块肉，都说女儿是妈妈贴心的小棉袄，妈妈，你说，我是吗？"

"你这孩子，就是嘴贫。"苏淼淼拿她也没有办法了。

那天，苏淼淼做了一大桌好吃的饭菜，有红烧肉、水煮白菜、凉拌青瓜，虽然菜式简单，可吃着可口，林子陌超喜欢吃那盘红烧肉，和秦臻抢起了肉，惹得苏淼淼一片欢笑。

晚上，秦臻和母亲睡在了一起，林子陌睡在客房。秦臻因为好久没有和母亲睡在一起了，靠在母亲的怀里，一下就睡着了。而林子陌躺在床上，却是怎么也睡不着，脑子里都是母亲与父亲的事。

虽然，他只是一个初中生，可不代表他什么都不懂，父亲对母亲的那些冷落，从年幼他就看在心里。他一直以为，那只是父亲不懂得表达心里的感受，可他竟然还有另外一个儿子，是林子陌从未谋面的弟弟，一想到这里，他的心就像一张白纸，被人揉成一团，揪了起来。或许，是白天坐车太累，到后面便沉沉睡了起来，睡得也很香。

林子陌是伴随着公鸡的叫声醒来的，那时，天已微亮，苏淼淼起得很早，外面，都是秦臻的声音。

"阿陌哥哥，我知道你睡醒啦，我进房间了？"秦臻在房间外踮着脚喊着。

"进来吧,淘气鬼。"林子陌睡眼惺忪。

"人家是来喊你吃早饭的,你竟然还骂我,哼哼!"

"我说,秦小臻,你不知道除了公鸡的叫声,满院子就只听见你的声音,你好意思?"林子陌说道。

"人家这是应景,我开心嘛!"秦臻一回到家,又仿佛回到了小时候,这里碰碰,那里捣鼓一下的,活像一只乱跳的兔子。而她的笑声,又是那么的快乐,她的笑容,是那么纯真,让林子陌心里一阵暖意。

"想好今天要去哪里玩了吗?"林子陌问道。

"我想去看青木河。"秦臻可开心了。

"正有此意,呵呵!"

"呵呵!"

那一天,记忆里的少年在青木河旁放起了一只布风筝,一只老鹰形状的风筝,飞得好高,他说:"秦小臻,你看,风筝飞得好高吧?"

他的笑容是那么灿烂,风吹起他额前的碎发,他的左脸露出一个小酒窝,青木河水还是那么清澈。他是那么的意气风华,她是那么的纯真无邪。

他们就好像从未分开过一般。

他说:"秦小臻,如果我是那只布风筝,不管飞多高,多远,那根线始终在你手中,只要你不剪断,风筝和线永远都不会分开的。"

她开心地对天空大喊,"阿陌哥哥是我独一无二的风筝,我们会永永远远在一起,比很久还要很久地在一起。"

"阿陌哥哥你想去大城市吗?"她如是说。

"那要看是什么地方啊?"林子陌笑着说。

"阿陌哥哥,我想一辈子都留在川水镇,留在青木河旁边,可是我也想去北京,去看天安门,去看故宫长城,我还想考美院,将来开属于我自己的画展。"秦臻自豪地说。

"小臻去哪里，我就陪你去哪里。"林子陌揉了揉她的头发，满脸宠溺，身边这个女孩子，是他想一辈子陪伴的人，他从未想过要与她分开。他们从穿开裆裤开始就玩在一起了，会走路开始就会抢对方东西吃了。

那时的他，并不懂什么是爱情，他知道，眼前的这个女孩子，是比亲人还亲的存在，是心里最珍贵无比的无可替代，她是他的太阳，是他心里的珍宝。

那时的她，也不懂所谓的爱情，她知道，他是她除了母亲以外最亲的人，比她的哥哥弟弟们还要亲的人，她一直以为，他们就会在一起的，永永远远，快快乐乐的，就那么在一起下去。

在多年以后，若是没有那么多的变故与挫折，她真的以为，他们就会这么一直在一起下去，她一直这么以为。

可是，岁月并不会如此静好，生活也不会这么平静。因为，生活之所以叫作生活，是因为它的不容易，而这么简单的一个道理，有的人，穷尽一生，也无法懂得。

年华，亦如此。

再次回到学校，林子陌的心态已经平复了许多。他调整了自己的心态，暗自发誓要更加努力学习，只有考上高中，他才可以离开家，住到学校里去。

林母的心情也平复了好多，许是大病了一场，让她有些开朗了，恰逢医院放假，便和单位里几个处得好的姐妹去新加坡旅行了。

他知道母亲虽然嘴上不说什么，但她的心里肯定是比吃了黄连还苦的，他帮不了她什么。他可以听话，努力做她的好儿子，做一个出色的人，但是他却挽留不了父亲对她的心。

婚姻，一个让他觉得陌生的词语。

14岁的少年，已经开始初尝这世间的冷暖。他看起来还是那么的阳光，他还是那般的面容俊美，而他的心却哀伤的如同天边那朵流云，他暗自告诉自己，要坚定，不可以动摇，特别是眼前的这一切，老师不是说，不经历风雨，怎么能够见到彩虹，这些，只是风雨而已，不是吗？

他想看见的，是美丽的彩虹。

正在沉思的时候，有一双手从后面蒙住了他的眼睛，不用猜，也知道是谁。可他并不想立马就揭穿她。

"猜猜，我是谁呀？"她声音悦耳。

"是妖怪呀！"林子陌回答。

"你见过这么可爱的妖怪吗？"秦臻抗议道。

"所以说，祸害活一千年啊！"

"那我就祸害你一千年，一万年，哈哈！"

"别闹了，找我什么事情呀？"

"人家找你可是正事呢！"

"哟哟，我们秦小臻，也有有正事的时候，痛改前非了？"

"阿陌哥哥，你……"

这是学校背后的小山坡，很少有人来，林子陌通常喜欢在这里看书、看风景的，大家知道他一向学习认真，也不好去打扰他的。这可是川一的"未来之星"，大家抱以期待的美少年，只有秦臻这个厚脸皮的敢去找他，其实秦臻在陌生人面前是挺羞怯的一个小姑娘，只是到了他面前，她就像改了性子似的。

"阿陌哥哥，你不是答应我，要教我做数学习题吗？就快要文化课考试了，我可不想死得太惨。"秦臻一脸委屈样。

林子陌早就见怪不怪的了，她忽而走到他的面前，用水灵灵的大眼睛看着他，两个小辫子还在他的眼前晃来晃去的，他突然很想伸出手去扯扯她的小辫子，于是，便情不自禁地去抓她的小辫子，秦臻脸一扭，林子陌就一不小心抓到了秦臻白皙的脖子，顿时，两人一片尴尬。

"阿陌哥哥，你怎么脸红了，嘻嘻！"秦臻取笑他。

林子陌不好意思了，口是心非地说道："肯定是天气太热啦，你不热吗？"

"热吗？你是成天想着揪我的小辫子吧？要不，我给你去买一副假的戴戴，哈哈哈。"

"秦小臻，你怎么可以这么无耻？"林子陌被气到了。

"俗话说，头可断，血可流，发型不可乱，阿陌哥哥，你怎么可以破坏人家的发型呢！哼哼！"

"就你，还有发型呢？你脑子里整天装着些什么歪理？有这心思，不如多做几道数学题……"林子陌又开始了他的长篇大论。

"又来？阿陌哥哥你不嫌烦吗？有这心思，不如多做几道数学题。这句话从小说到大，我耳朵都快生老茧了，唉……"

"你耳朵生老茧啦，你说，你有一次是听进去的吗？"

"呵呵，呵呵！"

林子陌无奈了。

"你到底教不教人家做数学题嘛！"秦臻又开始了。

"秦小臻，你确定你要做数学题，某人不是都上六年级了，连个乘法口诀都背错吗，那是人家幼儿园都不会背错的。"

"那只是个意外，意外，呵呵！"

"你意外还真多。"

6

后来想起那一幕,她还是会红了脸颊。

这次,秦臻真的脸红了,那可是她最出糗的一件事。

回忆的分割线……

老师:"同学们,谁能再背诵一下我们一年级学的乘法口诀?"

秦臻:"老师,我来?"

老师:"我们秦臻同学这么积极,同学们是不是该给她鼓个掌呢?"

于是,全班掌声一片。

老师:"好了,开始吧!"

秦臻:"一一得一,一二得二……七七五十九。"

全班哄笑。

老师:"秦臻同学,等等,再背一下,七七多少?"

秦臻:"七七五十九,不对,不对,七七六十九?"

全班同学更是笑倒一片。

老师:"同学们告诉她,七七多少?"

同学:"七七四十九。"

秦臻的脸立马烧红一片,恨不得钻到桌子下面。

老师:"虽然秦臻同学都已经六年级了,还能把一年级的乘法口诀背错,但她首当其冲回答问题的勇气值得鼓励,大家就应该向她学习,积极回答问题,出错不怕,纠正就行,可是连出错的勇气都没有的人,是不是值得我们高年级的同学好好思考一下,以后的路,也是一样。"

老师一席话,让同学们热血沸腾,而秦臻只觉得一群乌鸦飞过,尴尬到极点,想她小霸王居然也有这么丢脸的时候,这脸可是丢到外婆家了,失误，失误啊！

放学后的教室，基本没有什么人了，只见一个清秀的少年正在课桌旁给一个小辫子姑娘耐心地讲解习题。

"秦小臻，你可不可以不要那么笨？我已经讲了不下三遍了，就算一头猪都能去参加奥数了！"

林子陌说不清怎么的，很是喜欢打击她。

"哼哼，人家肯定比猪要聪明一点啦！"秦臻自圆其说地回答。

"一天的哼哼，你怕真的是小猪。"

"哼哼！"

秦臻一个抬头，就撞上了他的下巴，结果又被他狠狠奚落一番。林子陌突然开口，"放学我送你回去吧？"

"我要吃冰淇淋。"秦臻答非所问。

"你要吃多少都行，得了吧？还真是小猪呢！"

"我只吃香草味道的。"

"好好，哥哥今天给你买。"

秦臻没有在等公交车，而是坐在了林子陌的单车后面，一手扶着他的腰，一手拿着一个香草味冰淇淋吃得满嘴都是。

路人看来，这是多么和谐的一幅画面，少年清秀俊美，少女可爱纯真，就好像一对热恋的小情侣一般，那般让人移不开眼目。

正吃得开心的时候，只见季流川他们一伙也骑着自行车追上了他们。自从季流川上了高中后，就很少见到他们了。

"阿川，你看前面那两人怎么那么眼熟？"云杨说道。

"那个不是小辫子姑娘吗？"焱尧道。

季流川一看，秦臻坐在林子陌的单车后面，一脸幸福的模样，但为何那幸福竟让他觉得很刺眼，让他有些难以名状的心酸，他有些不相信自己的感觉。或许,在第一次的遇见,那个扎着小辫子的大眼睛姑娘就已经入了他的心,而他,竟后知后觉才开始明白他对她的感觉,就像在心间静静的开了一朵花,那般美丽而又悄无声息。

"小辫子姑娘,嘿嘿!"云杨他们和她打招呼。

"学长好啊!"秦臻大声地喊。

而季流川竟觉得心里有一股说不上的气,面无表情的骑着单车从他两身旁飞快而过,让秦臻和林子陌都怔了怔。

"阿陌哥哥,那不是流川学长吗?感觉他是无视我们的,我好像没有惹到他耶!"秦臻疑惑地问。

"或许是他心情不好吧!"林子陌解释道。

"哦。"

载着秦臻的林子陌感到背后一片凉,"秦小臻,你把什么东西弄到我身上?"某人一脸坏笑,"呵呵!我只是擦了一下手而已,不然,冰激凌黏在手上好不舒服的。"

"秦小臻,第一,对于你的吃相我一向不敢恭维。第二,要擦手不会用纸巾吗?第三,我难道是你的抹布吗?"

"那第四呢?"

"你就是一头猪。"

"干吗说人家猪呢,有我这么可爱的猪吗,再说,你的衣服反正不是也要洗了吗?呵呵!"

"你好意思笑啊,我鄙视你!"

"呵呵,我不介意,阿陌哥哥。"

"你信不信,我把你从单车后面丢下去?"

"我知道,你不会,呵呵!"

"你就是个祸害。"

"哈哈。"

两个人一路上欢闹嬉笑着回到了家。

在感情里，秦臻一向都很迟钝，未曾想过，人生中的第一次被告白就是那样的。那一天，她和季晴一如既往手挽手去小超市，被季流川叫住了。旁边还有好多初一的小女生忍不住议论他的帅气，他好像长高了，一双眼睛如寒冰似的犀利，又稍微带了一点桃花眼，眼尾上调，其实这样的男生据说很危险，为什么她却从来没有意识到。他不知怎么的，满脸疲倦地拉住了秦臻的手腕，惹得季晴大喊："哥，你是怎么了？"

"你让开，我有事对她说。"他的语气里是不容拒绝的坚定。

"好好，你们说，你们说。"季晴识趣地走开。

"晴晴，你别走啊？"秦臻说不上心里会有一种紧张。

"学长，不是……流川哥哥，你有什么事情？"秦臻竟显得有些语无伦次，但又故作镇定。

"你和我来。"季流川语气变得温和些。

两人一前一后地走着，一言不发，到了香樟树下，季流川突然停了下来，低着头走路的秦臻一下子就撞到了季流川的背后。

他转过身来，一把抓住秦臻的双肩，把秦臻吓得不轻，秦臻还没有反应过来他要干什么的时候，他语气坚定地说："秦臻，我喜欢你很久了。"

少女就漫不经心的回答了一个字，哦。

"秦臻，你能认真点吗？我说，我喜欢你很久了。"他的声音忽而变得好大，让秦臻莫名其妙的，秦臻也不知道怎么的，一下子很生气的挣脱了他的双手往后退了几步说："你喜欢我很久了，那是要怎样？"季流川愣了一下，接着又说，"我们交往吧？"

"我不要。"秦臻想都没想就一口拒绝了。

"难道你对我一点感觉都没有吗？"他的语气里竟透着哀伤。

"我当你是哥哥呀，你是晴晴的哥哥，所以我也是真心喊你一声哥哥的，我是很喜欢你，但是我对你，不是男女之间的那种喜欢，不是那种。"说到后面，秦臻的声音小得像蚊子一样。

"你很怕我？"他被她的态度刺激到了。

"不是，不是。"她委屈地摇了摇头。

"你喜欢林子陌那小子吧？"季流川突然笑了起来，让秦臻觉得那笑容竟然有一丝不寒而栗。

久久的沉默……她喜欢他吗？那是她的阿陌哥哥呀，他也喜欢她吗？秦臻只觉得心里没由来的慌乱，就好像是一个被埋藏在心里很深很深的秘密，不小心被谁一句戳中，让她惊慌，甚至有些说不上的害怕，那是一种复杂的情绪。

"你不怕我让他在川水消失？"季流川威胁道。

秦臻怒了，"我知道，你家势力大，我们这种小人物一向惹不起，你又何必为难我呢？再说，感情是不能勉强的，强扭的瓜能甜吗？"

"呵呵，我不管，我要你和我交往。"

"你不是一向都很讨厌女生吗？初中三年也没有见你和女生谈恋爱，她们说你，说你是，是……"秦臻不敢说出后面的词语。

"她们说我什么，你不给我说清楚就别想走，说！"季流川有些控制不住自己的情绪。

"她们说你，说你只喜欢男生！"秦臻一下子脱口而出。季流川忽而脸色苍白，他的表情是那么那么的痛苦，秦臻从来没有见过他有这样的表情，他精致魅惑的面容像是蒙上一层冰霜，冷到极致。

"我不是故意的，你……你……没事吧？"秦臻虽然害怕，还是关切地问。

"我以为，你和她们是不一样的。"

"我，我……"秦臻就是说不出心里面的话，我不是那样的，可是就是说不出口。

"原来，你也是那么想我的，呵呵！"季流川自嘲道。

"流川哥哥，你别这样。"

"你走，我不想见到你。"

秦臻也只好三十六计，走为上策，她也不想在和他多待一会儿，她忽而觉得他是那样的陌生，不再是原来那个会对她微笑，关心她的大哥哥。

难道，是她从来就没有了解过他吗？似乎，她真的就没有了解过他，对于他，女生们爱慕却又不敢接近的对象，好像只要在他周围，就会感觉冷。冰山美男固然更具挑战，但并不是所有女生都有那个挑战的能力。对于这点，秦臻觉得她一向都很有自知之明的。

说起季流川，只要你是川水一中的，不论是高中部还是初中部，估计没有人不知道的吧？父亲是川水赫赫有名的房产大亨，妻子是市长的妹妹，如此强大的背景，加上他生就面容精致魅惑，小小的就顶着一张迷死人不偿命的桃花脸，性格冷酷，脑子聪明，更是让一些人迷恋疯狂，这么说，一点也不为过。

7

这个大家眼里聪明而又美丽的少女，外表下藏匿着的不仅仅是一颗剔透而又玲珑的水晶心。

说起季晴，大家眼里对她的第一印象还是精致美丽，无懈可击。季流川的长相已经是极品了，而作为他的妹妹，秦臻曾这样形容过季晴，像橱窗里的洋娃娃一般让人移不开眼目，没有一个人能够像她那样把精致与美丽演绎得如此扣人心弦，如同一件上好的瓷器。

可是这个大家眼里聪明而又美丽的少女，外表下藏匿着的不仅仅是一颗剔透而又玲珑的水晶心。

同样地，她也有脆弱的地方，对于季晴来说，最怕的莫过于在乎的人离开吧！那种痛，如同打碎的水晶球，无论如何，再也拼凑不完整。她渴望的不过是一份母亲的爱、母亲的关怀，她很羡慕那些有妈妈的同龄孩子，她愿意过简朴的生活，只要一家人都在，母亲还在，那便是她最期望的事情吧！小的时候，她害怕母亲离开，而母亲真的就离开了，再也不回来了。

季晴无法忘记母亲死去的那一天，她和哥哥一直哭着喊妈妈，可是那个依旧年轻的女子，却再也不会醒过来。她再也不会温柔的做饭给他们吃，不会再温柔的教她许多她不会的东西。

母亲生前极爱素描，她似乎遗传了母亲，尤其擅长素描，这也是她选择到美术班就读的原因，虽然不像秦臻那样能画出意境唯美的油画，但她与她之间的这些差别并不影响她们成为好朋友，相反还可以取长补短，不断弥补自己的不足。

母亲在世的时候，对她很是宠溺，不仅教她学画画，还教她学习很多有用的东西，除了画画，她的音乐、舞蹈也很好。

小时候最开心的事情莫过于和母亲、哥哥睡在一张大床上，每每入睡之前，她都要缠着母亲给她讲故事，一直到母亲逝去前的晚上，她还缠着母亲给她讲故事，《小王子》是母亲给她讲的最后一个故事。

当时的她并不懂得多么深的内涵，只觉得那些情节是多么的让人着迷，故事讲的是小王子是来自其他星球有童心的孩子，他住在一个和房子差不多大的行星上，某天一颗玫瑰种子飘落到他的星球上，并且生根发芽成熟。要知道小王子以前从来没有见过玫瑰花，他对这种有些虚荣的玫瑰花很好奇，并且对她唯命是从，但小王子当时还很小，并不明白她虚荣背后的爱意，他并不明白那种爱，心却受了伤，小王子于是决定离开她，离开那个星球，他先后访问了六个行星，各种见闻使他陷入忧伤，他感到大人们荒唐可笑，太不正常，只有在其中一个点灯人的星球上，小王子才觉得他们可以与自己做朋友，但点灯人的天地却十分狭小，除了点灯人自己，不能容下任何人。

而他拜访的第七个星球，便是地球，不巧的是，小王子降落的地方是撒哈拉沙漠，所以起初他并没有碰到人类。他遇到的第一个生物是条毒蛇，但小王子是纯真善良的，他并没有伤害它，后来，小王子遇到了一只小狐狸，小王子驯服了小狐狸，和它交上了朋友，小狐狸把自己心中的秘密——"肉眼看不见的物质只有心灵才可以洞察一切"，作为礼物送给了小王子，用这个秘密，小王子在撒哈拉大沙漠与遇险的飞行员一起找到了生命的泉水。

只可惜，现实不是故事。

在此之后，小王子继续着地球的旅行，不知什么时候，小王子想回到自己的行星，回到他魂牵梦萦的家，于是他回到了在撒哈拉沙漠降落的地点，在这里他碰到了因飞机故障而降落在这儿的飞行员，并与之进行了心与心的交流，在交流之后，飞行员也了解了事情的前因后果，最后，小王子在蛇的帮助下死去，心灵重新回到他的小行星上去了。

这么一个看似简单的故事，却让季晴在多年后，捧着那本童话书，哭得像个孩子。

"这就像花一样，如果你爱上一朵生长在行星上的花，那么夜间你看着天空就会感觉到愉快，所有的行星就好像都开着花。"这是季晴最喜欢的一段话了，重读《小王子》，不仅一次次的泪流，为小王子那摄人心魂的忧伤而心悸，为他纯洁的爱所感动，也为她那逐渐泯灭的童心所哀悼。

有人说，仰望星空的孩子是寂寞的，内心深处的季晴是寂寞的吧，以至于在遇见秦笙之后，她是那般的想去爱，又害怕被爱。

她终究是要离开的，就像小王子一样，离开他的星球，还有这星球上唯一的一朵玫瑰花，说再见的时候，他们都很悲伤。

她和秦笙的爱情，一直都是隐秘的，她还记得那一天，他答应了她，她忽然觉得所有的星星都开了花。

那是晚秋季节了，她已经穿上了深色的秋衣，戴上了薄软围巾。那晚，星河璀璨，夜空下的他穿着一件灰色毛衣，他的眼镜有些雾气，他站在她的身旁，她竟觉得有种尘埃落定的感觉，那时的她才15岁而已，后来她也没有想到，眼前这个17岁的少年，是她心里永远的痛。

"秦笙学长，我……我……"她竟有些开不了口。

"怎么啦？冻着了吗？你看你，穿得这么少，都快念高中的人了，也不会照顾自己。"秦笙也如此紧张，他身旁这个女孩比漫天星辰还美，她身上有一股淡淡的桂花香，让他有种莫名的燥热，只见她像鼓起巨大的勇气般开口，"阿笙，我们交往吧？"她语气坚定。

"我……"后面是久久的沉默。

"你不用回答了，我明白了。"他应该不会喜欢她吧，或许在他眼里她只是个小妹妹，小丫头吧？高中部也有不少美女呢，说不定人家已经有了女朋友，她又何必……何必自作多情呢？

想着竟觉得有些委屈，眼泪也快要掉下来了，不知怎么的已经小跑了起来，却被秦笙一把抓住，然后一个吻就落在她的脸上，他说："我早就喜欢你了，已经三年了。"于是她控制不住自己，眼泪横飞。

"傻瓜，你跑什么？"他的语气无尽宠溺。

"我以……以为……"

"以为什么？"

"以为你不喜欢我。"

"所以才说你是傻瓜啊,我话都没说完啊,你就跑。"

两人在星辰下紧紧拥抱,那一刻,季晴觉得,天地静止,春暖花开。

他说:"你很喜欢《小王子》?"

"嗯,那是记忆中妈妈给我讲的最后一个故事,讲故事的时候,妈妈看我的眼神是那么的温柔,关于她的记忆,太少,太少。"

"对不起,我不知道你……"秦笙心疼地说道。

"没关系,妈妈离开我已经好多年了,比很久还要很久的离开。"季晴微笑着说。

"傻瓜,都说人离开了,便会化作天上的一颗星星,守护着想要守护的人,只不过你的妈妈已经成为了最亮的那颗星,百年之后,每个人都会成为一颗星星,守护着想要守护的人,你要好好的生活,你妈妈才会欣慰。"秦笙安慰道。

"嗯,妈妈生前那么美丽,我想她一定是最美的那颗星。"

关于母亲,一直是她不敢提及的话题,那是她内心最不愿提及的秘密呀,如今说出来,一下子轻松了许多。

她还记得还在念学前班的她要离家出走,要去找妈妈,却被季大牛狠狠地打了一顿,那时候季流川愤怒地对她喊,"你这个笨蛋,妈妈已经死了,你知道什么是死吗?"她抿着嘴角不说话,他又对她喊,"死了就是再也回不来了。"

季流川不会像她那样喊阮星语妈妈,他喊她阮小星,可妈妈似乎一点也不介意,只会看着他微笑,她的笑容好美好美。

"在想什么,这么出神呢?"秦笙的手在她眼前晃了晃。

"只是想起了小时候,关于小时候的种种。"季晴轻轻地说,语气里透着丝丝哀伤。

"听过《绿山墙的安妮》这个故事吗?"秦笙问。

"听说是加拿大蒙哥马利的作品。"

"是否愿意听下这个故事?"

"我很乐意……"

"绿山墙的农舍兄妹马修和马瑞拉,决定领养一个男孩,不料阴差阳错,孤儿院送来了一个爱幻想、老是喋喋不休的红发女孩。"

"那便是安妮吧?"

"嗯。"

"她独特的个性甚至改变了两兄妹想把她送回孤儿院换一个男孩回来的想法。"

"那她一定是一个特别的女孩吧?"

"嗯,她的确与众不同,安妮从小失去了父母,被孤儿院收养,可是她并没有成为一个性格孤僻的女孩,而是整天沉浸在自己的美丽梦幻和想象之中。"

"这让我想起了小臻。"

"那丫头一向乐观,和安妮是很像。"

"那她想象中的世界一定是美好的吧?其实,小时的我也爱幻想。幻想中世界就像水晶球里的世界,安静而美好,让人充满一种说不上的快乐。"

8

年少的懵懂,是最青涩的。

"你说得对,在安妮的想象中,是那么的美丽,樱花是一位洁白的白雪公主,苹果是一位美丽的红衣少女,黄鹂鸟是一位爱唱歌的美丽少女,她甚至能把影子和回声想象成两个知心朋友,与他们分享幸福,痛苦,幸福的日子持续了许久,但是……"他没有再说下去。

"怎么不说下去了?"

"故事,我只说到这里,剩下的部分我希望你自己亲自去看一看?"

"那好啊,我会去找那本书的。"

秦笙没有把故事讲完,而是留给了季晴自己去看,那个关于《绿山墙的安妮》的故事,是母亲离开后,她听到的第一个故事,也是人生中第一个没有被讲完的故事,故事没有说完,而她却听得很开心。

他希望她可以坚强,可以像安妮一样的快乐,她一定要做到,做一个像安妮一样的,一样乐观的女孩。

"阿笙,我们会永远在一起吗?"季晴问道。

"怎么会问这样的问题?"

"我怕身边的人离开,怕亲人离开,怕朋友离开,怕我喜欢的人离开。"

"记住,你不是一个人。"秦笙紧紧握住季晴的手心,那温热的手心,温暖了一个凉薄的秋。她和他等了许久,终于等到了一个美丽的开始,她也是那么的珍惜这份相遇,这来之不易的幸福。

在川水一中初中部与高中部之间的那条小吃街里,有一家小店很特别,那家店有一个好听的名字叫作遗漏的时光,也有人在私下里称它为时光部落格。小店靠寄存愿望营生,麻雀虽小,五脏俱全,小店布置得那可是别具一格的。有米色镂空窗帘,木质的空格架子,方形小桌,而且每一张方形小桌上都用红格桌布罩着,与此同时,每张小桌上还摆放着一束鲜花,用瓷器纹路的瓶子装着。因季节的不同,鲜花的品种也不一样,有时是栀子花,有时是香水百合,看起来很素雅。

小店里的老板娘很年轻,是前任店长的孙女,长得很漂亮,笑容很美。记忆里去那家店还是颜可提议的,她、季晴、颜可、杜愿然在相识之后，建立了深厚的友谊。常常以"川一四小花"自称，季晴魅惑，秦臻清纯，颜可甜美，杜愿然可爱，四个女孩子一站在一起就像是一幅青春美少女漫画似的，让人不注目都难。四个女孩子约着去寄存愿望，到了店里，买了彩色的许愿纸，讨论了半天，说是要约着一起考上高中部，待高考完的那一天再来看一起写下的愿望。

四个女孩神神秘秘地写下愿望，让老板娘装进许愿瓶里贴上标签放进木格子小框里，开心的微笑。

"小臻，你写了什么呀？"杜愿然问道。

"呵呵，这是不能说的秘密，说出来就不灵了。"秦臻说道。

"我也同意，愿望是不能说出来的。"季晴也插了一句。

"哎……"颜可叹气道。

"最近，我可挖掘了一个独家新闻。"颜可神秘地说给大家。

"你这个八卦大神，是不是又听到什么八卦了。"杜愿然问。

"主要是这个八卦是和我们其中一个有关。"

"快说，快说。"杜愿然显得有些迫不及待。

"我知道是什么事情了，某人最近不是笑得如沐春风似的。"秦臻打趣道。

"你们真坏。"季晴不好意思了，不就是和秦笙恋爱了。

"快说，秦笙学长怎么样，是不是像蜜糖一样甜。"颜可说道。

"是棉花糖吧？"杜愿然笑得一个奸诈。

"你们说得好像是什么一样的，卫子嘉不是一直追你吗？你好歹也表个态啊？"

"对呀，大妞妞，你是怎么想的。"秦臻问道。

"我，难道你们还不知道，我……我……"杜愿然支支吾吾的。

"你……你……你怎么了？怎么说话大变样的。"颜可可是要抱怨了。

"话说，这卫子嘉不是一直围在那个简衫宁后面吗？怎么变品位了。"季晴不由得感叹。

"人家那叫作终于有眼光了，我们大妞妞可是无价之宝呢！可不是一般人都能慧眼识珠的，嘻嘻！"秦臻在那里笑得像个小坏蛋似的。

杜愿然不答应卫子嘉不是没有原因的，她的心里一直都有一个人，虽然他们不能经常在一起，可是那个叫王小虎的傻乎乎的大笨蛋，就是她心心念念的人啦。王小虎说过，等他的饭店开起来了，就会挣好多钱的，做好多好吃的给她，为此，把她感动得稀里哗啦的。

虽然这听起来是多么平凡啊，可这就是她期望的啊！

卫子嘉对杜愿然的爱意可是够赤裸裸的，秦臻她们最喜欢去教学楼后面的大操场去写生，每次和林子陌他们在一起的卫子嘉都会主动的和她们打招呼，每次她们还在聊天的时候，卫子嘉简直是以超人的速度买来一大包好吃的塞到杜愿然怀里。她其实不想要卫子嘉的东西的，可他总是把东西塞给她就跑开了，秦臻她们真是托了她的福，每次都有好吃的，这可是把她们乐坏了。

林子陌他们很喜欢来操场跑步锻炼身体，好多人为了有一个好的体质也开始学会到操场锻炼身体了，有时候你会见到不顾形象呈大字形状躺在草坪上的男生，总是惹得女生们偷笑。还有一些初一、初二的小女生知道林子陌喜欢来这个大操场跑步，总是慕名而来，看看这个初中部的校草有多么帅气。

但不是每个人都有运气碰到，那些碰到的，简直就像是见到了偶像一样。

马上学校就要举行中考百日誓师大会了，在学校的号召下每一个班都要开一个主题班会。李果果老师策划了一个精彩的班会，主题叫作"为梦起航"。大家都无法忘记李果果老师说的那一席话吧：新的学年已悄然拉开了帷幕，我们在这里，握着勇气与希望，将展开一场属于我们人生的盛宴。

时间，是一首无声的歌；时间，是一缕无痕的风；时间，是一张没有回程的车票，转眼，毕业阶段已经来临。

回首三年的初中生活，曾经有欢畅的笑，曾经有痛快的哭，曾经有挥洒的汗，曾经有收获的甜……是的，经过了春耕夏耘，我们终于迎来了收获的季节。"宝剑锋从磨砺出，梅花香自苦寒来"，"最困难之时，就是离成功不远之日"。在座的每个人都清楚地知道它们的含义。如今，宝剑在手，寒梅飘香，背水一战的时刻到了，我们全体初三老师的心与同学们一起在跳动。

初三的书山览胜，题海遨游……有人曾说过，没有经历过大学的人生是有缺憾的，而考上高中，将是我们大学梦的起点，我们势必为梦想起航，为梦而战。

作为你们的老师，我们朝夕相伴，我们有幸陪大家一同走过了你们生命中最亮丽的青春季节。我们愿记住每一张灿烂如花的笑脸和每一个阳光遍地、书声琅琅的早晨。在这有限的时间里，我们无法给予你们更多的东西，只能倾其所有，助你们扬帆远航。

那一天，不知道怎么的大家竟然哭了。也许是李果果老师那充满感情的声音感染了每一位同学，或许是听到不久后就要毕业了，大家心里难免会有许多的想法。

那是怎样的情绪呢？如一首诗一般，美丽而感伤吧！

夜，总是无声无息，

婉约，如一娟柔美的丝绸。

微风轻拂脸颊，

是淡淡清凉，还是丝丝惊寒？

静谧，飘然若诗，

字字滴落守望的心头。

轻轻一声长叹，

道不尽万千愁思……

……

真的要走了，

不是再见！

这没有星辉的初夏的夜，

思念将从这一刻蔓延。

收集一片绿叶，

带走你的淡淡芬芳；

栽下一株生命，

根植我浓浓的记忆。

我，你无情的孩子，

春秋三载，未将你的恩情深埋。

当离别的钟声开始响起，

方回首凝望你慈爱的容颜。

我不是跳跃的音符，

我只是月光下孤独的行者。

无数个惆怅的静夜，

是你燃起一缕烛光，照亮的心间。

黑夜茫茫无边际，

我并不留恋你的凄美。

拥在绿荫怀中的温情，

是我唯一不舍的挂念！

晚风不语，

却把我的忧虑唤了来。

当岁月轮回，今日已成遥远的昨天，

你可仍记儿此刻真诚的祝愿？

夜正弥漫，

挥不去的离愁，如影随形。

你黯淡的月光，

可容得下我密密的"牵绊"？

泪珠儿，不要再调皮地翻转，

最后的时刻，我要拥抱一个清晰的视界。

三年的步履都匆匆踏过，

这一刻，我的双眸要绽放你最美的瞬间。

莫要挥动你微颤的双手，

你眼角的皱痕藏不住你内心的忧愁。

谁言此别不是再见，

心坎中满满的全是思念……

毕业，是一个沉重的词；毕业，是一个让人一生难忘的名词；毕业，是感动时流泪的形容词；毕业，是我们孤独时，带着微笑和遗憾去回想的副词。若干年后，假使我们还能想起那段时光，也许它不属于难忘，也不属于永远，而仅仅是一段成长的回忆。毕业，就像一个大大的句号，从此，我们告别了一段纯真的青春，一段年少轻狂的岁月，一个充满幻想的时代……

若真到了那个时刻，不知道会有多少舍不得呢？毕竟，大家在一起走过了那么多的日子，有欢笑也有悲伤。

9

那个女子，美若一朵天山雪莲。

不久，就要升学考试，艺术类的考生不像其他考生一样有背不完的文章和做不完的习题。

相比于普通考试，他们的文化课成绩达标就行，重要的是升学考试能够画出优秀的画作。

秦臻和季晴约好周末坐 C347 公交车去比较远的一家颜料店买比较纯正的颜料，因为老是有同学买到假的颜料，所以，即便那家店比较远，她们也很乐意跑那一趟。

谁知道这 C347 公交车也是够挤的，因为经过火车站，所以客流量比较多。虽然已是深秋，但秦臻和季晴还是被拥挤的乘客挤得一身燥热，胸闷气短的，实在受不了，还差几站就下车了。

两人一下车就像个哈巴狗似的大口大口地喘着气，秦臻四处张望的，竟在不远处看到可怜的一幕，一个小女孩，光着脚，倚在路灯下，紧紧抱着自己的双膝，用防备的眼光看着行人。已是深秋，那该有多冷啊，她穿得那么的单薄，又没有穿着鞋子。

"晴晴，你看，那里有一个小女孩，她是不是找不到妈妈了？"

季晴朝秦臻所指的方向一看，确实是有一个小女孩紧紧缩在那里，她看起来是那么的落寞而又孤单。

然后，秦臻和季晴就做了这辈子最勇敢的一件事，向她走去。

很多年后，秦臻想起那一幕，总是在想，或许，是她和季晴看多了美少女战士，希望自己也变成正义的化身，维护公平。

"小妹妹，你怎么一个人在这里，你妈妈呢？"季晴用温柔的声音问她。

"姐姐,救救我,救救我。"小女孩激动地用脏兮兮的手一把抓住季晴那件"秋水伊人"风衣的衣摆,一边用含着泪的眼睛哀求道。

"你别急,别急,慢慢说。"季晴安慰她。

"姐姐我……我……"小女孩后面的话还没有说完,竟晕了过去。

这一晕,可怕秦臻和季晴吓坏了。

"小臻,小臻,她……她怎么晕了?我没有,没有碰过她。"季晴慌了。

"晴晴,你别着急,她怕是饿晕的。去医院,医院。"秦臻提议道。

"医院,对,你看我一着急就什么都忘了。"说完,季晴掏出口袋里的手机,打电话给家里的司机。

"吴伯,在吗?"

"小小姐,有什么事情?"

"我和朋友遇到一点麻烦了,你来送我们去一下医院。"

"小小姐,你怎么了,受伤了吗?我马上,马上就来,你们在哪里?"

"我们在火车南站这里。"

"好,好,我马上就到,你别着急啊!"

这吴伯是季晴他家的老司机,从小看着她和季流川长大的,像爷爷一样,对他们兄妹俩可好了。

听了雪落儿的讲述,两个少女的心久久不能平静,那是秦臻和季晴不敢相信的事实,可是,它就是那样的真实。

"雪落儿,你想过爸爸妈妈吗?"秦臻问道。

"一开始,我很想,很想很想,可是每当我看到爷爷对我慈祥地笑,我就不想再问下去了,我觉得只要能和爷爷在一起,我就很快乐,可是,都这么久了,爷爷也不知道怎么样了,他是不是很担心我,爷爷一个人在家里，那该多孤单啊！"雪落儿叹息道，眼里充斥着淡淡的忧伤，苍白的面容上是一串串滴落的泪珠。

"我出生的时候，就没有见过我的爸爸，十多年了，我都不知道他变成什么模样了，他是否还记得还有我这个女儿，他是否会想念我，每次想问妈妈，可是看到她的微笑，我也不想再问下去。其实，和妈妈生活在一起也没什么不好，可是，我还是希望有爸爸，雪落儿，我能理解你的心情，但是，我们都要坚强，不要轻易哭泣，你知道向阳花吗？"秦臻说道。

"嗯。"雪落儿点点头。

"向阳花总是朝向阳光，所以，总是那么的灿烂，我们也要像向阳花一样要去拥抱阳光，这样，生活才会充满希望。"秦臻微笑着，眼里充满着希望。

"雪落儿，不要怕，都没事了，从现在开始，你就是我们的妹妹，我们会帮助你的。"季晴多么希望眼前这个美丽而命途坎坷的女孩是自己的妹妹。

"晴晴说的好，雪落儿，从现在开始，你就是我们的妹妹，我们会帮你找到爷爷的，还有那些抓你的坏人，总会受到惩罚的，你要相信，上天不会让坏人得逞的。"秦臻坚定地说道。

三个女孩在医院里紧紧相拥，内心里充满了从未有过的勇气，那一刻，好似雪山融化，春暖花开。

若有一天，你看到了不该看到的东西，你要如何抉择，是沉默还是予以还击？对于15岁的少年来说，这似乎有些难。

那个周末的午后，他去爸妈的主卧室找东西，那个时候他的父亲正在浴室里洗澡，他的衣物很散乱地丢在了床上，无意中，他被地面上的一张相片所吸引，他拿起照片，看了一眼，又惊慌的逃出门外，心跳不止。

照片上是一个美丽微笑着的女子，怀里抱着一个四五岁的小男孩，若不是那女子如此年轻，他真的以为那个小男孩就是他自己，若不是仔细看，没有人会发现，那男孩与他相比只是在左眼角下面一点少了一颗泪痣。林子陌也有那个年纪的照片，他从出生的那一刻就带着一颗泪痣，浅浅的、褐色的。

小时候，秦臻总是说，阿陌哥哥，你的泪痣真好看，为什么我就没有呢？他总是笑着对她说，笨蛋，有泪痣又不好，会流眼泪的。她又睁着她的大眼睛说，阿陌哥哥，那为什么我从来没有见过你流眼泪呢？他义正词严的拍拍胸脯，妈妈说了，男子汉大丈夫只流血不流泪，谁会像你一样，一天的哭哦，哈哈。那时候，小小的秦臻很委屈地撇了撇嘴，那模样，可怜兮兮的，就像一只被丢弃的小猫咪。

于是，几天后，这个15岁的少年做了一件事，跟踪他的父亲。

带了身上所有零花钱，雇了一辆出租车跟在他父亲的车后面，几经颠簸，终于到了目的地。

他看到父亲走进一家名叫，惜年·流云涧的琴房，一个女子走了出来，微笑着拥抱了他的父亲，他的父亲也微笑着拥抱了她。她是那么的美丽，林子陌从来没有见过那样美的女子，她以为秦阿姨已经是这世间最美的女子了，没想到还会有如此美的人，她看起来并不是那么的青春，而是有一股风韵，一种婉约和静美，这让他想到了雪莲，出尘的雪莲花。

原来，她便是父亲深爱的那个女人，她的确与母亲一点也不一样，母亲是那种很小资的，穿的都是一些品牌，而那个女人穿得很普通，却是气质优雅。

"妈妈，我回来了。"苏皓霖喊道。

一个声音引起了林子陌的注意，他一看，不敢置信，那个少年有着一张和他极为相似的脸，90%的相似，他穿着一件黑白格子衬衫，手扶着一辆自行车，头发乌黑，面容俊美，一个想法出现在他的脑海里，那个人是……是……定是他素未谋面的弟弟。

瞬间，一种莫名的情绪涌上心头，若不是他们一家，母亲又怎么会那么痛苦？可是，他好像一点也恨不起来，不知道为什么，他觉得那个弟弟很亲切。

他生活也不是很好吧？没有父亲的日子，他是怎么长大的？小时候，是不是会有同龄的人欺负他，嘲笑他？想到这些，林子陌的心忽而变得很柔软，很柔软，那纠结的情绪也烟消云散。

他没有选择去仇恨，而是去理解，他把看到的一幕悄悄放在心里，不去打扰，不去揭穿。

林子陌大概就是那样的人吧，比别人多了一丝善良与宽容，这个15岁的少年用他对世界的理解来原谅那些来自家庭带给他的痛与伤害，他就像是那个遗落在凡间的天使，有着一颗最纯善的心。

川水初中部，下课铃一响，学生们又活跃起来了。

"秦小臻，听说你和季晴捡到一个小女孩。"颜可好奇地问。

"不告诉你，哈哈。"秦臻回答。

"我说，秦小臻，你不能这样啊，你这不是让我这个热衷八卦的大神更无限的好奇吗？"颜可又开始了她的理论了。

"我说你这厮是跟尹俊混久了，也沾染了他的自恋气了吧？"秦臻打趣道。

"没……没啊！你不能这么抹黑我啊！"颜可装作很委屈的样子。

"好了，看在你这么好奇的分上，就告诉你好了。"秦臻捏了捏颜可的小脸。

"秦小臻，你这个小魔王。"颜可被捏疼了，抱怨道。

"这个事情呀，你可以问问晴晴的，现在那个小妹妹住在她家。"秦臻解释道。雪落儿在医院休养了几天后，就被季晴接到家里了，他老爸一直宠她，她要是喜欢就算带一大群回家，也不会有人说她半分。

"你们在说什么这么热闹？"季晴问道。

10

那些流年里的哭与笑。

"就是在说，你们捡来的那个小女孩啊！"颜可眼睛都笑成一条缝了。

"人家有名字的，叫雪落儿，下雪的雪，落花的落。"季晴解释道。

"哇，这名字好好听。"颜可称赞道。

"确实好听。"秦臻也跟着称赞。

"我们遇见她那会儿，她连鞋子都没穿，多冷的……"季晴讲起了与雪落儿遇见的事。

"好可怜啊，晴晴我真不敢相信。"颜可简直不敢置信。

"我们还要帮助雪落儿找到她爷爷呢？"秦臻说道。

"用得着我的地方尽管说，我也可以出一份力，你们知道……我最擅长什么，呵呵！"颜可笑嘻嘻地说。

"知道了，赶快上课啦，不会少了你的。"季晴说。

几个少女，充满热血，在未知的岁月中上演了一出出感动人心的事情。

转眼已是来到川水市区的第三个秋天，秦臻也叹起了时光流逝之快，青葱岁月，不留痕迹，从一个纯真而稚气的女童长成一个明媚而秀气的少女，这段过程里，那颗心也是变幻莫测，年少的心事就像是藏匿在潮湿里的青苔，那么不愿接受阳光的洗礼。

看似阳光开朗的少女也有许多属于自己心事，秦臻好像对秋天有种莫名的情愫，她喜欢脚踩在落叶上发出的沙沙声，她喜欢清晨里第一束微光，她喜欢浓雾，一层又一层的，就好似儿时玩的迷宫。

不知怎的，常常怀念起童年的点点滴滴。

小时候的她最爱玩跳皮筋了，和王小虎、大妞妞一起玩得浑身脏兮兮的。他们最喜欢的就是跳《弹棉花》了。

"小河流水哗啦啦，我和姐姐采棉花。姐姐采了二斤半，妹妹采了一朵花。姐姐得了大红花，我只得了布娃娃，布娃娃上学校，学学学文化，画画画图图，图图图书馆，管管管不着，着着着大火，火火火车头，头头大头你别走，前面有个理发馆，不用剪子不用刀，一根一根往下薅，薅的脑袋起大包，红包绿包大紫——包！"

而她的阿陌哥哥总是穿得干干净净的在一旁看着他们玩，秦臻忍不住了，跑去问他，"阿陌哥哥，你不玩跳皮筋吗？"

"那是你们女孩子玩的啊！"小阿陌认真地回答。

"可是，王小虎也玩的呀！你真不玩吗？"秦臻不甘心地问。

"等你玩够了，就去写作业。"小阿陌又认真地说。

"那我再跳几回。"

于是，秦臻又和他们跳起了皮筋。有时，他们玩的是跳大绳，还有跳词呢！

他们每次玩得都可开心了。她就是孩子王，只要她在，他们总是能够笑得很开心，秦臻最得意的一件事，就是玩玻璃珠，一般只有男生爱玩，可是她玩得可好了，她还赢了王小虎几十颗玻璃珠呢！为那件事，王小虎总是不服，带了一大群男生来挑战她，可是，都被她一一打败了，于是，他们就像一只只垂头丧气的斗败了的公鸡一样，秦臻每次都会在心里悄悄地笑他们呢！

后来，他们就臣服于她了。所有她还有了一个称号：秦小霸王。

她的阿陌哥哥做得最多的事情就是练琴了，在那个时候有些同龄孩子连真正的钢琴都没有见过，而他的阿陌哥哥家就有一台好几万的钢琴了，那可是好贵的。其实，比起弹钢琴，他的阿陌哥哥更喜欢吹口琴，可是林姨不让他吹，他就躲起来悄悄吹。

那时候她喜欢坐在青木河旁，听小河哗啦啦的流水声，他也跟着她坐在她身旁，他就从口袋里拿出一个口琴，吹了起来，那曲子纯美而悠扬潺潺的，荡漾在心头，久久不肯散去。

"阿陌哥哥，你吹的曲子真好听？"小女孩用灵动的大眼睛望着他说，小脑袋上两个羊角辫在他眼前晃来晃去的。

"小臻很喜欢吗？"男孩开心地问。

"嗯。"女孩重重地点了点头。

"那以后你想听，哥哥都给你吹好不好？不过，你不要告诉我妈妈哦！"男孩嘱咐道。

"那我们拉钩钩吧？"女孩提议道。

"拉钩上吊，一百年不许变。"

"拉钩上吊，一百年不许变。"

两个孩子互相望着对方，笑了起来。青木河的水还在哗啦啦的流，那么欢快。

长大后，秦臻才知道了那首曲子的名字。

颜时业听到女儿讲述的时候，只觉得那不仅仅只是一件拐卖少女案那么简单，于是让女儿把另外几个女孩叫到家里做笔录。

"爸爸，这两位是我的同学，也是我的好朋友，而这位小妹妹就是我和你提起过的雪落儿。"颜可悉心地向父亲介绍道。

"小晴，都这么大。"颜时业没有想到女儿的同学竟是故友的女儿。

"颜叔叔，好久不见！"季晴笑着对颜时业说道。

"爸，你们认识？"颜可不可思议了。

"我小些的时候，颜叔叔来过我家几次的。"季晴向大家解释。

"你们都大了，叔叔我也老了。"颜时业不禁感叹。

"爸，你才不老呢！"颜可撒娇地说。

"都别站着了，走，进屋里去，颜可去倒水。"颜时业对女儿吩咐。

"孩子，你叫？"颜时业看着她的眉眼，心里顿时风起云涌。

"叔叔好，我叫秦臻。"秦臻有礼貌的回答。

"你是秦天的女儿吧？和他就像是一个模子里刻出来的。"颜时业显得有些激动。

"颜叔叔，你认识我父亲。"秦臻的心里也翻起了阵阵波涛，久久不肯平息。

"那都是 15 年前的事了，过去的就别提了。来说说，你们想怎么帮助小雪落儿的？"

颜时业故意把话题岔开，回忆，却席卷而来。

15 年前，他还不是川水市公安局局长，那时的他还是一名侦查刑警，他是带队小组长，曾与小组队员协同上级一起破了一起名动一时的川水走私贩毒案，那一天，死了好多人。其中缉拿的那名毒枭就是秦天，他入狱的那一刻，还是他给他铐上了手铐，那一幕，十多年后，仍然无法忘记。

"雪落儿，你还记得你是被什么样的人抓走的吗？"颜时业问。

雪落儿很认真地把自己的经历细致的讲给大家听，听得大家又心疼又气愤。在颜时业的帮助下，雪落儿再次回到北城，回到北村。陪同她一起的还有秦臻和季晴。可当雪落儿回到家的时候，根本找不到爷爷的身影，破房子里空空荡荡的，那些废弃的瓶子被随意地丢在地上，以前爷爷在的时候,东西都是整整齐齐的。

"爷爷,爷爷,我回来了。"雪落儿大声地喊,可是并没有听到预想中爷爷的应答。顿时,她变得很失落,从来没有过的失落。

第五章
向阳微笑

1

是花季，是雨季。

"雪落儿，你别急，要不，我们出去找找？"秦臻提议道。

她们走到了村子中心，村子里一位老人见到雪落儿就着急地说："闺女，你可回来了，王老汉回到家找你找不着，后来听说你怕是被人贩子拐走啦，一急之下就晕了过去，怎么救也救不过来了，村委会看他着实可怜，给埋在后坡了。"

"阿婆，你说什么？"小雪落儿浑身颤抖。

"闺女啊，去看看吧，命苦的孩子，也不知这造的是什么孽？"老婆婆话毕，抹了一把眼泪，看来是个有怜悯之心的老人家。

小雪落儿一下子跌落在地面，眼泪大颗大颗地滚落，她呜咽着说："我该怎么办？爷爷怎么会没了呢？我还没有给爷爷买大房子呢！姐姐，爷爷不是在等我回家吗？"

她用无比哀伤的眼睛望着秦臻和季晴。

"雪落儿乖，不哭了，好不好？"

"你还有我们，走，我们去看看爷爷。"

雪落儿一听到爷爷两个字乖巧地点了点头。所谓后坡就是葬人的地方，三个女孩去到后坡的时候，看到一了座新坟，就一土丘，连个墓碑都没有，心中，又满是凄凉。秦臻和季晴随雪落儿跪在王老汉的坟前，此时的她们心中只有无限的哀思与浓郁的悲伤。雪落儿悲伤爷爷的离开，秦臻、季晴悲伤雪落儿的凄惨遭遇。

"爷爷走的好惨，我恨那些绑走我的人。"小小的雪落儿说道。

"那些人不会有好下场的。"秦臻安慰道。

那时，夕阳将天际染成一片红，江边传来几只大雁的哀鸣，雪落儿想起了最后一次见到爷爷的画面，那一天，无比温馨。

"爷爷，老师说，下个星期要让我代表学校去参加一个晚会呢！爷爷，我可以去唱歌了，爷爷，到时候，你一定要去看我唱歌。"雪落儿激动地说。

"好孩子，爷爷的骄傲，等明天我俩去赶集，爷爷给你买一双新布鞋。"王老汉高兴地说，皱巴巴的脸一动一动的，显得有些可爱，这个捡来的孩子陪伴着他，从小就听话，学习又那么认真，不知道哪家狠心的爹妈竟然把这么可爱的孩子丢在雪夜之中，真是要遭天谴，遭天谴！

"爷爷，不用买了，上次你给我买的布鞋我还留着呢！"雪落儿就只有两双鞋，一双塑料凉鞋，虽然便宜但是穿很久都不坏，另一双是爷爷给买的布鞋，她总是在特殊的日子才穿，穿完之后，就拿小刷子认真的到江边刷洗，再在篱笆旁，用一个纸片片垫着，在阳光下晒干，等干了之后，又小心翼翼地把鞋子收在她的盒子里才放心。

"好,好孩子。"王老汉在院子里整理着那些捡来的瓶瓶罐罐和废弃书本,雪落儿就在葫芦架子下搭了一个小桌子认真地写作业,她一笔一画都写得极其细心。

而现在,一切都成为幻影,那些温馨而美好的画面,如同阳光下的泡沫,一触就破。

"姐姐,我要给爷爷唱最后一首歌。"雪落儿呜咽着说道。

"嗯嗯,爷爷会高兴的。"季晴说道。

于是,雪落儿唱起了那首爷爷生前她最喜欢给爷爷唱的那首儿歌《虫儿飞》:

黑黑的天空低垂

亮亮的繁星相随

虫儿飞虫儿飞

你在思念谁

天上的星星流泪

地上的玫瑰枯萎

冷风吹冷风吹

只要有你陪

虫儿飞花儿睡

一双又一对才美

不怕天黑只怕心碎

不管累不累

也不管东南西北

秦臻和季晴也不由自主地跟着唱了起来,用一首歌,来诠释我最后的想念。

用一首歌的时间,来倾诉我最后的思念,爷爷,我不会忘记你,永远不会。

你的雪落儿将来一定会成为最出色的人，爷爷，我会给你争气，爷爷，我会成为最出色的人，爷爷，我不会让你失望。

再见了，爷爷！

我还会来看你的，到那时，我会满载一身荣耀，给你些许安慰，爷爷，我信，我信上天一定会还你一个公道，我信，我信那些不法之徒，定会受到应有的惩罚，一定会的。

再见了，北村！

雪落儿随秦臻和季晴又回到了川水，在秦臻的劝说下，苏淼淼领养了这个孤苦的孩子，对于秦臻家来说，无非就是添了一双碗筷的事，对于雪落儿来说却是莫大的恩情，她不仅有了一个家，还有了家人。第一次，雪落儿觉得那么温暖。

午后的阳光暖暖地打落在人的脸庞上，林子陌拿着一本书在看，他看得很认真，根本没有发觉后面有个淘气鬼。

"阿陌哥哥，你这个呆子。"秦臻娇嗔地说道。

"哟，某人今天这么闲。"林子陌把书拿开，看着她，她今天穿着一件红色针织衫，衬得肤色越发白皙明亮。

"我都好久没有见到你了，快说，去哪里潇洒去了？"秦臻走到他身旁坐下，闻到他身上传来的淡淡薄荷香气，不禁微微脸颊发烫。

"我能去哪里呀，还不是一样，听说某人多了一个妹妹。"

"你说雪落儿，我对她一见如故呢！"秦臻笑着说道。

"秦姨还好吧？好久没有去看她了。"林子陌问道。

"你说我妈妈，还不是老样子，现在多了一个女儿，高兴着呢！雪落儿可漂亮了，已经给她办了入学手续，在实验小学读书呢！等放假，我带你去看她，她真的可爱极了。"提起雪落儿，秦臻又忍不住称赞。

"某人既然开口了,那肯定是得看一下啰!"林子陌说道。

"升学考准备得怎么样了,有信心吗?"

"那是肯定的,我可是秦臻哟!"

"阿陌哥哥,等放假了,我们去看外婆吧!"秦臻提议道。

"某人其实是想吃好吃的吧?"林子陌一眼就看穿了她的小心思。

"我就是想啦,呵呵!"

"傻妞一个。"

"阿陌哥哥,你怎么又骂人了。"

"有吗?呵呵!"

两人说说笑笑,很是和谐。

秦臻又遇见了季流川,他仍旧美得不可思议,只是,他看她的眼神显得极为复杂,又充斥着淡淡的忧伤,其实她并不是不懂得他的心意,可是,她无心把精力放在感情的事上,再说,她只是小镇来的一个平凡女孩,他们有钱人的世界她不懂,也没有想过要去融入那种生活。

一切,随缘吧!她是那么告诉自己的。

时光静静流淌着,转眼三年的初中生活已过去。

那是初秋的第一场雨,把地板冲刷得格外明亮。院子里的秋海棠却开得很浓郁,飘来淡淡的馨香,葫芦藤上,一个个葫芦儿被风儿吹得荡来荡去。秦臻养的那只黑猫却顽皮而固执地和墙角旁的一根小草作斗争,它把那根杂草视为仇敌,与之搏斗,不亦乐乎。

秦臻忍不住走到墙角抱起猫咪,经她的手一抚摸猫咪变得很温顺,还讨喜地喊了几声喵喵,这只猫咪是秦臻和雪落儿从外面捡来的,雪落儿给它取了一个名字,叫小黑。母亲从厨房里出来,放下手中的围裙说:"臻臻,你真不打算住在伯伯家了吗?你婶婶还念叨着你呢!"

"妈妈,我想学着独立了,再说,过了立秋,我就满16岁了,我都是大姑娘了，阿陌哥哥都决定要住校了，我可不能输给他。"她无比坚定地对母亲说道。

"你林伯伯也是，你林姨那么好的一个人他竟然不要，阿陌那么好的一个孩子，他倒忍心和他妈妈离婚，唉……"苏淼淼长长地叹了一口气。

"妈妈，阿陌哥哥家的事好复杂，还好阿陌哥哥是个坚强的人呢！不然升学考那会儿肯定要受很大影响呢！"秦臻也感叹了。

"难为他还考了全市第一呢，不过另外一个和他并列第一的是谁啊？妈妈好像没有听过他哈？"苏淼淼好奇了起来，能和林子陌不相上下的孩子。

"我只知道是花溪来的。"秦臻淡淡的说。

"花溪倒是个山清水秀的地方。"苏淼淼称赞。

"妈妈，你去过？"听母亲一称赞，勾起了秦臻的好奇。

"以前和你爸爸去过。"苏淼淼提起了秦天。

"哦。"秦臻显得有些漫不经心。

"臻臻姐，你怎么又在看《风之语》了，那本书你都看了多少遍了。"雪落儿问道。

"你不知道，这本漫画自有乾坤呢，呵呵！"秦臻神秘地说。

"什么乾坤啊？"雪落儿好奇了。

"小孩子自然不懂，呵呵，偏不告诉你。"秦臻打趣起雪落儿。

这时，苏淼淼又从厨房里端出两碗莲子羹，笑着说："都别玩了，先来喝点莲子羹，你两姐妹不是一天的闹着要喝吗？妈妈给你们熬了一上午了。"

"妈，你真是太善解人意了。"秦臻又撒起娇来了，而雪落儿被美味吸引得只顾着喝。

"落落，别喝那么急，厨房里还有好多呢！"苏淼淼看着小女儿嘱咐道。

"妈妈，你的手艺太好了。"雪落儿把碗底的都喝了个精光。

自从秦臻家领养了雪落儿，雪落儿便和秦臻一起喊苏淼淼妈妈，苏淼淼也很高兴多了一个讨巧的女儿，这个雪落儿，不仅懂事长得又漂亮，小小年纪做起家务样样拿手，不像秦臻只顾着偷懒。

2

谁把流年蹉跎，唱成笙歌曲？

"我说落落，你真不去市一中？你臻臻姐、大伯在市区可以照看一下你嘛！"苏淼淼希望雪落儿将来可以有一个好的前途，多少家长都争着把孩子往市一中送呢！这孩子有这么好的机会都不要。

"妈妈，我想和你在一起呢！再说，在镇上没什么不好呢！妈妈，你得相信我，再说，臻臻姐将来念大学还会用着更多钱，去市里费钱。"雪落儿表现出与年龄不符的善解人意，很是让人欣慰。

"你去市里，不是经常可以见到我，还有你季晴姐姐，你不是还整天和我念叨她嘛，谁一天地说着，臻臻姐，我们什么时候去找季晴姐姐玩？"秦臻打趣道，这孩子就是太会为别人着想了。

"臻臻姐，我在家还能帮你收拾一下房间呢！"雪落儿笑得那个一脸狡猾的。

"妈妈，你看？"秦臻向苏淼淼撒起娇来，人家不就是懒了一下下嘛！

"好啦，好啦，你们喜欢什么就按什么方式去，你们都要学着长大，妈妈只能给你们一些建议。"苏淼淼又把她姐妹俩的碗收拾进厨房。

"妈妈，我不要店里卖的被套？"她一向不喜欢做工粗糙的东西，这点都是苏淼淼惯出来的。

"妈妈想着你会用到，给你缝制了一套丝绸的，上面亲自给你绣了你喜欢的莲花图案。"苏淼淼想到女儿总要住校的，所以早早地亲自给她缝制了一套。

"妈妈，你是天下手最巧的人。"秦臻不由得称赞起母亲来。

因为苏淼淼不放心秦臻一个人，这次亲自送了她到学校呢！高中部不同初中部，有来自不同地方各式各样的考生，而初中大多都是川水的。秦臻与季晴她们几个同学都以出色的成绩升了高中部，林子陌更是以川水第一的成绩进了重点班，大家都说，三年后，高考理科状元非他莫属，但是比起林子陌的出色大家都在讨论的一个人物是与林子陌并列第一的一个神秘人，大家只知道他来自花溪，有一个好听的名字苏皓霖，而关于他其他的消息一点儿也打听不到。

秦臻被分到高一（7）班，季晴也在。而简衫宁居然也要住校，而且还把家里保姆带进了宿舍为她整理事务。那些来自乡下的同学估计从来没有见过这样的阵势，忍不住议论纷纷。而简衫宁得意的鄙视了那些人一眼，还说人家是乡巴佬，满身都是穷酸气，把一个胆子小的女生吓得大气不敢喘，对她唯唯诺诺的，让人不禁感叹。

那天秦臻去洗漱台洗脸的时候，她就朝她的镜子泼了一杯水，她估计是要来洗杯子的模样，秦臻才不怕她，她秦臻从来就没有怕过，于是，她把漱口水也泼在镜子上。

"哟，脾气还这么大？"简衫宁讽刺道。

秦臻不想理这种人，拿着洗脸盆准备回寝室，没想到简衫宁居然想让她出糗，秦臻很巧妙地躲过了她伸出来的"金脚"，简衫宁没有想到她秦臻还是有脑子的人，结果没把她弄跌倒，自己反而摔在洗漱台旁边的脏水上，生气地说了一句，"秦臻，你？"

只听见有人拍手鼓掌，嘴里说着，"精彩啊，害人不成终害己。"回头一看，是季晴，她一身光鲜亮丽与简衫宁的狼狈形成了鲜明对比。

"你们？"简衫宁一肚子气，但看到季晴又不敢发作。但凡是川水一中的学生都知道，惹谁也不能惹季氏兄妹，对于这一点她还是畏惧的，但她在心里说，总有一天你们会后悔的，她的脸上浮出一丝恨意。

川水高中部种植了许多梧桐树，每当秋风吹拂，那些枝头上的落叶就款款而落，在空中盘旋，起起又落落，如飞舞的彩蝶，美不胜收。

秦臻坐在木长凳上，进行写生，她的头发柔顺地垂落在背后，低垂眉眼，皮肤格外地白皙，比起如画的风景，她坐在那里更像是一幅画。来往的人纷纷把目光落在她身上，而她却很认真，没有发现那些打量她的人，此时的秦臻已不再是那个稚气未脱的小女孩，而是一个出落得亭亭玉立而又落落大方的美少女，二八年华，是最灿烂的年华，她如阳春四月枝头盛开得最绚烂的那朵花，芳香四溢。

手机铃声响起，传来熟悉的旋律，那是王菲的《流年》。

"喂，晴晴，你找我什么事呢？"

"秦小臻，你还不还来，我一个在宿舍无聊死啦！"季晴在电话一头抱怨道，她刚回到宿舍一个人也没有。

"好啦，我已经到宿舍楼下了。"秦臻笑着说道。

"我来接你。"秦臻话还没有说完，那头就把电话挂了。一分钟后，季晴出现在她面前。

"臻臻，你怎么回事，打着伞，还淋了这么湿，会感冒的啦！"季晴关切地说道。

"刚刚回来的路上，被一个人不小心撞倒了，我的画稿都毁啦！"一想起她的画稿，她又开始难过啦！

"哎呀，你呀，整个川水一中还能找出一个比你还有才情的美术生吗？不要整天你的画稿啦，快把你的衣服换了。"季晴嘱咐道。

"知道了，我的季大美女。"

"你……?"

"呵呵!"

两人在寝室里有说有笑的。

"下周六要举行迎新晚会呢，你们班准备得怎么样?"季晴一边坐在床上玩着她的维尼熊一边在说着，那只玩具维尼熊被她捏来捏去的，都快扭曲了。

"我同学已经在排着节目了，你们准备得怎么样?"秦臻回答着季晴的问题，一只手扯过一块干毛巾坐到季晴对面的床上认真地擦着头发。

"我们班节目不够，然后，我准备上台独舞。"

秦臻想了想，"我知道你舞跳得很不错，可是你一个人，会不会害怕?"

"肯定是有点啦，一个人独舞是需要勇气的，即便我有过许多年的芭蕾舞功底。就当给班级出一份力啦，呵呵!"

"那你呢，不准备去表演一个吗？这可是个锻炼的机会呢!"季晴丢下手中的维尼熊，坐到秦臻身边，捏了捏她的脸。

"我说季大美女，不要捏我脸啦，我不是你可怜的维尼熊。"秦臻抱怨道。

"我的熊呀，我觉得我对它挺好的呀，每天都和我一起入睡呢!你还没说，你怎么打算的呀?"

"我嘛，你要我上台，还是一刀把我咔嚓掉算了，对于表演这个问题，就是我的血泪史呀!"秦臻突然回忆起小学毕业那全体师生哭泣的一幕，她觉得自己真的就是个"矫情大圣"，不就毕了个业吗？居然哭得像是要奔丧似的，越想越觉得哭笑不得的。

"好啦，你不去没关系啦，到时候记得给我送花哦，我要一大束的。"

季晴娇嗔地说道。

"知道了，我的晴晴大美女。"

秦臻正准备爬上床补个觉呢，就听到刚回来的舍友小至说，楼下有人找她，她还好奇这个时候会是谁呢？小至一脸兴奋地说："秦臻，那个人是谁呀？超级大帅哥哦，窗口有好多女生都在看他呐，那个盛状啊，叫人不激动都难。"

"你等着，我去看看。"于是，秦臻走到窗前一看，是林子陌。

"谁呀？快说。"小至一脸期待。

"是我哥哥呢！"秦臻看到他的阿陌哥哥提着一大兜东西，看到她用眼神示意她下楼呢！

"晴晴我出去一下，阿陌哥哥来啦！"

"哦，记得替我问声好。"季晴玩起了她的平板电脑，看着热播的电视剧。

"知道啦。"

走到楼下，微笑地看着他，喊了一声阿陌哥哥，少年今天穿着一件绿色格子衬衫，更衬得他肌肤白皙，俊美的脸庞让人看了有些美得不可思议，那颗泪痣更为他增添了一丝风华。

"刚从家回来，给你带了你爱吃的。"林子陌把东西递给她，宠溺地揉了揉她的发，她的头发乌黑而柔顺，很像广告里代言洗发水的模特儿。

"这么久才来找人家，放暑假那会子都不来看人家，现在想贿赂我呀！"从升学考试后，就没见他的身影。

"我妈妈出国了。"少年眼里透着淡淡忧伤。

"……"秦臻心疼地看着她。

"爸爸和那女人结婚啦，他们在另一个新家里。"少年淡淡地说。

"我明白了。"秦臻恍然大悟的样子。

"明白什么?"少年不解地问。

"阿陌哥哥,昨天我遇见一个和你很像的人,应该是你……弟弟吧?"秦臻很小心地说道。

"我不承认他的,爸爸承认是爸爸的事,和我没有半点关系。"林子陌坚定地说道。

"阿陌哥哥,你别难过,不管怎么样,我都会站在你身边的。"秦臻坚定地说,两人相视一笑。

"快去休息吧,明早要开始上课了。"林子陌嘱咐道。

"知道了,你也是,呵呵!"

"那我走啦?"

"拜拜!"

3

那阵叫作父亲的风,在她生命里一闪而过。

母亲打电话来的时候,她还撑着一把红色的雨伞,和普通的学生一样,穿梭在偌大的校园里。

"小臻,你爸爸他……你爸爸他……他……"电话那头是母亲焦急的声音,一种不好的预感涌上心头,"妈妈,你别急,爸爸他怎么了,你好好说?"

"宝贝,你要冷静,你爸爸他死了。"电话那头是母亲的哭声,每一声都紧紧撕扯着她的心,难以呼吸。

"妈妈,我不相信,爸爸在监狱里不是好好的吗?不是说表现好的话还会给减刑的?怎么会这样?怎么会?"

脑海里还是与父亲最后一次见面的模样,那是她第一次见到父亲的模样，没有想到也是今生最后一次相见，从此，便是生死两隔。他穿着囚服，可无法掩盖他异常英俊的模样，脸色因长年见不到阳光而异常的白，嘴唇也是干裂得有些脱皮，唯有那双眼睛是那么的明亮，那么的清澈，如同一汪静静的潭水，那一刻她忽然明白母亲为什么要在这个名不见经传的小镇，为他画地为牢死守那么多年，那一双眸子，任谁看了都愿意深陷其中，不能自拔。他微笑着扯开嘴角对她打招呼，"我的宝贝，你和你妈妈一样漂亮！"

十多年来对于父亲的种种幻想，种种思念，在眼前这一刻逐渐清晰，他微笑着从监牢里伸出手来对她说，你是宝贝，和你妈妈一样漂亮？他的眸子里含着热泪，透着明亮的光，那一刻，秦臻发誓，她再也没有见过比父亲还要温柔而又英俊的男人，尽管他已至中年。

"爸爸。"那是在梦中喊了无数回的声音，终于喊出了口，"我很想你！"泪水，大颗大颗地滚落，再也忍不住，父女俩隔着铁栏杆，紧握着双手，泣不成声。"爸爸对不起你，对不起你！"他的声音是深深的痛惜，而秦臻却说不出话来，只是不停地摇着头，倔强地望着他，泪水却怎么也止不住，"妈妈她很爱你！"

"对不起，对不起！"他蹲下去，抱着头，更是哭得歇斯底里，那声音里好像隐藏着多少年的思念与伤痛，好像又透着多少无可奈何与身不由己。

"妈妈让我带给你一句话，她说她此生无悔！"秦臻看着父亲，他忽而站起身来挤出一个微笑，"等再过几年，我们一家人就好好在一起。"

"等再过几年，我们一家人就好好在一起。"父亲的话仿佛还在耳边回响，那么好听而又清晰，那声音里充满着对生活的热爱和对一家人团聚的期盼。他仿佛在微笑着看着她，逐渐远去。她再也撑不住，重重地跌落在雨水与淤泥里，直到眼前一个身影替她挡着雨，温柔而宠溺地对他说：

"不哭了，我们回家。"

原来，她的阿陌哥哥，一直跟在她的身后。

父亲的葬礼上，秦臻的眼睛肿得像个核桃那般大，来了许多人，秦臻已经无暇顾及，她的心如同被灌满了铅，沉重得难以呼吸。遗像上的男子，笑得那么灿烂，他甚至还没有和她吃过一顿饭，逛过一次街，去过一次游乐园，他还没有给她过过一次生日，参加过一次毕业典礼……他离开得那么仓促，那些看似最简单而又平常的事，是她从来没有拥有过的幸福。

他在她的成长里缺席了那么多年，然后，又如同一场风一吹而过，这场风叫作父亲，她存在这个世界上，却在她生活之外，而又消失在她的生命里，如同一颗流星，美得让人舍不得移开眼目，却又抓不住，流星终究要陨落，而我是你的骨血，要带着你的延续继续前行。

"小臻，我给你爸爸换衣服的时候，发现了几封书信，放在房间的柜台上，你拿去吧？"苏淼淼憔悴地说，昔日红润的脸几近苍白，无一点血色。

"妈妈，你去休息一下吧？"秦臻紧紧握住苏淼淼的手，她却摇摇头，手里牵着雪落儿，雪落儿的眼睛同样哭得很肿。

"臻臻姐，我会陪着妈妈的，你别担心了，你忙你的，肯定还有许多事情需要你。"才念初一的雪落儿显得很懂事，很细心。

"小臻，我们过去那边吧？"林子陌在她耳边轻轻地说，紧紧握着她的手心不放开，作为秦家的长女，虽然才16岁，可她表现得如同一个大人一般，处处为母亲分忧，在许多事情上已经有了自己的主见。

"阿陌哥哥，你说妈妈她为什么要把那些书信留给我，她不是应该亲自看才对吗？"秦臻显得很疑惑。

"或许，秦姨是怕触物伤怀，秦叔叔他才……"林子陌在一旁说道。

"嗯，是我忽略了这点了。"

没想到颜可与她爸爸也来了，颜时业一进来就跪在秦天的遗像前，在外人看来，不过是最基本的死者为尊而已，而他却跪了很久。

颜时业看着照片上那个年轻的男子，心里百感交集，又心生悔恨，多么年轻而又无辜的一条命，没有想到季大牛还是忍不住出手了，心里有一个声音在说："他早该倒台了，可是就连我们也拿不出他犯罪的证据，你，蒙冤了，我知道，你走的不明不白的，就连临死前也不知道是你的兄弟给你摆了一道，把你送上黄泉的，如果有机会，我会帮你沉冤得雪的，你，好好走吧！"

他又磕了几个头，走到苏淼淼面前说了一句，嫂子，节哀！苏淼淼的泪又忍不住落了下来，颜时业带着颜可准备要走，秦臻追了过去，"颜叔叔，我有话要和你说。"

他看着秦臻，一脸凝重之色，复又点了点头，又看了身边的颜可一眼，示意她等着，颜可会意的说了一句，"爸爸，你去吧！"

到了门外没有人的地方，秦臻忍不住先开口了，"颜叔叔，你是不是知道什么，我知道你肯定知道什么，你告诉我好不好，我不相信爸爸就这样不明不白地死了，我不相信……"秦臻的情绪变得激动了起来，颜时业看着这个眼睛通红的女孩，安慰了起来，"孩子，我第一眼见到你时，就知道你是个聪明的人，可是叔叔有一句话还是要和你说，这人呀，太过聪明就不好了，留着生命好好过完一生才是，你妈妈她也不容易。"

"颜叔叔，我明白你的意思了，这是一件危险的事情，甚至，会有生命危险，可是，我不能不明不白的就这样相信爸爸离开了，我这辈子都不会安心的。"

"不是我不帮你，有些事情你们还小不懂其中险恶，叔叔是不愿看你牵扯进去。"颜时业又摇摇头，长长地叹了一口气。

"叔叔，还是谢谢你！"秦臻由衷的感谢了他，看着颜可和他越走越远的背影，秦臻觉得心里那一丝燃起的希望又熄灭了下去。

回到房间，看到柜台上的那些书信，其中一封看起来年代已经很久远，秦臻奇怪为何这些信封上全部一片空白，没有任何邮寄地址，忍不住好奇打开念了几行，心头却一震，赶紧把门窗关好，又拿起信继续看了起来，越往下看眼泪越怎么止也止不住，还好，母亲没有看到，这些全是父亲对母亲的思念，还有一些被岁月尘封的往事，那封年代最久远的写着：

淼淼，我走进这个只有四角空间的监狱已经一年了，宝宝快有一岁了吧，不知道她是否会喊妈妈了？一年前，你哭着对我说你不相信我会做出这样的事情，也只有你才懂得我，可是我，欠着季大哥一份恩情，我发过誓，这份恩情我一定会还，即使牺牲我的生命也在所不惜，何况只是坐上20年的牢。等我把我的恩情还完了，我们一家人就可以团聚了。

接着往下看了几封，都是父亲对母亲的思念，但那些信件里全部提及了一个人物，就是季大哥。秦臻心里满是疑惑，季大哥是谁，她和父亲到底是什么关系？父亲欠了他什么恩情，为什么父亲是坐上20年的牢很快就会过去，到底发生了什么？这些问题在她脑海里纠缠不止，她一定要去把这些疑点理清楚。

父亲的事情终于忙完了，秦臻又回到了学校，母亲似乎忘了关于书信的事，秦臻也闭口不提。已是深秋，她穿起了厚厚的毛衣，一个人坐在校园的长椅凳上，看着片片凋落的梧桐，心里溢满了悲伤，就在她沉浸在忧伤的氛围里时，一个讽刺的声音打断了她的遐想，"哟，这不是走私犯的女儿吗？怎么了，不就是死了爹吗？怎么搞得像是死了全家似的，满身晦气，呵呵！"

秦臻一看，是简衫宁，她和几个同学站在她面前，满口恶语，秦臻不愿与这种人计较，保持沉默，可哪知她那张臭嘴怎么也止不住，"哟，还装清高，一身穷酸气，看着都碍眼，我们走？"简衫宁正准备要走，秦臻忍不住说了一句，"我秦臻从来不和狗计较。"

"你说什么，你再说一遍？"简衫宁气得浑身都是颤抖的样子，骂她是狗，从来就没有人敢这么和她说过。

"我秦臻从来不和狗计较。"话毕，就在简衫宁还没有反应过来的时候，秦臻一巴掌就狠狠甩在她脸上，那一巴掌，用尽了她所有力气，硬是把简衫宁那张嚣张的脸给打肿了，那是她第一次打女生，因为有人对父亲出言不逊，她不允许父亲已经离开了，还有人拿他说事。简衫宁想还手，却被一只手抓住了，抬头一看，是季流川。

"还不滚？"季流川狠狠地说。

"我们走……"简衫宁捂着那张脸很识相地走开了，心里却有一个声音在说，季流川，你会后悔的。

"你没事吧？"季流川温柔地问，他的那张脸美得让人恍惚，像是从画里走出来的人一样。

"我能有什么事？"秦臻的语气很冰冷，季流川的心里紧紧揪了起来，他被她的态度伤到了，但他很想揉揉她乌黑的头发，刚要走近她，秦臻却往后退了好几步，就好像避开什么怪物一样，这态度更是惹怒了他，他一把把她拉到面前，不顾她的反抗吻了下去，秦臻睁大了眼睛不敢置信，他吻得那么用情，她承认他那张脸是女生们所迷恋的，可是，那是她的初吻啊，他怎么可以那样对她，心突然疼了起来，泪止不住流了下来。

外人看起来，他们就如同恋人一般，可是只有他们两人清楚并不是那样的关系，不远处，一个少年看着他们在接吻，拳头一握就狠狠砸在树上，满手鲜血。简衫宁一笑，讽刺的对那人说："呵呵，她喜欢的不是你吧？不然，他们怎么会吻得那么忘情，就像一对幸福的恋人？"

"你给我滚？"林子陌狠狠地说，而后，转身离开，头也不回。

"林子陌，你给我看清楚了，我简衫宁才是爱你的，那贱人有什么好的，你要那么护着她？"看着他远走的身影，蹲下身去，泪流满面。为什么？为什么？我这么爱你，你连看我一眼都不愿吗？林子陌，你这个傻瓜。

季流川被冰冷的液体惊醒了，才清醒过来自己在做什么，立即放开怀里的人儿，却发现她的脸色苍白到极致，"对不起，我……"一巴掌甩在他脸上，一点也不留情，"你给我走！"

"我就那么让你讨厌吗？你知道的，我是喜欢你的。"季流川的语气显得有些哀伤，看着秦臻的眼睛忽而溢满了泪水，那表情只要是女生都会动容，都会狠不下心，可是，她不是其她女生，她是秦臻。

她不喜欢他，是事实。

秋天，原就是个伤感的季节吧，梧桐落了，满地的伤。

"你过来，我有事找你？"季流川说道。"关于你父亲的？"季流川又补充道。

"你……？"秦臻静惊讶道。

"我可以帮你，但是我有一个条件？"季流川说道。

"什么条件？"秦臻问道。

"总之，时间到了，我自会和你说。"季流川淡淡地说，嘴角浮起一丝笑。

"其实，你一开始就知道些什么对不对？"秦臻的直觉是准的。

"星期天下午6点，蓝色后面那条街，不见不散。"

"好，一言为定，不见不散。"秦臻说道。

可是到了星期六下午没有等到季流川，却看到了简衫宁，一种不好的直觉涌上心头。简衫宁看着秦臻问道："你是在等季流川吧？"

"你怎么知道？"秦臻不可思议地问。

"秦臻，这次你就别想着逃了，呵呵！"简衫宁笑道。

"你要干什么？"秦臻有些生气地问道。

"你说，我能干什么？阿金，你们过来！"简衫宁说道。

"你确定？"那个叫阿金的问道。

"等事成之后，后面的钱，我就会给你。"简衫宁说道。

"你们要干什么？"秦臻意识到来者不善。

"小妞长得不错，就不知道滋味怎么样？"那个叫阿金的和另外那个小混混模样的人一步一步向秦臻靠近，情急之中，秦臻使劲骂道："简衫宁，你无耻。"

"尽管骂，我倒要看看你秦臻失了清白，你阿陌哥哥还会要你吗？"简衫宁狰狞地笑道。

秦臻顾不了什么了，于是使劲跑了起来，那几个人在后面穷追不舍。秦臻欲跑过一个转角，哪知道一辆摩托车开了过来，秦臻就撞上了那一辆摩托车，她感觉到身体飞了出去，头部狠狠撞到了什么东西，然后摔在地面上，血模糊了她的眼睛。她好像看到了季流川，季流川看到地上满是鲜血的秦臻，大声地喊道："秦小臻，你还能听到我说话吗？秦小臻？"季流川抱起浑身是血的秦臻，怎么喊她也喊不醒，于是拦了一辆出租车，赶快把她送到医院，而不远处的简衫宁没想到结果会是这样，紧张得浑身发抖，心里一个声音颤抖地说："怎么会这样，怎么会这样？我是杀人了吗？怎么会……"

秦臻醒来的时候，看到在一旁的季流川。惊讶地问道："你怎么在这里？"

"感觉怎么样？你别乱动，医生说你伤到头了？"季流川说道。

"我是怎么来的这里？"秦臻问道，她似乎记不起来了。

"你真记不得了？"秦臻摇了摇头。

"没有想到，她会那么做？"季流川生气地说。

简衫宁没有想到，警察还是把她给带走了，因故意伤人，思想不正，还被送去了少管所好几天，她可是把秦臻恨透了。

"你不是一直在找证据吗？"季流川问道。

"你是说……不可能吧！"秦臻还是不敢相信自己的预感，季叔叔？

"我知道，你已经预感到是谁了，确实和他有关，我有一份资料只要你交给警察，他就会倒台。"季流川有些伤感地说。是的，他不能再看他一直错下去了。

"可是，你为什么要帮我？"秦臻问。

"不为什么，但是我有一个计划，需要你来做。"季流川说道。

说着，少年凑到少女耳边悄悄地说出了那个胸有成竹的计划……

番外一
年少悲歌

季流川，是一个念着名字，都会让人心微微发疼的人。

季家……

"阿黑，那件事处理得怎么样了，没有被人发现吧？"季大牛笑着对那个叫阿黑的人说道，嘴角浮起一丝笑，秦天死了，他的秘密就不会有人知道了。秦天，到死都想不到，最后送他归西的是他季大牛吧？

"可是，大哥，我们发现颜时业在悄悄行动了！"叫阿黑的人说道。

而房间外，季流川在那里站了很久……他怎么也不敢想，竟是他自己的父亲，他和她注定是不可能的。可是为什么？偏偏是自己的父亲？

"没有想到，他还是插手了，那么他这川水公安局局长也做不了多久了，哈哈……谁也不能阻挡我季大牛。这里的这份文件，你拿去悄悄销毁。"季大牛吩咐道。

"可是，大哥，秦天的女儿？"阿黑说道。

"凭她一个黄毛丫头，想扳倒我，再给她几十年，也做不到。"季大牛自信满满地说道，从他的语气里可以看出他的狂妄与自大，想了想，道：

"听说那丫头因为被惊吓过度，患了抑郁症了，连话都说不清了，不是吗？"

"我看到少爷去疗养院看她了。"阿黑说道。

"好，我知道了，你先下去吧！"季大牛吩咐道。听到父亲的声音，季流川赶紧躲了起来，待阿黑走了出去，敲了敲季大牛书房的门，喊了一声，"爸。"

"有事情找我？"季大牛问道。

"小晴的事，怎么办？她还是执意要和秦笙私奔。"季流川担忧地说道。

"我自会处理，你就别操那个心了。"季大牛说道。

"爸爸，你为什么要那么针对秦家？"季流川不解地问。

"你还小，有许多事你还不懂，你还是去看看你妹妹吧？"季大牛说道。

"是，爸爸！"季流川说道。

季晴已经被关在房间里好几天了，头发凌乱，脸色苍白。看到季流川，苦苦哀求："哥哥，你劝劝爸爸，让他放我出去好不好？我要去问问秦笙为什么？哥，我求你了，放我出去好不好？哥哥，你帮帮我。"说到后面，眼泪止不住掉了下来。那是她和秦笙的约定呀！她不要违约，她不要。

"小晴，你不要再执迷不悟了，秦笙的态度难道你还不清楚吗？"季流川耐心地劝道。想了想又狠狠地说道："你再这样执意下去，我会把秦笙那家伙杀了，你看看他都做了些什么事，小晴，你才16岁，16岁，不是26岁，他秦笙比你大，他要是爱你，你会这样吗？你不要傻了好不好，你们能逃到哪里去？小晴，你听话。"

"哥，他说过他爱我的，他是爱我的。"说着，季晴抱着头哭了起来。

因为和秦笙相恋，彼此坚定，可是，年少的他们并没有意识到这相恋的结果。可是那个口口声声说着爱他人却在最后一刻胆怯了，那是她从未想过的。

那天，她去找了秦笙，"我准备好了。"

"你是说？"秦笙想了想问道，心里却犹豫了，他们会不会太任性了？

"你说我们去哪里好？"季晴问。

"我不知道，我不知道，我们能到哪里去？"秦笙痛苦地说道。看着那样的秦笙，季晴终于明白过来，他是胆怯的。

"我们说好的一起走，天涯海角，我们说的，一起走的。"季晴微笑着说，脸上还是青涩的稚气。

"小晴，不可以，你才16岁。"秦笙脱口而出。

"那你为什么要答应我，为什么？"说着，说着，情绪不能控制，便晕了过去。

一个月后……

"那丫头不是患了精神病吗？一个疯丫头怎么会拿到那份文件？你给我解释，到底怎么回事？她怎么可能会有那份文件？我知道了…她根本就没有生病？居然被那丫头骗了。"季大牛对着阿黑厉声说道，全身因为愤怒而显得无比狰狞。

"大哥，我亲自销毁了那份文件的。"阿黑再次强调。

"叫上那几个兄弟，必须在那丫头把东西交到警察手里之前阻止她，若有必要，就……"季大牛比了一个杀的动作，眼睛里是邪恶的光芒，一个小小的丫头，竟敢骗他。

"好的，大哥！"阿黑说道。

川水公安局……

颜时业作为川水公安局局长，居然在办公室里抽起了烟，小唐警官敲了敲门，颜时业喊了一声，"进来。"

"颜局？"小唐喊了一声，小唐是侦查组最出色的小队长，也是他颜时业手把手带出来的，有"黑猫"之称。

"有结果了？"颜时业问道，又长长地叹了一口气。

"蓝色里几个服务员的身上都藏有毒品，她们已经被带回来了？经营蓝色酒吧的老板，是季大牛的人。"

"确定吗？"颜时业问道。

"已经确认过身份了。"小唐说道。

"没想到，他居然还没有收手，这么多年，他越来越贪得无厌了。"颜时业笑道。

"颜局，难道你们认识？"小唐忍不住问道，要知道季大牛的势力遍布整个川水市，他经营的娱乐产业一点也不亚于他的房地产，哪个地方死了一两个人，只要涉及他的地盘之类，最后都会被他巧妙躲过，可怜那些无辜的人。到死了，也得不到申冤。

"我们何止认识，秦天的事调查得怎么样了？"颜时业又问道。秦天那般看起来正派的人，有血有义的，却被兄弟这般对待，若不是他女儿那般执着地求他，或许，他真的不再插手。

"根据监控录像，确实看到那天有人去探监了，问了那天值班的人，说是得到了批准去探监的。"小唐把获得的情况报告了，想了想又说道："可是，颜局，秦天身体一向好，而且对于劳动改造，他一向积极表现良好，怎么会就突然呼吸不畅，意外猝死？"

"所以，才说没那么简单……"

"是，颜局！"小唐说道。

这时，有警察急匆匆地敲门道："颜局，不好了，江水那边一个少女被劫持了！"

"什么时候的事？"颜时业问。

"就十几分钟前。"那名警察回答道。

"小唐，通知侦查小组，赶往江水，记住没有我的指令，不可轻举妄动。"颜时业吩咐道。

江水外沿……

季大牛的保镖拿着那把手枪指着秦臻，季大牛叱咤川水风云那么多年，怎么也想不到会被眼前这个十几岁的瘦弱的小姑娘拖下台。

"秦臻，是吧？我们可以谈一谈，怎么样？"季大牛故作温和地看着他，眼睛却盯着她手里的那份文件。如果，她把那份文件交上去，那么他季大牛是真的完了。

"叫你一声季叔叔是因为我尊敬你是长辈，你是怎么对我爸爸的，为什么爸爸他死了，你却活得好好的？为什么你们一家人都要活得好好的？而我们却要这么痛苦，爸爸他哪里对不起你了，你要那么对他，这便是你对他的兄弟情谊。"说着，秦臻泪流满面。

"孩子，你听我说，只要你答应叔叔不要把那些东西交给公安局，叔叔答应你，会好好补偿你们一家，我要是去坐牢了，小晴怎么办？你们不是好朋友吗？"为了拖住秦臻，季大牛把女儿都搬出来了。

秦臻手里的一包文件，有着季大牛走私贩毒的一些交易记录，只要警方看到，他必定倒台。

正在秦臻和季大牛针锋相对时，所有人都赶了过来，苏淼淼看到女儿被枪指着，她的身后被一群保镖紧紧围得水泄不通，吓得几乎快晕过去，"阿臻，把东西给他，不要再查下去了，你要是怎么了，你让妈妈怎么办？"苏淼淼的声音里几乎带着哭腔，那是她唯一的女儿。

"不……妈妈，季大牛应该受到惩罚，他应该受到惩罚。"

"阿臻……你……你不是应该在医院吗？你……你……"苏淼淼不敢

相信女儿说出这么清醒的话来。

"妈妈，你们都以为我疯了，对不对？呵呵……那只是缓兵之计，为了让季大牛对我没有戒心而已。"秦臻怀里抱着那份文件，笑着说道。

"秦臻，你做的一切都是为了要报复我爸爸对不对？你的心里只有仇恨，你这个狠毒的人，你怎么可以这样？你怎么可以，那是我爸爸啊！"季晴哭着说道。被季流川呵斥道。"小晴，安静！不要说话。"

"哥，你一早就知道了，对不对？你连我都骗！"季晴大叫道，情绪已经不能控制。啪的一巴掌，季流川打在了妹妹脸上，从来舍不得让妹妹受委屈的季流川，打了妹妹。

"你打我？哥，你居然为了她打我？秦臻，你这个狠毒的人，我们再也不是朋友。"说完，远远的跑开。

苏淼淼又喊道："小臻，乖，把东西给他，到妈妈这里来，小臻，听妈妈的话！"

"小姑娘，怎么样？还是乖乖听你妈妈的话，叔叔的枪可是会不听话的，快，把东西给叔叔。"季大牛哄道。

"呵呵，我才不会相信你的话，季大牛，今天我已经做好了和你同归于尽的准备，你犯下的那些罪，会得到报应的。"秦臻坚定地说道，有着一股视死如归的气势，对，她不会放过害死爸爸的人，凭什么，他能在川水过得逍遥自在，爸爸却要做他的替死鬼？对，她不甘心，她不相信她的爸爸是那样的一个人，从小到大她受了多少委屈，吃了多少苦，她被那些同学嘲笑，欺负过，就因为没有爸爸，没有父亲在身边，这一切，不都是因为季大牛吗？

想到这里，秦臻笑着说道："我是不会给你的。"

"那就别怪我不客气了，给你活路你不走，偏要找死，今天就如你愿，阿黑，交给你了。"季大牛对保镖阿黑吩咐道。阿黑听到了季大牛的吩咐，扳动了手枪。颜叔叔就到了，就到了，秦臻安慰自己，却还是吓出了冷汗。砰的一声，苏淼淼惊叫着晕了过去，就在秦臻以为自己要死了的瞬间，一个身影使劲把她推开，在场的所有人都惊呼了一声，同时，颜时业的侦查队把所有人都包围了起来，终于赶来了，可还是晚了一步。

"放下你们手里的枪，你们被包围了。"小唐喊道，所有警察都拿着枪指着那些黑衣保镖，季大牛不敢相信地说道："怎么会有警察，怎么会？怎么会？"

"这是逮捕令，季大牛，你被逮捕了！"颜时业把手铐铐在季大牛的手上，而秦臻却哭着喊："快叫救护车，救护车，救救阿陌哥哥！"

混乱中，她只感觉到阿陌胸口的血怎么止也止不住，林子陌尚存一丝气息，微弱地说道："小池，你没事吧？哥哥来晚了！"

"阿陌哥哥，阿陌哥哥，你别说话，你要撑住，救护车就来了，就来了！救护车！"秦臻几乎是嘶吼出"救护车"这三个字，一脸的泪水，怎么止也止不住的滴落在林子陌的脸上，林子陌用满是血的手，摸了摸秦臻的脸，那双好看的眼睛望着她，嘴里一动一动好像在说着什么，他用尽最后一口气说道："秦小池，我爱你！"

秦臻看着缓缓闭上眼睛的少年，轻轻吻了一下他的额头。

看着秦臻哭得那么伤心和混乱的局面，季流川的嘴角浮起了一丝微笑。

他想起了一些往事……

他父亲原先是来自一个小乡村，初中毕业后辍学了就在道上混，还有一个特俗的名字，叫季大牛，可是他确实牛，季大牛肚子里也是有些墨水的人，加上头脑聪明，为人义气，所以才会成了黑白两道混的人。他年轻的时候，女人特别多，后来和市长的妹妹相恋，便结了婚，几年后，生了季流川和季晴，当然，孩子的名字都是他妻子取的，不能像他因为是乡下生的，他母亲为了好养便取了大牛这样一个普通到俗的名字。

季流川的父亲很大方，川水一中的教学楼有好几栋都是他捐钱盖的，所以，他才会如此受人关注。

所以，学校里，除了议论他的家庭、他的长相、他的成绩，还有一个大家都会议论的话题。说真的，也没有人见过他和男生好。但是，他从来不让女生亲近他，初一的时候，老师给他分过一个女同桌，他看都没看人家就狠狠丢给老师一句话，我不要和女生坐。老师也只好由他去，所以班里的同学都一致以为他讨厌女生。人女生和他告白，他冷冷的拒绝，他平时里都和几个男生在一起，就是阿瞳和焱尧，加上那两人长相也是俊美，久而久之，大家都这么传开了！

因为父亲风流的原因，他讨厌所有女人。可是当他遇见秦臻，竟没有了对女生的那种厌恶感，她的一点一滴都深深地吸引着他，她好像有一种与生俱来的魔力，他也说不清，让他又惊又喜的。他遇见了她，岁月忽而不再伤痛，而她对他的态度，却让他的心像蜘蛛扯了网似的纠结。

可他还是那么地想要靠近她。

看着痛不欲生的她和被带走的父亲，季流川忽而觉得他真的太累了，太累了……从来没有这么累过。

**番外二
时光的歌**

　　他叫苏皓霖，他出生的时候，他的父亲在为另一个儿子庆祝满月，大摆酒宴。她的母亲疼得死去活来，几经折磨，终于把他生下来。那一年，他的母亲，18岁，正是如花的年纪。她有一个好听的名字，苏漾，出自音乐世家，擅长大提琴，高中毕业那年，一场车祸让她成为孤儿，她唯一的弟弟苏明和她的父母一起在那场车祸中死去，年仅14岁。

　　她本来被保送到音乐学院，可她却一下子在学校里销声匿迹，她放弃了被保送的机会，只身一人去到一家"蓝色"酒吧演奏音乐，遇见了大她12岁的林峥，结婚两年，妻子是一位著名的儿科大夫。一场不被世俗所容的恋情由此展开……

　　苏漾知道，她不该爱上他，可是，命运里，有些事情就是那般的纠缠不清，躲不掉，逃不掉，又是那么的纷繁凌乱，由不得你选择。

　　她年轻、漂亮，有着女子的柔媚又有着少女的纯真，她在喧嚣的酒吧里穿着白色的裙子，静静的弹奏着钢琴，她好像是不该出现在这种地方的人，她如同一朵在天山上静静盛开的雪莲，纯洁无瑕。

32岁的林峥只看了她一眼，好像无法控制住对她的心跳，他与她结识，相恋……她性子倔强却又坚韧，他好像第一次感受到了爱情的美好，情到浓时，他喊她漾儿，那声音无尽宠溺。

几个月后，她怀孕了。她告诉了他，而他却执意要她打掉。在此之前的她并不知道他已经有了家庭，他不说她亦不问，可她心里也清楚一个32岁，事业有成，长相优质的男人怎么还可能单身呢？

她与他吵得激烈，情急之下，他给了她一巴掌。他说，他两年前就已经结婚了，他的妻子已经怀孕了，两个多月了。他目前还不能与她离婚，可是他说，他对他的妻子没有爱情，她真正爱的是她，苏漾。他们的婚姻不过是一场政治联姻，父母之命，无法违背的无可奈何。

他说，只要她把孩子打掉，他还是会一如既往的爱她，等那个女人把孩子生下来，安顿好一切，就与那个女人离婚。

她舍不得肚子里的孩子，执意要生下他，于是她带着身上仅有的几百块钱，给他留了一封信，逃到花溪镇，她的故乡。离川水12个小时的火车距离，一个偏远小镇。她在信上写：

林峥，这是我第一次这么喊你，可是我就要与你分离了。我最不该的就是爱上你，我想大家都应该鄙视我这样的女人吧，我就是众人口中所谩骂指责的坏女人，可是我从来没有想过要去破坏你的家庭。直到那晚，你在我身边睡着，我看到你的短信，上面写着：老公，在外出差要好好照顾身体，我一个在家不怕黑了，等你回来，晚安！我才知道，你已经结婚了，她是那般的爱你，并不比我少，她是你名正言顺的妻子，那个有资格和你站在一起，能够帮助你事业的女人。不像我，一无所有，只有我自己，我那么爱你，可我知道这份感情是多么的为世俗所不容。唯一能做的还是爱你，就好像我的青春年华、美丽笑颜，都是为了遇见你，为你绽放。我恨不得我早出生一点，能够在她之前就遇见你。

于是，她在他怀里泣不成声，5年多以来的相思与委屈在这一刻化作一片惆怅，只想倾诉。她哭着说："多少次，我真的以为你回来了，你笑着对我说，漾儿，我们带宝宝去游乐园，可是，没有你。"

"对不起，这么多年，我让你受苦了。"

"我不要你说对不起，每次皓宝问我，妈妈，为什么我没有爸爸呢？我心疼得要死，看着人家一家三口，而我，只有皓宝。你不知道我是多么希望你就在我的身边，牵牵皓宝的手，可是，我们之间，为什么就是那么难呢？"

"是我错了，那时，我不该执意让你打掉孩子，看到皓宝长得这么聪明可爱，我真的谢谢你，谢谢你给我生了这么一个好儿子。"

"你这样来找我，那么，她呢？"苏漾知道他的家庭。

"我回去就和她离。"林峥一脸坚定。

"林峥，你听我说，你不能那样做，我不想你被谩骂、指责，我宁愿那个被指责的人是我。只要你还爱我，还认宝宝，我一个人带着孩子，真的没有关系，孩子那里，我会向他解释。"

"漾儿，你知道吗？每天看着她我有多么难受，外人眼里，我们像模范夫妻一样，那么和谐，可谁知道我心里的苦。我们的感情早已有裂痕，我对她只有责任，没有爱，毕竟她也给我生了一个优秀的儿子，孩子没有错，而我，才是那个应该被千刀万剐的罪人，我才活该被所有人指责谩骂，我连自己心爱的女人也保护不了。"

说完，他抱着她哭得像一个孩子，一个35岁的男人，终于找到了心里最珍贵的宝。

"林峥，不可以，如果你执意要和她离婚，我就让你再也找不到我，我宁愿带着宝宝一起消失。"

"别……你不能这样，我答应你，但你不能阻止我和孩子见面。"

"我答应就是，只要我们还能相见，只要你愿意承认宝宝，我就别无所求。"

"傻瓜。"

"你不介意皓宝跟我姓苏吧？"

"他是我们的孩子，我怎么会介意他跟谁姓。"

她这般对他威胁，才让他妥协。

学校里……

"听说他妈妈是坏女人，我们才不要和他一起玩。"一个稚嫩的声音响起。

"他妈妈是不是抢走了人家的爸爸？"

"对呀，对呀，太可恶了。"

不经意的话，狠狠中伤了幼小的他，那些无知而又难听的语言让他很是气愤，他生气了，便和其中一个同学打了起来。

那家家长找到了母亲，指着他就骂，"你看看，你家孩子都做了些什么，把我家孩子打成这样，真是有爹生，没爹养。"

那女人骂得如此尖酸刻薄，而苏漾还一脸谦卑的和她道歉，无奈之下，她给了苏皓霖一巴掌，那家长才肯罢休。那女人走了还丢下一句话，她说，都是疯子。

苏漾哭了起来，她抱着孩子说："皓宝，妈妈不是故意要打你的，是妈妈对不起你。"她是那么那么的舍不得打孩子，她对孩子向来都是温柔慈爱的。

"妈妈，你别哭，皓宝不疼，是他们说我是私生子，说妈妈的坏话，我才要打他的，不管是谁，只要说妈妈的坏话，我都要把他们打得满地找牙。妈妈是皓宝心中最美的妈妈，我不要妈妈哭。"

小小的苏皓霖已经学会保护母亲，尽管他还是那么的幼小，苏漾被儿子的气势逗笑了，于是母子两个破涕为笑。那些日子，想来是那么的心酸，而她一直那么卑微，那么隐忍，只是因为对他的爱，对孩子的爱。

因为爱，甘愿委屈，甘愿隐忍。

当年，父母和弟弟还在世的时候，她是家里的公主，爸爸妈妈很宠她，弟弟很喜欢和她一起玩。她总是站在花园里拉大提琴，弦音那么欢快，几只蝴蝶从她身边飞过，妈妈在一旁鼓掌，对她说："我的漾儿，将来一定会成为最出色的音乐家。"

弟弟欢快地拉着她的手说："姐姐，我们去游乐园好不好？"

于是，她和弟弟两个人总是能在游乐园玩上一下午，等他们回去，母亲不会责备，而是准备好了香喷喷的饭菜，那么可口。他们全家人一起吃饭，有说有笑，是那么的幸福，如果，不是那场车祸，她也不会……

好在，她有了皓宝，有了他，尽管他不能给她一个身份，一个名正言顺的称谓，可是他爱她，她也爱他。她还要期待什么？或许，她真的没有那么伟大。

苏皓霖不仅遗传了母亲的音乐天赋，在绘画方面也是惊人，他擅长的是对黑白色调运用与线条描绘，他在画漫画人物方面生动而形象。

11岁的苏皓霖已经首发过一本漫画册《风之语》，在新华书店都能买到。他的画册，讲述了几个少年探险追求梦想的故事，内容诙谐而有趣，就是那种只要你一翻开看上几页，就会笑个不停的感觉。

可是，并没有人知道，这个漫画家的真名和真实的年龄，那本漫画册上只有一个笔名：追风的兔子。于是，他成了同龄人中喜欢看漫画的少年们讨论的神秘人物，确实，没有人知道，这位天才漫画家，才小学，来自一个名不见经传的小镇。

番外三
悲情少女

　　十多年前，北京星娱传媒董事长夏正帆的情人、当红影视明星如娇在北城生下了一个女儿，奈何是个女儿？如果是个儿子，她就可以名正言顺地挤走夏正帆正妻的位置，她就可以得到夏正帆的爱，因为她知道他一直想要一个儿子。

　　于是她做了一个决定，把女儿和农妇的儿子偷偷交换，还给了那个农妇100万的抚养费。可是谁知道那家人突然得到了100万，儿子又可以过上最好的生活，于是把如娇的女儿悄悄扔在了雪地上，一家人带着钱离开了北城。

　　被扔下的小女孩被一位拾荒的老爷爷捡到，并抚育长大……

　　雪落儿被拾荒的老爷爷捡到的时候，正是大雪纷飞的季节，老爷爷看到襁褓里的孩子已经快冻僵了，以为活不了多久的，可是哪知道被他一抱，孩子就哇的一声哭了起来，那声音可清脆了。看着怀里的孩子冻红的小脸和明亮的小眼睛，老爷爷开心极了，就像捡到了宝一样。

　　老爷爷没什么文化，也不识什么字，因为捡到她的时候，雪花正在飘落，又是个女娃子，于是，便顺口喊了雪落儿这个名字。

雪落儿是吃百家奶，穿百家衣长大的。那个时候，村子里有奶娃娃的妇女，老爷爷便抱着雪落儿去讨奶，那些村妇看着孩子可怜，但又是那么的可爱，也就愿意给她喂一口奶。

北村是离北城市区不远的一个码头村，她和老爷爷住的地方是北村一个用篱笆围成的破房子，雪落儿会走路的时候就跟着老爷爷拾荒了，所谓拾荒就是北村村民说的捡破烂，以靠捡些废弃物品为生。

往北村以外走上十几公里便是繁华的市区了，小雪落儿就是和老爷爷沿着公路一边走，一边拾荒的。

陪伴雪落儿的还有一只捡来的流浪猫，雪落儿叫它落落，雪落儿刚会走路不久的时候，老爷爷会把捡来的塑料瓶给雪落儿当玩具玩，有时候也会有断了头或是断了胳膊、断了腿的废弃娃娃，雪落儿把它们当作宝贝一样珍藏。

在北村你时常会看到这样一幅画面：夕阳西落，一个拾荒的老人一只手拿着一个大大的麻袋，另一只手牵着一个脏兮兮的小女孩，夕阳将他俩的背影拉得好长好长，两人虽说说笑笑的，但不知为何看见的人总是会心生出许多荒凉来。

雪落儿不知道爸爸妈妈是谁，她只知道自己是爷爷捡来的，若不是爷爷救了她，她就要冻死在雪夜里了，爷爷捡到她的时候，她的脖子上有一块长命锁，爷爷说也许有一天可以凭着那个找到家人，可小雪落儿只想和爷爷相依为命。

爷爷说，要把钱一点一点的攒，等钱攒够了，雪落儿也该到读书的年纪了，爷爷说女娃子就是要好好读书，将来才会有出息，不然长大了就只能找个男人嫁了。雪落儿刚念书的那个时候，连个书包都没有，更别提什么文具盒了。那些同龄的孩子总是欺负她，嘲笑她，而小雪落儿很能忍，她只会一再地沉默，时间久了，大家见她没有什么反应，渐渐地也就对她失去了兴趣。在大家眼里，她就是个无趣的怪胎。

小雪落儿的脑子可聪明了，每次考试她都是全班第一，上课也是坐得最端正的那一个，听课最认真的那一个，老师总是表扬她，她的小红花也是班里最多的那一个。自从雪落儿会认字以后，她就会把捡来的废弃报纸、杂志好好收集在一起，小心翼翼地装在一个大盒子里。爷爷见到人家丢弃的旧书之类的，总是拿给雪落儿，这些东西都是雪落儿的宝贝。

除了上学和完成作业，雪落儿的时间就是和爷爷一起拾荒，她一点也不在意别人怎么看她，她和爷爷在一起是那么的快乐，爷爷会给她讲故事，小雪落儿就把在学校音乐老师教的歌唱给爷爷听，每次爷爷一听到雪落儿唱歌，那眼睛里总是溢满泪水的。

她多么希望自己赶快长大，挣好多的钱，这样就可以买一栋不会漏雨的房子，和爷爷好好生活在一起，爷爷也不用再拾荒了。

在雪落儿10岁那一年，一切都被打乱了，雪落儿因为拾荒迷了路，她不知道自己走到哪里，身上一分钱也没有，肚子饿的像个死狗一样，而她并不知道因为长得标致的自己却被人贩子盯上，当时被抓走的还有许多和雪落儿一样大的女娃娃，她们不是被卖到大山里去就是卖到红灯区里。

雪落儿被抓的那一刻一直喊着救命，可是爷爷不在，她迷迷糊糊的被放在了装货物的大卡车上，那时，她的眼角流出了一滴眼泪。

雪落儿醒来的时候是在一张大床上，那张床比她的好上许多倍，周围是像打量货物一样看着她的陌生人。

"娃子，你叫啥名字？"那个女人开口。

"嗯，真是有福相的人，以后准能生男娃娃。"一个老太太又开口。

"我不认识你们，我要回家。"说毕，就要起身跑往外跑，被一个男人一把抓住，"快，快，拿绳子来，不能让她跑了，这可是老子花了1万块钱买来的。"

那男人一脸凶相，那女人找来麻绳很熟练地把雪落儿绑了起来，对那个男人说："福子，别那么凶，会吓到孩子的。"

"小蹄子，还想跑，信不信老子打断你的腿。"

"娃子，别怕啊！"那女人笑着对雪落儿说，却让雪落儿浑身不舒服。

就在那时，从外面进来了一个年轻的男的，大概十五六岁的样子，流着口水傻笑着说："妈，妈，我要吃奶奶。"

那女人竟然掀开了衣服，喂了那傻子。傻子叫元宝，是这个家里的独生儿子，因为小时候发了一场高烧，把脑子烧坏了，像这样的人是找不到媳妇的，于是傻子家爹就从人贩子手里花了1万块钱买了雪落儿。

傻子吸奶吸够了，便笑嘻嘻地看着被绑着的雪落儿，还一口傻笑着说："漂亮妹妹，漂亮妹妹，呵呵，呵呵！"

那声音让小雪落儿心生畏惧，那女人又笑着对傻子说："元宝，那不是漂亮妹妹，是你媳妇，等你们结婚了，就可以吃她奶奶了。"

"吃奶奶，吃奶奶，噢，呵呵，呵呵！"那傻子一边笑着，一边跑了出去。而小雪落儿只觉得心里一阵恶心，干呕了起来。

"只要你乖乖听话，我们是不会打你的，我们就是一家人了，等再过几年，就给你和元宝举办婚礼，你就跟着元宝喊我妈，以后呀，你就给元宝生一个大胖儿子，我们金家就有后了。"女人笑得开心极了。

"你们这是犯法的，快放我走。"雪落儿大喊着。

啪的一巴掌打在她的脸上，"在这里，老子就是王法。"

雪落儿用仇视的眼神看着那个男人。

"想走，可没有那么容易，识相的就给老子听话些，不然，把你卖到窑子去。"那男人威胁道。

"你们别绑着我呀，我不走就是。"雪落儿心想不能硬碰硬，不然就没有逃跑的机会了。

"福子,给她松绑了吧!"那女人朝男人说。

"你最好别打什么歪主意,不然有你好受。"那男人说了这么一句话,给她解开了绳子。

雪落儿被松了绑,可他们依旧把她盯得很紧,连上个厕所,都有人跟着。

"阿姨,你能告诉我,这是什么地方吗?"雪落儿问道。

"你安心待着就行,别问那么多了,饿了吧,我给你做吃的去。"那女人淡淡说道。

第二天天还没亮,雪落儿被喊醒了。

"买你来,不是让你享受的,给我干活去。"那男人凶狠地说,他就像一个满目狰狞的怪物,雪落儿是那么想的。

于是雪落儿便被拉着去干活了,因为她还小,她的任务就是洗衣服,抬着一大盆的衣服,跟在那个女人身后默默地走。

一路上,只有山,雪落儿从来没有见过那么多的山,一座连一座,风景可好了。

可是,要怎么才可以逃出去?

终于到了小河边,发现小河的水是从山上淌下来的,其实,雪落儿更愿意叫它小溪,溪水可清澈了,溪水拍打着小岸,还有好多好多鹅卵石,还可以听到鸟儿叽叽喳喳的叫声,山里的一切都是那么欢快,那么自由。

而雪落儿,却没有任何自由而言。雪落在心里想:小鸟啊,小鸟啊,要是我像你一样有一双翅膀就好了,这样,我就可以飞回爷爷身边,爷爷肯定急死啦。爷爷肯定在找我了,可是爷爷要怎么才能找到我?好想回家。

正在沉思,被一个声音打断了。

"哟，哪来的闺女，这么漂亮。"河边洗衣服的问道。

"我……我……"看着那女人的眼神，雪落儿不敢再说下去。

"闺女有些怕生呢，我家媳妇呢，等大了点就和元宝结婚的。"女人解释道。

"元宝福气不小哦，闺女漂亮极了。"那个洗衣服的又称赞道。

"呵呵，呵呵！"那女人笑道。

那天雪落儿正在厨房生火，傻子跑了进来嘴里还喊着，"妹，妹，糖，糖。"雪落儿生气地对他说："我不是你妹。"

"你小，就是妹，妹，糖糖给你吃。"傻子从手里拿出一颗大白兔糖，雪落儿不要，傻子硬塞给她就跑出去了，留下雪落儿拿着一颗糖，发愣。

其实，傻子应该不坏，这是他给雪落儿的感觉。

可是，爷爷，我好想回家。

眼泪滴落在干柴上，她把那颗糖剥了含在口中，心中只有无尽的悲伤。

后来，雪落儿才发现，人生中第一次吃糖，还是一个傻子给的。

雪落儿试图逃跑过一次，可是没有成功，被抓了回去，他们不给她饭吃，还把她打得半死不活的，手上、身上，紫一块，青一块的。

后来，雪落儿学乖巧了，可是她并没有放弃过要逃跑的念头，她的心里一直对自己说一定要坚持，这样，才可以回到爷爷身边。

靠着对爷爷思念的信念，几个月后，雪落儿终于熟悉了大山的交通路线，那天傻子说要和她一起去玩，那家人看她近来也乖巧了，也放松了一点点警惕，盯她也没有那么紧，也就放她和傻子去玩了，一个10岁的女娃子在这大山里不是那么容易逃跑的，

可他们低估了这个小女娃的生存能力与机智，雪落儿偷了傻子身上的5块钱，躲进了山林里，傻子一直喊她她没有回应，傻子急了就跑回

家了。

  小雪落儿就按着自己打听的路线使劲跑,在山里过了一夜,才在天亮的时候逃到了火车站,趁安检人员不注意混进了火车里。

  没有人敢想这个小女孩是怎么在大山里过了一夜的,没有被狼给吃了。小雪落儿当时只有一个想法就是要赶快逃出去,去找爷爷,她紧紧握着脖子上挂的长命锁,心里一直祈祷着,她觉得那把锁就是她的护身符一样。

  雪落儿在火车上颠簸了三天三夜,到了川水,可是她并不知道是什么地方,一个很繁华的地区。

  她在路灯下靠了一夜,终于在第二天,遇见了两位美丽的姐姐。

  也有行人见她在那里,以为是乞讨的,她实在太饿了,5块钱早在火车上买了饼干吃完了。

  她真觉得自己就快要死了,再也见不到爷爷了。

  十几年后,如娇凭着那把给女儿戴着的长命锁,终于找到了女儿,而那时,雪落儿已是歌坛当红歌手。